講談社文庫

# 20《ニジユウ》 誤判対策室

石川智健



講談社

# 目次

# 20《ニジュウ》
# 誤判対策室

裁判官訴追委員会内規

裁判官訴追委員会下部組織である誤判対策室は、捜査機関・司法機関が保管管理する全証拠を閲覧する権限及び、捜査機関・司法機関に所属する者を尋問する権限を有し、すでに判決が確定した事件の再調査を行い、冤罪の有無を調査するものとする。

なお、誤判対策室の調査対象事件の範囲は、死刑確定囚が起こした事件に限ることとする。

《二〇一六年三月　一部改定》

誤判対策室の調査対象事件の範囲を、従来の死刑確定囚の起こした事件に限定せず、殺人罪等、人を死亡させたことにより有罪が確定した服役囚の事件も含めることとする。

# プロローグ

呼吸ができない。

気管が狭まったような苦しさ。酸素が足りず、頭の中に霧がかかったような錯覚を覚える。

星野《ほしの》は右足を揺すりながら無理やり大きく息を吸い込み、目の前に座る男を睨《にら》んだ。石像のように動かない男。緊張しているわけではなく、泰然自若《たいぜんじじやく》といった様子だった。

相対して二時間が経過していた。さまざまな方法を使って揺さぶったが、一向に成果はない。石像は、石像のままだった。

額を伝った汗が目に入り、瞬《まばた》きをしてから手で拭《ぬぐ》う。

早朝の爽《さわ》やかな日差しが、格子《こうし》のはめ込まれた窓から差し込み、部屋を明るくしていた。暗澹《あんたん》たる気持ちを抱えた星野にとって、その明るさが無性に腹立たしかった。

男は、穏やかな表情を顔に貼《は》りつけている。鉄壁の仮面。それを被《かぶ》っているせいで、一切の感情を読み取ることができなかった。

対して星野は、焦《あせ》りを抑え込むことができなかった。顔が引き攣《つ》るのを堪《こら》えられない。

決定的な証拠は見つかっていない。動機も分からない。

こうして取調室で責め立てても尻尾《しっぽ》を出さないし、現時点では、捜査員たちの働きも成果を挙げるに至っていなかった。

追いつめようと躍起になっているのに、追いつめられているような恐怖心を抱く。

「……お前、人を殺したって言っただろ！」

男の喉元に嚙《か》みつかんばかりに吠えたが、手応えはなかった。壁に向かって喋《しゃべ》っているような無力感。

星野の口に苦みが広がる。

男は、人を殺したと言って自首してきた。

自供の内容が正確で秘密の暴露が成立したと判断したことと、目撃者がいること、被害者宅の扉に指紋が残っていたことで、緊急逮捕をすることになった。

逮捕から四十時間近くが経っていた。

これから検察に送致し、起訴か不起訴かの判断を仰ぐことになる。
「どうして殺したんだ！」
その言葉も、空を切っただけだった。
証拠なし。
動機なし。
あるのは、秘密の暴露と三つの間接証拠。
これだけあれば十分だと踏んでいる捜査員も多いが、星野は嫌な予感がしていた。
——果たして本当に、この男が人を殺したのか。
逮捕したことは、本当に正しいことだったのだろうか。
「……そういえば、誤判対策室に有馬《ありま》さんって方がいますよね」
唐突に降ってきた声。
男は、微《かす》かに口角を上げている。
感情のない笑みに、星野は寒気を覚えた。

# 第一章　検察庁法第二十条

これで終わりだと決めていた刑事人生。

それが図らずも延びたことに戸惑いを覚えたのは最初の一週間くらいで、今では、自分が置かれている状況に慣れてしまった。よく言えば順応。悪く言えば鈍感。

有馬英治《えいじ》は、まだ煙草の臭いが残る部屋で椅子《いす》の背凭《せもた》れに寄り掛かり、洟《はな》を啜《すす》る。

六十年も生きていれば、多かれ少なかれ鈍感になるものだ。感情もそうだし、最近は舌も鈍《にぶ》ってきたのか、味付けがどんどん濃くなっていく。

「有馬さん聞いてます!?　ここは禁煙です！　日本語理解できますか!?」

すべての窓を開けた春名《はるな》美鈴《みすず》が目の前で立ち止まり、睨んでくる。

その視線から逃れた有馬は、額に皺《しわ》を寄せた。

「……忘れてたよ。外は暑いからな。つい、記憶が混濁してだな」

その返答に、春名は顔を歪《ゆが》める。

「……次、ここで吸っていたら出入り禁止ですから！　以後、外で仕事してもらいます！」

強い口調で吐き捨て、臭いから逃れるように会議室へと姿を消した。

今朝、春名は直帰《ちょっき》だと言っていたから、安心して煙草を吸っていたのだ。予定を変えて帰ってくるほうが悪いと思ったものの、壁にこれ見よがしに貼ってある『禁煙』という紙が目に入り、頭を掻《か》いて顔を歪める。街中や店で頻繁に目にする忌まわしき二文字。喫煙者は、隅へ隅へと押しやられる運命で、いつかは潰《つぶ》されてしまうのだろう。

春名の機嫌が悪い原因は分かっていた。

二週間ほど前、有馬たちが所属する誤判対策室の取材をした番組が放映されたのだが、春名のシーンはほとんどなく、カメラは有馬ばかりを追っていた。そのことだけでも不満そうだったのに、スタジオにいた元検事のタレント弁護士が、誤判対策室の存在に否定的な意見を述べ、それにアナウンサーが同意したことで、春名の怒りが爆発した。思えば、最初から取材班の態度はどこか冷笑的だったし、番組の主旨も、冤罪を調査する組織の紹介というよりも、税金の使い方に疑問を投げかける組織の象徴として吊し上げられたような印象だった。誤判対策室の仕事内容を国民に知ってもらいたいという春名の無垢《むく》な心は、無為に人員を遊ばせている無駄な組織代表のような番組構成によって見事に打ち砕かれたようだった。

欠伸《あくび》をした有馬は、開け放たれた窓の外を見る。ビル群の中に居場所を見つけた蟬《せみ》が、居場所を知らせるかのように必死に鳴いていた。

夏は嫌いだ。

刑事時代は特にそうだった。捜査で地取り班に割り振られて、炎天下、延々と目撃者や証言を求める作業は苦痛以外の何物でもない。成果のない日々が続けば極度の疲労感を覚え、気を緩《ゆる》めれば倒れそうになる。

ただ、最近は捜査本部が立ち上がっても、周辺を虱潰《しらみつぶ》しに捜査する地取り班が編成されない場合もあるらしい。今は、どこにでも防犯カメラがあるし、ドライブレコーダーを取り付けた車も走っている。事件当時の防犯カメラの映像と、犯行現場付近を走っていた車のドライブレコーダーを確認すれば、事件が解決してしまうことも多い。その時々で変遷してしまう曖昧《あいまい》な人の記憶に比べて、映像は確証になるし、嘘をつかない。裁判でも絶大な効力がある。

映像絶対神話。

刑事も、ずいぶんと楽になったものだと思う。甘ったれたことをやっているなと悪態を吐《つ》きたくもなる。

自分の若かりし頃の捜査方法に一通り思いを馳せた有馬は、再び大きな欠伸をした。連日の熱帯夜で、しっかりとした睡眠が取れていなかった。

有馬は、冷房で凝《こ》り固まった肩を回す。

六十歳を過ぎ、警視庁を定年退職した。あとはのんびりと過ごして死んでいくだけだと思っていたが、こうして定年再雇用という形で誤判対策室に所属することになった。

誤判対策室で、司法制度に楯突くという騒動を半年前に起こしたのにもかかわらず、紆余曲折《うよきょくせつ》の末に、こうして今も在籍している。

端的に言ってしまえば、誤判対策室の刑事枠に誰も来たがらなかったのだ。そのため、欠員が続き、穴埋め要員として呼ばれた。

「春名さんを怒らせると、後々面倒ですよ」

向かい側に座っている潮見《しおみ》和也《かずや》が、こちらを見て苦笑いしているのが視界の端に映った。

「……あとで取り持っておいてくれ」

「絶対に、嫌ですね」

ため息混じりの有馬の言葉を撥《は》ね除けた潮見は、冷めた視線を外し、机の上に広げた書類の確認作業に戻った。

向かいの机。

そこに今は潮見が座っている。痩身で肌が白く、背が高い。どことなく、かつて同じ席に座っていた世良章一《せらしょういち》に似ているなと思った。

春頃まで、弁護士である世良が誤判対策室に所属していた。そして、誤判対策室が扱った冤罪事件の弁護人として、被告人の無罪を勝ち取ったのだが、その後間もなくここを去った。

――裁判に勝つために、僕は最大限働きました。その結果、真実というものが分からなくなりました。

誤判対策室を去る前に呟《つぶや》いた、世良の一言が忘れられなかった。

今は、小さいながらも法律事務所を立ち上げて、刑事弁護専門に活動しているらしい。少し前の新聞に、冤罪事件を扱って活躍しているという記事が載っているのを見かけた。

誤判対策室は、司法に従事する検事と弁護士と刑事の三人で、死刑囚の再審請求を精査し、冤罪がないかを探る目的で、裁判官訴追委員会の下部組織として発足した。

設立当初は死刑囚の再審請求のみが調査対象だったが、今は、殺人事件で懲役刑になった者の再審請求についても調べられることになった。

ただ、設立時のメンバーである世良が辞め、有馬自身も定年退職になって警視庁捜査一課を去った。残された検事の春名は人員集めに奔走したが、なかなか思うようにはいかなかった。

約半年前の一件で、誤判対策室は良くも悪くも目立つ組織になってしまった。そのため、警視庁の刑事は出向を固辞し、人員の確保ができなかった。結局、泣きそうな顔をした春名に頼まれ、仕方なく有馬はここに戻ることにした。

誤判対策室の弁護士枠も、刑事枠と同様の状況だった。

前任の世良が辞めて以降、募集をかけつづけていたが、ここに所属することは経歴に傷が付くことを意味する。その上、敵を多く作ってしまうというオマケ付きだ。

誤判対策室は、すでに結審して判決が下された事件を蒸し返し、粗《あら》探しをする組織だ。要するに、検察庁や警察、裁判所などからも疎《うと》まれる存在であり、別に給料が高いわけでもなく、経歴に載せて得をすることはない。法曹界の全方位から嫌われることが運命づけられた組織に好んで入りたいという奇特な弁護士は現れなかった。

そんな中、応募してきたのが潮見だった。

潮見は弁護士ではない。最難関大学の法学部を中退しており、司法試験の勉強をしていたらしいが、途中で断念し、民間企業の法務部で働いていた。法律の知識が十分にあることから、業務に支障はないと判断した春名は、裁判官訴追委員会の承認を得た上で、潮見を非常勤の職員として雇った。司法試験に受かる能力は十分にある優秀な人材だと春名は評していた。

検察庁から疎まれている検事と、定年後の再雇用刑事と、企業の法務部経験者。機能不全をぎりぎりで回避している状態。

ただでさえ、誤判対策室は脆弱《ぜいじゃく》な組織なのだ。この体制でやっていけるのか、甚《はなは》だ疑問だった。

「……まだ煙草臭いんですけど」

会議室から出てきた春名が、しかめっ面を向けてくる。恨めしそうな顔。まだ怒りが収まらないらしく、こめかみ辺りに青筋が立っていた。

「そもそも、禁煙のために病院を受診するって言っていましたよね。本当に行ったんですか？」

苦し紛《まぎ》れに以前発した言葉を覚えていたのか。当然、行っていなかった。

「私、煙草の臭いが駄目なんです。これ以上言うことをきかないのでしたら、絶対に外で仕事をしてもらいますからね」

子供を諭すような口調に、有馬は居心地が悪くなった。

外に出れば、煙草を自由に吸える。その環境は魅惑的だったが、真夏に外に出されるのは酷だ。

もう一度空手形を切ろうとするが、その前に潮見の声が聞こえてきた。

「ちょっといいですか」何事もなかったかのような顔をして手を挙げる。

「これから、十二号の受刑者に面会してこようと思います」

春名は、虚を突かれたように目を瞬《また》かせた。

「……行ってくればいいじゃない」

「はい」

潮見は頷いて立ち上がる。燃費を最小限に抑えているような無駄のない動き。表情の変化に乏しいので、アンドロイド役でそのまま映画に出演しても違和感はないだろう。それに、もしかしたら皮膚を剝《む》けば、銀色の輝く鉄が露出するかもしれない。もちろん感情を持ち合わせているのは分かる。笑うときは笑う。しかし、目と口が連動しておらず、目だけが笑って口が冷めていたり、その逆だったりする。つまり、自然な笑みがない。笑顔でも、顔の下半分を隠せば憎悪の表情を浮かべているような男だ。

機械的な動きで頭を横に動かした潮見は、有馬を見た。

「有馬さんも行きますか？」

無表情で、赤いファイルをかざす。ラベリングされている文字を見る。

『十二号　コンビニ連続殺人事件』

「……そうだな。俺も同行するか」

助け舟に乗らない手はない。立ち上がった有馬は、ハンガーラックに掛けていた背広を手に取り、先に出ていった潮見を追おうとするが、春名の視線に足を止める。

「……潮見の補佐だよ。取り調べのやりかたを教える。それと、帰りに超強力な消臭スプレーでも買ってくるから」

そう言い残し、次の雷が落ちる前に扉を閉めた。

誤判対策室が入る雑居ビルを出ると、咽返《むせかえ》るような熱気が襲ってくる。思わず歩みを止めそうになった。

潮見の背中が前方に見える。有馬は小走りで追い、追いついたところで歩調を緩めた。

「助かったよ」

「……いえ。喧嘩《けんか》しているのを見るのは気分のいいものじゃないですから」

素っ気ない調子。

「それで、十二号ってのは、どんな事件だったんだ？」

潮見が目だけを有馬に向けてくる。

「この前、定例会でも話しましたけど」

「扱っている案件が多いんだ。いちいち覚えられるか」

話をまったく聞いていなかったということは伏せておいた。ただ、扱っている案件が多いのは事実だ。百三十人ほどいる死刑囚の中で、実に七割以上が再審請求をしている。それを調査するのも大変なのに、殺人事件で再審請求をしている受刑者も調査対象になってしまった。その数を合わせると、途方もない量になる。誤判対策室は三人。到底捌《さば》ききれない。

潮見から、ため息を吐《つ》く音が聞こえてくる。

「五年前に、東京都練馬《ねりま》区上石神井《かみしやくじい》にあるコンビニエンスストアで店員の首を切りつけて殺し、三日後に、板橋《いたばし》区弥生町《やよいちょう》にあるコンビニエンスストアでも店員をナイフで刺殺した事件です。捕まったのは、今村恭一《いまむらきょういち》。防犯カメラの映像では顔が映っていなかったんですが、背格好やアリバイがないことから犯人と断定したようです。それぞれのコンビニからは、指紋も検出されました。二つの殺人の併合罪で、懲役二十五年。今村は、一度は殺人を認めましたが、起訴されてから裁判が結審するまで一貫して容疑を否認し続けており、今も再審請求を出し続けています」

潮見の話を聞いているだけで、胃の辺りに不快感が広がる。

屑《くず》が人を殺し、往生際《おうじようぎわ》の悪いことをしているという案件か。

「疑わしい点があるのか」

有馬は、顔をしかめながら訊《たず》ねる。潮見は僅《わず》かに眉を上げた。

「いえ、捜査に不備はなさそうです。防犯カメラの映像も残っていますし、ほぼ犯人で間違いないと思います。でも、再審請求をしていますからね。これも誤判対策室の案件ということです」

「豪雪地帯の雪かきみたいなものだな」

その言葉に、潮見は僅《わず》かに目を丸くした後、薄っすらと笑みを浮かべる。皮膚の表面だけで作り上げられた笑み。

「ええ。いくらこなしても後から後から降ってきて、気づいたら積もっていますからね」

「そういうことだ。それで、なにか手伝うことはあるか」

一応訊ねるが、案の定、潮見は首を横に振る。

「僕一人で十分です。今村が嘘をついているようだったら、きっちり再審請求を潰します。罪から逃れようとしている奴らの芽を摘むのも、誤判対策室の仕事ですから」

皮肉を込めた口調で言い、府中《ふちゅう》刑務所に向かうと告げて有楽町《ゆうらくちょう》駅の構内へと消えていった。

潮見は弁護士ではない。しかし、かなり使えるという春名の言葉は実際正しかった。潮見の記憶力は抜群だ。本人は否定しているが、映像として記憶できるフォトグラフィックメモリーの能力の持ち主に近い印象を受ける。事件発生から裁判の結審までの資料は膨大であり、それに目を通すだけでもかなりの労力がいる。そして、どの証拠や証言が重要な要素かを理解するのに時間を費す。特に否認事件の資料は煩雑《はんざつ》だった。理想は、どこでなにを証言し、その証言がどんな変遷をたどっているのかをすべて覚えることだが、通常、そんなことはできない。ただ、潮見にはそれができた。事件現場に残された何十もの指紋やDNA、微細証拠、ちぐはぐな目撃証言、支離滅裂で時系列無視の自供内容。それらを記憶し、どの書類にどんな内容が書かれているのかを、即座に引き出して喋《しゃべ》ることができる。まさに、検索エンジンのような男だ。これも、潮見のアンドロイド説を補強する一因だった。

一人取り残された有馬は、どうしようかと迷う。このまま戻っても、春名の小言に付き合わされるだけだろう。寝不足で、仕事をする気も起きなかった。自然と、足がパチンコ屋へと向かう。

冷気と電子音に満たされた店内に入り、煌《きら》びやかな光を放つ台の前に座った。札を入れ、ハンドルを握る。銀色の玉が、不規則な動きをしながら落ちていく。

煙草に火を点けた有馬は、煙をパチンコ台のガラスに吹きかけた。最近は、全席禁煙のパチンコ店も増えているらしい。いよいよ喫煙者の市民権は奪われつつある。

一本目を吸い終えて、灰皿に押し付ける。二本目に火を点け、麻薬物質でも発しているのではないかと思う光の点滅を眺めた。

誤判対策室の発足当初。政府が思い描く誤判対策室の機能は、建前とはかけ離れたものだった。しかし、今は方向転換し、純粋に再審請求中の案件を調べる組織となっているように思う。それもこれも、半年前に誤判対策室が起こした騒動の影響だ。

有馬は、冤罪だと思われる死刑囚を救うため、突飛な行動を取って世間を騒がせた。その件があって以降、検察庁や警察組織から完全に煙たがられる存在になってしまった。

それでも、誤判対策室が存在している理由は、曲がりなりにも、政府が有用な組織と認めているからなのか。それとも、歯牙《しが》にもかけず、無害な組織だと考え、ただ朽《く》ちていくのを待っているのか。

三時間ほど散財した後、誤判対策室に戻ることにした。扉の前で立ち止まり、息を止めながら、ドラッグストアで買ってきた消臭剤を服に吹きかける。少し惨《みじ》めな気分になった。

事務所に入ると、資料を抱えるように持った春名と目が合う。

「……潮見君と一緒じゃないんですか」

「ああ」

面会に行っていないということは伏せておいた。ただ、言わなくても、どうせバレているだろう。

「強力な消臭スプレーを買ってきた」

ビニール袋を机に置く。それを見た春名は、これ見よがしに大きなため息を吐いた。

「煙草は、以後気をつけてください。そして、暇なら私を手伝ってください。パチンコでお金を失うよりは有意義ですよ」

やはり、見抜いていたか。しかも、パチンコをしていることまで。

ここは従順な態度を示したほうがいい。

頷《うなず》いた有馬は、事務所の中央に置かれた資料を手に取る。その様子を見てから、春名が説明を始めた。それによると、現在、誤判対策室は、八件の案件を同時進行で調査しているようだ。先ほど潮見が面会に行った〝十二号〟も、そのうちの一つだった。事件を起こした今村の顔写真を見る。ほのかな炎が目の表面だけで燃えているように見えた。

春名は、進行中の案件について、資料を示しながら説明をする。有馬は、刑事人生で培った知識を使い、質問に答えていった。

誤判対策室での有馬の役目は、当時の警察の捜査や取り調べに不備や違法なことがなかったかを調べること。潮見は、主に資料の確認と、死刑囚や受刑者に面談をして事情を聞いたり、事件を担当した弁護人との話し合いをしていた。そして、検事である春名の役目は、検察庁で保管している証拠品の確認や、当時の担当検事に聞き取りをすることになっていた。

こう説明すると、それぞれの強みを活かして活動する立派な組織のように感じるが、各方面からの協力が得られないため、思うように調査をすることができないのが実情だった。

「それでですね。この方の弁護人の主張によると、DNA鑑定をした際の証拠品が……」

春名は、資料に貼り付けてある顔写真を指差し、説明を続ける。話を聞きながら、有馬は写真を見つめた。

一見純粋そうに光る目。ただ、これは本心を隠すコーティングだと有馬は思っている。その奥には、虚無を思わせる暗い闇があった。半眼から読み取れるのは、一切の疑いを持たず、自分は悪くないと世間に責任転嫁する自己愛。

この目は、やっている。そう思ったものの、自分の直感の不正確さも、重々承知していた。

この世に、絶対はないのだ。

顔を上げ、熱心に資料の説明をする春名を見る。苦労が絶えないのか、顔に疲れが滲《にじ》んでいた。

「……そういえば、検察庁には戻れそうなのか」

有馬の口から、自然と声が漏れた。話を遮《さえぎ》られた春名は、むっとした表情になった。

有馬は、構わず続ける。

「お前、あっちに帰りたいんじゃないのか」

もともと、春名は起訴した事件で無罪判決を三回連続で受けた結果、誤判対策室に飛ばされた。ここにいるのは不本意であり、これからも検事を続けたいのなら、早く脱出するべきだろう。誤判対策室など、いつまであるか分からない組織だ。ここが消えてしまったとして、春名が都合よく検察庁に戻れるとは思えなかった。

春名は一瞬眉間に皺を寄せたが、やがて困惑したような笑みを浮かべる。

「……たしかに前は、戻りたいと思って仕事をしていましたよ。誤判対策室に左遷《させん》されて、数年上手くやれば戻してやるって前の上司に言われていましたから」一度口を噤《つぐ》んだ春名は、目を伏せる。

「でも、もう無理なんです。誤判対策室が世間から注目される存在になってしまってから、私の進路は、ここに留まるか、検事を辞めるかの二択しかなくなってしまいました」

悲痛な思いのはずだ。それなのに、妙に明るい声だった。どこか、晴れ晴れした雰囲気すらある。

その様子を見た有馬は、胸に痛みが走った。こうなってしまったのは、自分のせいだ。

「……そうか。すまない」

有馬は、何度目かの謝罪を口にする。

誤判対策室は世間に広く認知された。その結果、賛同の声と、それ以上の批判の声に晒されることとなった。当然、そこに所属する人間も、賛否両論の対象となっている。

「別に、悲観しているわけじゃありませんから」柔らかい声。

「結果として、良かったと思っています。検事としてはうだつが上がりませんでしたけど、今はここで、しっかりと仕事をしようと思って頑張っていますから。結構、ここでの仕事は性に合っていますし、楽しいですよ」

笑みを浮かべる。目の下のクマが、強調された。

楽しいとはいうものの、辛い立場に変わりはないだろう。

誤判対策室で扱う事件について、最初にする作業は証拠品の精査だった。通常、裁判で提出される証拠品は、検事が選んだものだけで、選ばれなかった証拠品は、裁判官や弁護人にも明らかにされない。誤判対策室は、裁判で提出されなかった証拠品を入手し、確認する権限が与えられていた。しかし、当然、検察庁や警察組織からの反発があった。設立当初は形骸化された権限だったものの、今では世論やメディアの後押しもあり、無闇に拒絶はされなくなっている。ただ、検察庁や警察組織も素直に応じるつもりはないらしく、申請方法を煩雑化された上、検察庁のあらゆる部門に承認を貰《もら》う必要があるため、可否判断の待ち時間が長くなっていた。この牛歩戦法により、調査が遅々《ちち》として進まなかった。それはまだいいほうで、証拠が紛失したなどと分かりやすい嘘を吐かれることもある。

春名は、古巣である検察庁との折衝を一手に任されており、非常にストレスが溜まる立場にいた。正義を振りかざす検事が、優秀な人材を揃《そろ》えているのは間違いない。

――絶対正義を体現し続ける宿命を背負った人間の集まり。

それが、検察庁だ。ただ、自分の非を認められない人間が、果たして優秀だと言えるのだろうか。

「そういえば」有馬は、なんとなく気まずくなったので話題を変える。

「潮見は、司法試験に受からなかったんだろ？　あんなに優秀なのに」

「……今さら、なんですか」

春名は怪訝《けげん》な顔になる。

「ちょっと気になったんだ」

言いつつ、先ほど潮見が発した言葉を思い出していた。

——罪から逃れようとしている奴らの芽を摘むのも、誤判対策室の仕事ですから。

胸騒ぎといったら大袈裟《おおげさ》だが、引っ掛かりを覚えた。単純に、正義感からの発言なのかもしれない。ただ、行き過ぎた正義感は毒にしかならない。司法試験に受からなかったことで、なにかしらの屈折を抱えているのではないかという危惧があった。

判断を下す側は、下される側よりもすべてにおいて優れていると錯覚しがちで、それが傲慢さを生む要因にも繋《つな》がる。

「……ずっと興味を持っていなかったのに。なにかあったんですか」

探るような目つきを向けられた有馬は、疑念をかわすために肩をすくめる。

「今になって興味が出ただけだ。あいつ、頭が良いよな。司法試験ってのは、そんなに難しいのか」

春名は押し黙り、この事務所に人がいないかを確かめるように周囲を見渡した。そして、耳朶《じだ》を指で掻《か》く。話すかどうかを悩んでいるように見えた。

「別に無理して……」

有馬は言いかけたが、視線がぶつかったので口を閉じる。

やがて、春名が口を開いた。

「……いえ、同じ誤判対策室のメンバーですから、教えます。でも、絶対に秘密ですよ」念を押し、続ける。

「誤判対策室に入ってもらう前に、潮見君には司法試験と同等の難易度を持つテストを受けてもらったんです。その結果、余裕で合格点を超えていました。ほぼ満点です。論文では、的確な事実分析、問題点の抽出、論旨一貫の論述、適切で妥当な結論を導いていました。あの頭脳があれば、司法試験は難なくパスできるでしょうね。少なくとも、ペーパーは。潮見君は私との面接では、検事になりたかったと発言しています。おそらく、その希望も叶えられたでしょう」

「……司法試験本番で力を出し切れなかったということか」

春名は首を横に振る。

「潮見君は、受験しなかったんです」

「……どうしてだ」

有馬は不思議に思う。民間企業の法務部に在籍していた上に、誤判対策室に応募してきたということは、法曹界に興味があったのだろう。

春名は視線を彷徨《さまよ》わせた後に、顔を上げた。

「受験して合格しても、検事になれない、と言ったほうが適切ですね。潮見君は、服役したことがあるんです」

「……服役？」

耳を疑う。まったく予想していないことだったので、驚きを隠せなかった。

春名は、やや声の調子を落とす。

「酔っ払っていて、路上で喧嘩《けんか》になって相手をナイフで刺したそうです。相手は死なかったものの重傷を負いました。調書を取り寄せて確認したところ、潮見君の言い分では、乱暴されている女性を助けたということだったのですが、結局、その女性は現れなかったみたいです。刺された相手は、女性など知らないの一点張り。潮見君は一貫して自分の行動の正当性を主張していたようですが、それが裁判官の心証を悪くしたようで、それで、結局は執行猶予なしの懲役六ヵ月です」

有馬は、低い声で唸《うな》る。

「それで、検事の道が閉ざされたということか」

春名は頷く。

「検察庁法第二十条では、禁錮以上の刑に処せられた者は、検察官に任命することができないという決まりになっています。潮見君は、これに抵触しています。刑期を終えた人は司法試験を受けることができますし、合格すれば司法修習生にもなれます。

ただ、検察官や裁判官にはなれません。それと、出所後十年が経過すれば弁護士にはなれますが、このケースで弁護士会が登録を認めるかは疑問です」

口の中に苦みを感じた有馬は、顔をしかめる。司法試験に合格できる能力を、一度の過《あやま》ちでふいにした。忸怩《じくじ》たる思いだったのは想像に難くないが、そのことが、潮見の心にどれほどの歪《ゆが》みを生じさせたのかは計り知れない。潮見と働いて三ヵ月。正義感が強いのはいいが、それが行き過ぎているような気がしたのは、見誤りではないのかもしれない。

有馬、春名、潮見。この組織は、心に傷を持った人間の集まりだなと思う。

電子音が鳴る。

春名は慌てた様子でポケットに手を入れ、スマートフォンを取り出す。画面を確認しつつ立ち上がり、有馬から離れていく。

春名が会議室の扉を閉めたとほぼ同時に、事務所の扉が開いた。

「戻りました」

潮見が、額の汗を手で拭いながら入ってきた。その様子を見た有馬は、ふと、前にここに所属していた世良なら、高そうなハンカチを使って気取った感じに汗を拭っているだろうなと思う。世良の不在を寂しいとは感じなかったが、懐かしくはあった。

「……なにかありました？」

荷物を置いた潮見が、ワイシャツの襟を引っ張りながら訊ねてくる。

過去の傷を、おくびにも出さない。

潮見は、弁護士枠で誤判対策室にやってきた。しかし、実際は検事を志望していたという。検事である春名とは、今は上手くやっているようだが、なにかの拍子に衝突しかねないなと思った。

いらぬ心配をしていることに苦笑した有馬は、自分自身のことに目を向ける。再雇用という立場でここにいるのが、果たして正しかったのかという疑問が常に頭の片隅にあった。普通の判断基準を持っていれば、ここに所属したいと思う警察官などいない。補充が決まるまでの繋ぎ要員として有馬はここにいるが、それがいつまで続くかは不明だった。

それにしても、潮見の雰囲気は、世良に似ている。生意気で、世間を見下しているような態度。どこか冷めた目で世の中を見ている。

自然と笑みがこぼれた。

「……なんで笑っているんですか」

怪訝そうな表情を浮かべた潮見が訊ねてくる。

有馬は顔を引き締め、手で頰を擦《こす》った。

「……いや、お前を見ていてな、ちょっと思い出した奴がいたんだ」

「僕、誰かに似ているんですか」

「さぁな」

その回答に首を傾《かし》げた潮見だったが、特に言及してはこなかった。

「面会、どうだったんだ」

「どうもなにも、無駄足っぽいですね」

長嘆息《ちょうたんそく》した潮見は、椅子に勢いよく座って足を投げ出した。

「今村の奴、絶対に冤罪だって言い張っているんですが、犯行時刻のアリバイもないし、なにより、防犯カメラに姿が映っていますからね。顔は見えませんが、背格好は一致しますし、画像解析の鑑定書もあります。念のため、春名さんが検察庁から取り寄せた映像データを確認しましたから間違いありません。店からは指紋も出ていますし、目撃者も今村の目と犯人の目が似ていると証言しています。奴は二件の殺人犯で決定ですね。この件は、報告書がまとまり次第、再審請求却下で報告しておきます」

潮見が言い終えたとき、会議室から春名が戻ってくる。手に、スマートフォンを握ったままだった。

「有馬さん」

戸惑いと疑念を織り交ぜたような、複雑な表情を浮かべていた。

「……なんだ」

一向に喋り出さない春名。

「なにがあった」

有馬は痺《しび》れを切らす。

なおも口を開けようとしない春名だったが、再度の問いを投げつける前に、ようやく声を発した。

「……有馬さん、私に内緒で、またなにかやりましたか」

「……俺は、なにもやっていないぞ」

春名の疑念のこもった視線を振り払うように答える。

しかし、春名の疑いは払拭《ふっしょく》されていない様子だった。目の焦点が合っておらず、呆然自失しているように見える。

「三《み》ノ輪《わ》署から電話だったんですが、すぐ、有馬さんに来てほしいそうです」

春名の唇が微かに震える。

「だから、俺はなにもやってないぞ」

「……そうですか。でも……」

「なにがあったのか、はっきり言え」

有馬が強い口調で問うと、春名は身体を強張らせた。

「現在、三ノ輪署に殺人事件の捜査本部が立ち上がっているんですが、容疑者が自首してきた事件のようなんです」

「……自首？　よかったじゃないか。事件解決だ」

春名は、困惑した表情を崩さない。

「ただ、自首してきた容疑者が、逮捕後に否認に転じたそうなんです。そのうえで、有馬さんを名指しして、有馬さん以外には一切喋らないと主張しているということです」

有馬は、その言葉の意味を理解するのに、しばらく時間を要した。

情報が処理される前に、春名は続ける。

「容疑者の名前は、紺野《こんの》真司《しんじ》。元裁判官です」

# 第二章　二十日

## 1

三ノ輪駅で電車を降りて、昭和《しようわ》通りを南に進む。熱気と排気ガスで霞《かす》む視界の先に、三ノ輪警察署はあった。春名を先頭に、有馬と潮見が続く。警察署のロビーを抜けて、階段を上り、捜査本部が置かれている講堂の扉を開けた。

声で溢《あふ》れていた空間が、ピタリと静まる。捜査員たちの目が、一斉にこちらに注がれていた。歓迎とはほど遠く、敵意という表現がもっとも近い感情がこもった視線。

有馬は捜査本部の顔ぶれを確認する。捜査一課時代の元同僚が数人いた。皆、有馬と目を合わせたら石になると信じ込んでいるらしい。

「これはこれは。誤判のみなさん」

口火を切ったのは、日焼けしたスーツ姿の男だった。胸板が異様に厚く、肩幅が広い。身長が低いものの、相当な威圧感があった。ラグビーをやっていたら間違いなく攻撃の要《かなめ》であるフッカーとして活躍していただろう。力で捻《ね》じ込み、相手を切り崩す。年齢は、春名より少し年上に見える。背広に、秋霜烈日《しゅうそうれつじつ》のバッジ。検事のようだ。

「誤判対策室です」

春名は強い口調で言う。誤判と略されたことに腹を立てているようだ。

誤判対策室を誤判と省略していることは有馬も知っていた。そして、誤判対策室設立自体の判断を誤ったという揶揄《やゆ》に使われていることも承知している。ほかにも、くだらない室だの目障《めざわ》り室だのといった悪口で表現されることもあった。

なんと呼ばれようが一向に構わない。そう思えば楽なのだが、春名は聞き流せないらしい。

「お待ちしておりました。誤判の皆さまのご活躍は、噂《うわさ》に聞いております。お会いできて光栄ですよ」

絵に描いたような慇懃《いんぎん》無礼。明らかに馬鹿にしている。春名は怒りを鎮めるように長く息を吐き、男を睨《にら》む。

「私たちは水田《みずた》さんからの連絡を受けて、わざわざここまで来ているんです。早いところ本題に入ってください。それが嫌なら、水田さんだけで解決してください」

春名の言い回しに、水田と呼ばれた男の顔が歪む。どうやら二人は顔見知りのようだ。そして、反《そ》りが合わないらしい。おそらく、同じ空間を共有することすら苦痛なくらいに。

「今の状況については、私から説明しましょう」

険悪な空気を和らげる声が背後から聞こえる。振り返ると、半袖のワイシャツを着た男が立っていた。

瘦身《そうしん》で、若々しい顔立ち。それに不釣り合いな白髪。

「……星野管理官」

有馬は頭を軽く下げた。懐かしさが胸にこみ上げる。

捜査一課で仕事をしていた頃、星野にはずいぶんと世話になった。ノンキャリアの叩き上げだが、キャリア組に通じる雰囲気を持っており、常に冷静沈着に物事に当たって、実績を残す男だ。年齢は五十歳。僧侶のような厳粛な雰囲気を持っていた。

「元気そうですね」星野は親しみのある目になったが、すぐに険しく細める。

「聞いていると思いますが、手伝ってほしいことがあります。いや、どうしても力を借りたいんです」

そう言って、講堂の前方に置かれているホワイトボードに案内される。

二つの写真が貼られていた。

「容疑者の名前は、紺野真司」

右側の写真を指し示す。面長《おもなが》で短髪。眉毛の太さが意志の強さを物語っている。薄い唇が一文字に結ばれているのも、同様の印象を抱かせた。写真に写っている目を見る。犯罪者特有の濁りはないように思える。

下部に、年齢などのデータが書かれてある。六十歳で、三年前まで東京地方裁判所で裁判官をしていた。

「被害者は、三ノ輪一丁目のアパート篠田荘に住む富田聡《とみたさとし》。年齢は三十。近所のスーパーの店員でした。離婚歴があります」

一度言葉を区切った星野は、喉仏を上下に動かした。

「事件は十日前の正午頃に発覚しました。富田が住むアパートの住人が、異臭がすると大家に連絡。大家が確認し、すぐに人が死んでいると確信して警察に通報しました。以前にも、孤独死した老人の死臭を嗅いだ経験があり、それでピンときたようです。死亡推定時刻は、前日の夜の八時から十時。発見されるまで半日しか経っていませんでしたが、夏の蒸し暑さで腐敗が進行していました」

「犯行現場は、そのアパートか」

「そのようです。移動させた形跡はありません」

「その時間だったら、隣人が物音を聞いているだろう」

有馬の問いに、星野は困り顔になった。

「現場となったアパートは壁や床が薄く、音がよく響いていたようで、物音が聞こえても毎度のことだと特に気にしなかったようです。それと、富田の下の階の住人はその日は夜勤で、金曜日だったので、隣の住人も遅くまで居酒屋にいたそうです。彼の言い分では、毎週金曜日は帰りが遅くなると言っていたので、おそらくピンポイントでその時間を狙っていたんでしょう」

周辺住人の不在時を狙った、計画的犯行か。

「遺体の状況は」

「胸から背中を突き抜けるくらい深い傷。凶器は刃物で、これが死因です。ほかに、首筋に火傷《やけど》。スタンガンによるもので、火傷の具合から、改造されたものだと推測できます。犯人は富田の家に訪問し、スタンガンで気を失わせた後、養生《ようじょう》テープで手足を縛ったうえで動きを封じてから刺し殺したと思われます。口にハンカチを詰められていました。あれでは、呻《うめ》き声は出せても、悲鳴を発することはできなかったでしょうね」

有馬は、遺体の写真を眺める。星野の見立てに間違いはないような気がした。養生テープで身動きを封じている点が気になる。すぐに殺さなかったということか。なんのために。目的はなんだ。

「拷問《ごうもん》の痕跡はなさそうだな」

あらゆる角度から撮られている写真を確認しながら訊ねる。

星野は、虚を突かれたような顔をした。

「……そうですね。外傷は、スタンガンの痕と刺し傷のみ。腐敗臭を発していましたが、表面は綺麗ですね。薬物反応もありませんでした」

拷問をするために生かしておくという単純な理由はなさそうだ。

写真を見る限り、かなり入念に手足を拘束している。襲撃から殺害まで、間隔を開けたことは間違いない。時間を置く必要があったということだ。

──なにかを確認するため？

現時点では、なんともいえない。

傷跡をアップで写した写真を隣から覗《のぞ》き込んだ潮見が、小さな呻《うめ》き声を上げた。

「現場から、紺野に繋がる証拠は出たのか」

紺野の写真を指差しつつ訊ねる。

「凶器は発見できませんでしたが、現場検証をした結果、玄関扉の表面から紺野の指紋が採取されました」

「……ドアノブではなく？」

星野は困惑気味に頷く。

「はい。ドアノブからも、部屋からも指紋は発見されませんでした。ただ、目撃証言もありましたし、防犯カメラの映像でも、顔こそ映っていないものの、似た背丈の男が映った映像が残っていました。そしてなにより、三日前に紺野本人が出頭して自白しているんです」

「それで、緊急逮捕したということか」

有馬は顎に手を当てる。

目撃証言や防犯カメラの映像が残っており、出頭して自白している。玄関扉の表面にしか指紋がないのは妙な話だが、犯行現場にいた証拠にはなるだろう。

身柄も拘束している。ここまで詰めていれば、たとえ否認に転じられても問題ない。いったいなにが問題なのだろうか。

「どうして、ここに有馬さんが呼ばれたんでしょうか。これだけの要素があれば、起訴して裁判に持ち込めると思いますが」

疑問を代弁した春名の視線が、検事の水田に向けられる。その水田は、苛立ちを露《あらわ》にした。

「……すべて覆されたんだよ」

「覆されたっていうのは、いったい……」

「言葉どおりだ。紺野は、すべての状況証拠を覆してしまったんだ」

水田の顔が、憤怒を示す赤色に染まる。

いったい、なにがあったというのか。

口を一文字に結んでいる水田の代わりに、星野が説明を加える。

「ともかく、会ってください。紺野は、有馬さんとしか話をしないと主張していて、黙秘を貫いているんです」

有馬を親の仇《かたき》のように睨んでいた水田が舌打ちする。

「送致後、勾留決定がされてから一切口を利《き》かないんだ。この膠着《こうちゃく》状態を脱却する糸口がほしい」

星野は、案内すると言って歩き出す。説明している時間も惜しいらしい。有馬は状況を理解できなかったが、仕方なく後を追った。

案内されたのは、マジックミラーのない取調室だった。

紺野の要望は、第三者とは隔絶された空間で有馬と会うことだと星野が説明する。ここは、三ノ輪署内で一番遮音性の高い場所でもあった。

どうして、捜査本部は被疑者の言いなりになっているのか。

「完全に二人きりというのが、紺野との約束です。小型マイクでも仕込もうと思いましたが、そういった反則が発覚した場合は、即刻取り調べを打ち切ると。同席する書記係もなし。手錠《てじょう》を付けているから大丈夫だとは思いますが、なにかあったら大声で叫んでください」

頭を下げた星野は、頼みますと言って送り出す。

有馬は、いつもより心拍数が高くなっているのを意識しつつ、取調室の扉を開ける。

六畳ほどの部屋の中央には、四角い机が置かれてあった。それを挟むようにパイプ椅子が二脚。奥の椅子に座っている紺野の背後にある窓からは、陽光が差し込んでいる。

緊張感とは無縁のような明るい空間だったが、有馬は立ち入ることを躊躇《ちゅうちょ》した。

紺野の視線が、真《ま》っ直《す》ぐに注がれている。その目からは、敵意も親しみも感じられない。それどころか、なにを考えているのかさえ分からなかった。底知れぬ威厳。元裁判官という事前情報が影響しているのだろうか。この小さな空間を支配しているのは、紺野の方だと感じた。

唾《つば》を飲み込んだ有馬は、意を決して取調室に入り、扉を閉めた。

目の前の机が、裁判所の証言台であるかのような錯覚を覚える。胸を張るが、その行為が虚勢のような気がして、自嘲気味の笑みが浮かんでしまった。

「どうぞ」

癪《しゃく》だったが、勧められるがままに椅子に腰掛ける。落ち着き払った声。逮捕されているという状況下にあって、一切動揺していないようだった。

「わざわざお越しいただいてすみません。どうしても有馬さんがよかったので、名指ししてしまいました」

有馬は無言のまま、紺野を見つめた。取り調べに当たる際は、相手の性格を見極める必要がある。理性的な人間か、感情的な人間かで取り調べの方法は変わるし、自白への道筋の作り方も異なる。

有馬は長年刑事をやってきた経験から、取り調べの相手の性格を摑《つか》むことには慣れていた。外見で判断することもできる。しかし、目の前にいる紺野は、判断材料となるものを一切与えてくれなかった。裁判官だったという情報を考慮すれば理性的のはずだ。だが、そう思わせないなにかがあった。

「そんな怖い顔をしないでください」

紺野は柔らかい声を出す。顔にも微笑を浮かべている。それなのに、有馬は緊張を強《し》いられていた。

「念のための確認です。先ほど調べましたが、この部屋には、集音マイクといった類《たぐい》のものを仕込んではいませんでした。有馬さんは、小型マイクなどを取り付けてきていないでしょうね」

ぐっと、目の焦点が絞られたような気がした。見えないはずのものを見るような目。捜査側の目。判断を下す側の目。居心地が悪く、無意識に椅子に座り直した。

「……ああ」

「知っているとは思いますが、刑事事件の場合、録音といった伝聞証拠の類は証拠になりにくいですので。まぁ、証拠能力が認められるケースもありますが、私は言わされたと主張します。もちろん、当初の約束どおり、今後一切、取り調べに協力もしません」

裁判官然とした、静かな口調。まるで被告人になった気分だと有馬は思った。咳払いをする。痰《たん》がからんでいるわけでもないのに、喉に違和感を覚えた。

「……マイクは持っていないから安心しろ」

「そうですか」

紺野は小さく頷き、そして、注意深い視線を向けてくる。

「有馬さんは、運命を信じますか」

唐突に問われた有馬は面食らったが、その反応を恥じて、平静を装う。

「……そんなもの、信じていない」

「私もそうです」紺野は頷く。

「運命というと、どこか自分の意思の及ばない偶然が引き起こされたように思われがちですが、運命の中に偶然はありません。運命と感じたことがあるとしても、それは単に、自らが過去に取った選択肢が引き起こしたものにすぎないのです」

「……なにが言いたいんだ」

「すべてに意味があるということです。一側面から見たら無意味と思えるものでも、立場を変えれば意味を持つのです」

「……自分の行為を正当化するつもりか」

有馬の問いに、紺野は肩をすくめる。答える気がないようだ。

相手のペースに呑《の》まれているなと感じ、その危険な状態から脱出しようと試みる。

「……お前、世間話をするために呼んだんじゃないだろう。俺を名指しした理由を聞かせてくれ。記憶する限りでは、俺たちは初対面だな」

声のトーンを落として訊ねる。紺野は僅かに目を細めた。

「有馬さんのことは、以前、ニュース番組で知りました」

言葉が続くかと思ったが、一向に喋《しゃべ》り出さない。知ったということ自体が、重要なことだと言いたいのか。

「……知っただけで、ここに俺を呼んだのか」

その問いに、紺野は可笑しそうに笑った。

「それだけではありません。誤判対策室での活躍ぶりも調べさせていただきましたよ。もちろん、誤判対策室が面白いことをやってのけたことも知っています」

紺野は声を弾《はず》ませる。悪戯《いたずら》を指摘されたような気分になった。

「誤判対策室というのは、なかなか崇高な理念を掲げていますね。政府が善意で設立した組織とは信じられません」

紺野は不敵な笑みを浮かべる。内情をどこまで知っているのか不明だったので、有馬は黙っておくことにした。

「ともかく、三審制にメスを入れるような仕組みは画期的であり、私個人としては賛同します」

本気で言っているのか分からなかったが、否定的な意見を持っているわけではなさそうだった。

三審制。裁判での判決が確定するまでに、上訴することができる裁判所が二つあり、裁判の当事者は、最大で三回までの審理を受けることができる仕組みだ。刑事裁判の場合、地方裁判所の決定に対して控訴が可能で、次に高等裁判所での判断が不服な場合は、最高裁判所に上告することができる。それで確定した判決は、基本的に覆すことができない。再審請求をすることは可能だが、再審が認められることは稀《まれ》である。

そもそも、最高裁判所は上告のほとんどを棄却してしまうため、事実上二審制という批判もあった。

誤判対策室は、日本の三審制に割って入る異端児的な立場にあり、仕組みが壊れることを嫌がる人間は数多くいる。

「……ニュース番組を観て俺のことを知ったと言ったな。俺を指名した理由はなんだ。今回、お前が起こした事件が関係あるのか」

再度の問いに、紺野の視線は、有馬の頭上へと移動した。

「実は、有馬さんにやってほしいことがあるんです」

「……なにをしてほしいんだ」

「ゲームです」

虚を突かれた有馬は、その反応を恥じて顔を歪める。なにを言っているのか分からなかった。

「私を無事に起訴まで持ち込めれば、有馬さんの勝ち。そうなった場合、私は素直に刑に服します」

妙なことを提案した紺野を不審に思うが、当の本人にふざけている様子は微塵《みじん》もない。

紺野は続ける。

「ただ、もし、起訴できなかった場合ですが」ここで一呼吸入れた。

「私は、有馬さんの娘さんをこの世から消します」

「……は？」

言葉が素直に頭に入ってこなかった。

「婚姻関係を結んでいない女性との間にできた、詩織《しおり》さんですよ。有馬さんが借金の保証人になったりしていますよね。今は、神田《かんだ》で小さな出版社を経営しているようですね」

有馬の心臓が跳《は》ね上がる。

「……どうして詩織の名前が出てくるんだ」

身体が萎縮し、声が上擦《うわず》る。まさか、詩織の名前が出るとは思わなかった。

「このゲームを進行する上で、重要な要素ですから。彼女は有馬さんにとって、賭《か》けるに値するものでしょう?」

「ふざけたことを言うな!」

恐怖心を押しのけた怒りが口から出る。

「どうして詩織が関係あるんだ!」

窓が震えるような怒鳴り声を、紺野は澄んだ顔で受け流した。そよ風としか思っていないような表情。

心臓が肋骨《ろっこつ》を叩く。冷や汗が背中を伝い、身震いした。

有馬に、血の繋がった娘がいることを知る人間は少ない。最初、ゲームと聞いて呆《あき》れると同時に馬鹿なことを言うなと憤ったが、紺野が事前に有馬の周囲の情報収集をしていることを知り、背筋に冷たいものが走る。

紺野は笑みを浮かべた。

「お住まいは千代田《ちよだ》区神田淡路町《あわじちょう》で、間取りは1LDK。築十五年のマンションの三階に住んでいますね。週一回、スポーツジムに通っていますよね。現在、お付き合いしている男性はいないですが、言い寄ってきている男もいるようです。なかなか魅力的な容姿をしているので納得です。ただ、彼女は仕事を第一に考えているみたいですね」

「どうして……」

有馬の声を、紺野は遮った。

「今、勾留二日目です。勾留延長を含めて、期限は二十日間。そのうちの一日は、勾留請求で既に使われていますが、残りの時間で、有馬さんは私の完全犯罪を見破らなければなりません。殺人事件で否認事件なので、検事は最大日数を使って起訴するか不起訴にするか判断するでしょう」

「……完全犯罪？　お前はいったいなにを言っているんだ」

「言葉どおりです。さぁ、誤判対策室の力を見せてください。詩織さんがこの世からいなくなってしまうか否かは、有馬さんの働きにかかっているんです」

椅子の背に凭《もた》れかかった紺野の声は、世間話をするような気軽さだった。

誤判対策室に戻った有馬は、腰が砕けたかのように椅子に座り、目頭を手で揉《も》む。頭痛と眩暈《めまい》がしていた。

紺野が提案してきたゲーム。最長勾留期間である二十日間のうちに、犯罪の証拠を摑んで起訴できれば有馬の勝ち。できなければ、詩織をこの世から消す——殺す。

馬鹿げている。しかし、一蹴《いっしゅう》することはできなかった。

詩織。有馬が結婚を考えていた女性との間に生まれた非嫡出子《ひちゃくしゅつし》。

どうして今、このような状況に置かれることになったのか、まったく理解できなかった。このゲームに到底納得がいかない。どうして、詩織が俎上《そじょう》に載る必要があるのか。

——有馬さんにとって、賭けるに値するものでしょう?

紺野が発した言葉を思い出す。

図星だった。有馬にとって、すでに自分の人生はどうでもよくなっている。しかし、他人の人生は別だ。こんな揉め事に巻き込むことはできない。それが血の繋がった詩織となればなおさらだった。

紺野に対して怒りを覚えた。しかし、それ以上に困惑していた。

ゲームをするという、その目的が分からなかった。

「資料、ここに置いておきますよ」

潮見が、捜査本部からコピーしてきた捜査資料を、部屋の中央にあるテーブルに載せる。そして、首の骨を鳴らしてから給湯室へと消えていった。

有馬は、捜査資料の山を見つめる。

ゲームを宣言した紺野は、今日の分の取り調べは終わりだと告げ、その後は黙秘を貫いた。諭《さと》して駄目なら、とことん責め立てる。散々怒鳴り散らしても、紺野は魂が抜け落ちてしまったかのように反応を示さなかった。人形に向かって喋っているような虚《むな》しさを覚えた有馬は、取り調べを切り上げて講堂に戻ることにした。そして、管理官の星野や検事の水田の質問攻めを一時間ほど受けることになった。質問の内容から察するに、取調室での紺野との会話は盗聴していないようだ。有馬は、血の繋がった詩織の命が脅かされているという情報以外のことを二人に伝えた。

その後、現時点で捜査本部が収集している証拠や証言が書かれた資料のコピーをして、誤判対策室に戻ることにしたのだ。

時計を見る。針は十九時を示していた。

有馬は、勾留決定がされた翌日に捜査本部から呼ばれたことを不審に思っていた。

まだ勾留二日目だ。

勾留期間は、延長期間を含めて二十日間ある。捜査一課が主導する捜査本部が、極力関わりたくはないであろう誤判対策室に助けを求めるには早すぎる。もちろん、有馬としか話さないと言った紺野の主張も要因の一つだろうが、取調官の力量によっては紺野を屈服させることは可能かもしれない。少なくとも、その努力をするのは当然だろうし、可能性を放棄する段階ではないはずだ。

そもそも、捜査側が、逮捕した人間の言いなりになるわけがない。

違和感が拭《ぬぐ》えない。

なにか、警察を脅す材料を紺野が持っている気がしてならなかった。そのことを星野に問うたが、答えは返ってこなかった。

「取り調べはどうだったんですか」

目の前に立った春名が訊ねてくる。

「……特にはないな。ちょっとした顔合わせだから、なにも話してない」

有馬の言葉に、春名は口元を痙攣《けいれん》させた。

「三十分も取調室にこもっていて、挨拶だけで終わるわけないですよね」

「僕も聞きたいですね」

潮見も便乗してくる。手にトレーを持っており、そこにアイスコーヒーが三つ載っていた。

取調室から出た有馬は、すぐに星野たちに連れられて部屋に監禁され、状況説明を求められた。そしてそこには、春名や潮見の同席は認められなかった。

二度目の説明が面倒だったが、話さないわけにはいかないだろう。

「ゲームをしようと持ち掛けられた」

「……ゲーム？」

春名の疑念のこもった表情。

「俺だって、耳を疑ったよ。でも、紺野は確かにそう提案してきたんだ」

「その、ゲームっていうのは、どんなルールなんですか」

潮見の反応は春名と違い、興味津々といった様子だった。

有馬は、アイスコーヒーを一口飲む。

「勾留期間内に起訴できれば、俺の勝ち。素直に刑に服すと言っている。それができなければ、俺の負けということらしい」

「有馬さんが負けたら、どうなるんですか」

「……それは、紺野が釈放されるだけだ」

「アンバランスなゲームですね」潮見は眉根を上げ、小馬鹿にするような声を出す。「紺野が殺人事件を起こしたと仮定しての話ですが、自首して逮捕され、拘束されています。その時点で、紺野はかなりの賭け金を出していることになりますよね。それなのに、有馬さんに賭け金はなく、負けた場合のペナルティーもない。ゲームとして、有馬さんが負けた場合のデメリットがなさすぎます」

「……そんなこと、俺に聞くな」

鋭い指摘だと思ったが、表情には出さなかった。

「ともかく、ゲームを提案してきたのは紺野なんだ。疑うなら、本人に聞いてくれ」

「聞ければ苦労しません」春名が憎たらしそうな声で続ける。

「どうして、有馬さんが名指しされたんですか。理由があるはずです」

「それは……」

言い淀《よど》む。本当のことを喋るメリットとデメリットを天秤《てんびん》にかける。

有馬が負けた場合のペナルティー。釈放された場合、娘の詩織が殺される。

現時点で、詩織が殺される危険性を実感しているわけではないが、楽観視してもいない。

このことを話しても、無駄な心配をかけさせるだけだと思い、喋るのを止《や》めておくことにした。詩織のことは、捜査本部にも告げていないし、今後も、誰にも言うつもりはない。一人でけりをつける。

「誤判対策室のニュースを見て、それで、俺のことを知って興味を持ったらしい」

春名は、すぐに合点がいったようだった。

「……つまり、半年前に誤判対策室で活躍した有馬さんを好敵手とみなしたってことですか」

その声には、嘲笑《ちょうしょう》するような調子が含まれていた。

「真意は分からないが、そんなところじゃないか」

肩をすくめる。

真意。

紺野がなにを考えているのか、まったく分からなかった。今まで多くの犯罪者を見てきたし、ある程度は人の思考を読める自信もあった。もちろん、なにを考えているのか分からない殺人犯に遭遇することもあった。その場合は、例外なく精神的な歪みを感じたし、顔が壊れている。

しかし、紺野にはその兆候は見られず、常に冷静沈着だった。情動も狂気も内在していないようだ。普通の人間と変わりがない。

その男が、人を殺したと自首し、ゲームを始めると言い出した。なにが目的だ。まったく見当がつかなかった。

「自首をしたのは、どうしてでしょうか。まさか本当に、ただ単純にゲームをするためとかはないですよね」

腕を組んだ春名が、責めるような調子で意見を求めてくる。

有馬はその問いを無視した。代わりに、潮見が口を開いた。

「一罪一逮捕一勾留の原則を狙っているとか？」

「一罪……」

一瞬納得しかけた様子の春名だったが、すぐに否定する。

「……それはあくまで原則で、たとえ犯罪を証明できなくても、嫌疑不十分で釈放してから、捜査は継続できるし、逮捕も可能。そんなことをしても無意味よ」

「まぁ、そうですよね」

潮見は納得するように頷く。

有馬も取り調べ中、紺野が一罪一逮捕一勾留の原則を使おうとしているのではないかと疑った。同一事実についての逮捕や勾留は、原則として一度限りということになっている。要するに、一つの罪では一度しか逮捕できない。再逮捕や再勾留を安易に認めてしまうと、逮捕及び勾留の身柄拘束期間の制限がなくなってしまい、人権的な問題が発生する。ただ、起訴できずに釈放となったとしても、新証拠などが発見されるなどの展開があれば、同じ事件での再逮捕は許されている。

一罪一逮捕一勾留の原則という着眼点はよかったが、春名の言うとおりだろう。

「ゲームをしたいと言ってきた理由……なんでしょうね」

潮見の言葉に対し、回答を持つ者はいなかった。

「ほかに、紺野はなにか言っていたんですか」

春名が問う。有馬は、無精髭《ぶしょうひげ》を手で擦る。

「勾留期間である二十日間、紺野は弁護人の手を借りないらしい」

紺野は、私選弁護人の選任や国選弁護人の選任請求もしておらず、相談や情報提供は一切しないということだった。

「交渉は自分でする、ということですか」

「元裁判官だからな。それも可能だろう」

ゆっくりと息を吐く。

ゲームをしたいと言い出した紺野について、はったりではないかという思いもあった。突拍子もないことを言うことで、捜査を攪乱《かくらん》することが目的なのかもしれないという推測も成り立つ。

いまいち、現実味がない。

「証拠については、どうなんだ」

テーブルの上に置かれた手提げ袋に目をやる。有馬が紺野と会っている間、春名と潮見が捜査資料をコピーしていた。

「正直なところ、使えそうな資料はほとんどなかったですね。自首事件だからって、途中で手を抜いたんだと思ってしまうほどです。まぁ、捜査本部が立ち上がって日が浅いですから、時間のない中では上出来かもしれませんけど」

春名の言葉に、潮見が同意する。

「ざっと見たところでは、状況証拠ばかりで直接証拠はありませんでした。だから、ひっくり返されて焦っているんでしょうね」

「自首したときの調書はどうなんだ」

「残念ながら、正式な調書としては残っていません。自首したから逮捕して、それから、ゆっくりと調書を作成しようとしたんでしょうね。否認に転じた今では、調書なき自白は、絵に描いた餅《もち》ですけど」

有馬は、思わず舌打ちした。

犯罪を立証するには、直接証拠がもっとも効果がある。目撃者の証言といった直接証拠があれば、紺野が犯人であることを明らかにする材料になる。

それに対して、状況証拠は、容疑者と被害者が日頃から喧嘩《けんか》ばかりしていたといった証言や、事件当日に現場付近で見かけたといったもので、犯行を証明するものではなく、やっていたかもしれないと推測可能なものを指す。状況証拠のみで真相を明らかにすることは難しい。解釈一つで、クロと考えられていた容疑者がシロになるからだ。

しかし、直接証拠が見つからないケースも多い。その際には、状況証拠の積み重ねをするしかない。ただ、それだけでは弱いので、容疑者の自白を取って有罪を決定づけるのだ。

状況証拠のみでも立件は可能だったが、犯罪事実すべてを物語る自白があれば、それが状況証拠により補強され、立証が強固なものとなる。自白は、犯罪を立証する重要な要素である。だからこそ、警察は自白をさせようと躍起になり、それが冤罪を生む要因にもなっている。

「殺した動機は？」

「それも詰められていませんでした。逮捕してから聞き出そうとしたみたいですね」

自首した紺野に、捜査本部が不用意に飛びついた形か。

「紺野が自首してきたとき、捜査本部は容疑者の特定ができていなかったそうです」

潮見が言う。

「ただ、紺野が現れ、捜査本部が持っていた三つの証拠と照らし合わせた結果、犯人で間違いないと踏んだそうですよ。四十八時間以内に検察に送致されて、勾留決定された直後に、紺野がすべての証拠を覆しましたけど」

状況証拠しかない中で、犯人と名乗る紺野が自首。扱っているのは殺人事件だ。捜査本部が焦って手を出したのは不用意だったが、気持ちは分からないでもない。

「あの、さっき、潮見君が一罪一逮捕一勾留の原則と言ったときに、イギリスで起きた、似たような事件を思い出したんですけど」

独り言のような小さい声を出した春名は、考えに耽《ふけ》っているような表情を浮かべている。

「マンチェスターで起きた事件なんですが、家が騒がしいと近所の住民が通報して、地元の警察官が駆けつけたところ、ハンマーで殴られて死んでいる三十代の女性を発見したんです。また、同じ家にいた十八歳の娘と、十三歳の息子も殺されていました」

春名は、躊躇するように一拍間を置いてから、再び話し出す。

「警察は状況証拠から容疑者を割り出しましたが、行方が摑めなかったんです。そこで警察は、テレビで容疑者であるピエール・ウィリアムズの名前を出して、危険人物なので見かけたらすぐに通報するようにと呼びかけたんです。この賭けに対して、警察はすぐに一本の電話を受けたんですけど、それはピエール・ウィリアムズ本人からで、すぐに出頭するという内容でした。それから間もなく出頭してきて逮捕されたんですが、警察は九十六時間のうちに刑事訴追しなければ釈放するしかないという事態に追い込まれたんです。特別捜査本部が設置されたばかり。今回の紺野の件と同じく、起訴できるほどの証拠がない状態で、警察側はタイムリミットを突きつけられたんです。結局、マンチェスターの殺害現場から、裸眼で確認できない足跡を発見し、それがバーミンガムにあるウィリアムズの自宅にある足跡と一致して、最終的に終身刑にすることができましたが、危ないところでした。ちなみに、事件解決の糸口を見つけたのは、期限のわずか三時間前だったみたいです」

話を聞きながら、今回の紺野の動きと符合する部分があるなと有馬は思う。

「でも、やっぱり、紺野の狙いは別のところにありそうですよね……」

思い直すような表情のまま告げる。

春名の言うとおりだろう。たとえ勾留期間である二十日間、起訴できない状況で持ちこたえたとしても、紺野が得られるものは釈放だけだ。それなら、自首する必要はない。

理由が分からない。そして、ゲームをする目的も不明だ。

「今、三つの証拠があるんだよな」

有馬の言葉を受けた潮見は、難しい顔をする。

「一つは、星野管理官が言っていた玄関扉に付着していたという紺野の指紋です。でも、これは……」

説明している途中に、電子音が鳴る。音は、有馬のポケットから出ていた。

携帯電話を取り出し、ディスプレイを確認する。

目を見張った。そこには、松田《まつだ》詩織の文字が浮かび上がっていた。震える指で通話ボタンを押して耳に当てる。

「……どうした」

電話の向こう側から聞こえる詩織の声は震えていた。

場所を聞き出した有馬はすぐに行くと言い、誤判対策室を後にした。

胸騒ぎで、心臓が破裂しそうだった。

有楽町駅でタクシーを拾い、行き先を告げる。

詩織は、神田駅近くにある雑居ビルで、小さな出版社を経営していた。

気が急《せ》いた。赤信号で停まるたびに苛立《いらだ》ちが募る。

先ほどの電話で、詩織は一刻も早く来てくれと告げた。恐怖と怒りが綯《な》い交ぜになった声は、明らかに有馬を非難していた。

今まで、詩織から連絡があるのは、保証人を頼まれるときだけだった。

――これくらいしか、親らしいことできないでしょ。

そう言われても、有馬はなにも言い返すことができなかった。非嫡出子として育った詩織に、有馬はずっと手を差し伸べなかった。言葉には出さなかったが、詩織はそのことを恨んでいるだろう。

目的地付近に来たところで、渋滞に巻き込まれる。舌打ちをした有馬は、タクシー運転手に金を渡し、釣りを受け取らずに車を降りる。

ここからなら、走ったほうが早い。

酒に酔って千鳥足になった通行人を掻き分けて、先を急ぐ。肩がぶつかった男の怒声が背後から聞こえるが、構っている暇はなかった。ワイシャツが汗で肌に貼りついて不快だった。ネオンの光がちらついて、身体のバランスを崩しそうになる。

ようやく、細長い雑居ビルに到着した。薄暗い階段を駆け上がった。

ビルの三階に、〝シオリ出版〟は入っていた。ガラス扉を抜け、事務所に入る。

まず、詩織の姿が飛び込んできた。充血した目が、有馬を睨みつけていた。

視線を外した有馬は、事務所の様子に愕然《がくぜん》とした。

巨大地震が起きた直後だと思ってしまうような状態だった。キャビネットはすべて倒され、本や書類が散乱していた。それだけではない。什器はひっくり返り、ソファは切り裂かれて中の綿が引きずり出されていた。

「……また、なにかしたの？」

怒りに震える声を発した詩織は、スマートフォンの画面を見せてきた。

そこには、壁に突き刺さった刃物が写っており、一枚の紙がぶら下がっている。

〝有馬英治　ゲームは始まっている〟

紙に書かれた文字を目にした有馬は、喉が詰まり、息ができなくなった。間違いなく、紺野の仕業だ。

「……警察に通報はしたのか？」

「当たり前でしょ。いろいろと見てもらって、さっき帰っていったところ。写真に写ってる紙は、警察が持っていった」腕を組んだ詩織の瞳には、憎悪に似た感情が浮かんでいる。

「で、なにかやったの？」

そう問われた有馬は、返答に詰まる。まさか、紺野という男にゲームを持ち掛けられ、有馬が負けた場合、詩織が殺されるのだとは答えられない。

「……警察は、なんて言っていたんだ」

「なにをしたかって聞いてるの！」

詩織が声を荒らげる。

「……心当たりはない」

有馬は首を横に振った。紺野のことを伝えても、状況を悪化させるだけだ。

詩織は、真偽を確かめるような視線を向けてくる。その目は、嘘を見抜いている目だった。

「本当に、知らないんだ」

嘘で塗り固める。詩織は口を歪め、視線を逸らした。

「……帰って」

感情を抑えるように言い、散乱した書類を拾い始めた。

有馬も腰を屈めたが、手伝わなくていいと鋭い刃のような口調で止められた。

丸められた詩織の背中を見ながら、後悔の波が押し寄せてきた。これは、自分の行いが生んだ結果なのだ。

「怪我《けが》はなかったか」

「……見てのとおりよ」

「犯人は見たのか？」

その質問に、詩織は太い息を吐きながら頭を掻く。

「見てないわよ。取材先から戻ったら、こんなになっていたの。もういい。帰って」

「一人で大丈夫なのか」

詩織は嘲《あざけ》るように笑う。

「そんなこと言う資格ある？　私たちを置いて消えたくせに。ともかく、帰って」

両手を強く握っていた。その震える拳を見て、有馬はこれ以上ここにいることはできないと思う。

「……なにかあったら、連絡してくれ」

そう言い残し、背中に視線を感じつつ事務所を出た。

外の熱せられた空気を吸い込むと、刺すような痛みが両方の肺に走る。息苦しさを感じつつ、夜の街を歩いた。

自分の歩んできた人生が、いかに他人の人生に歪みを生じさせていたかを痛感させられた。有馬は、詩織の父親だ。結婚を考えていた女との間にできた子。家族になるつもりだった。しかし、その考えは無残に打ち砕かれた。

前回、詩織に会ったのは半年前だ。連帯保証人を頼まれ、それを受けたのだが、有馬が起こした事件によって融資が打ち切られたという話をされたのが最後の記憶だ。

——これくらいしか、親らしいことできないでしょ。

連帯保証人の話を持ち掛けられたときに言われた言葉が、耳にこびりついて離れなかった。

頭を振った有馬は、目の前の物事に集中する。過去の過ちに胸を痛ませている暇はない。後悔は、いつでもできる。今は、現状の把握に努めるのだ。

自分を奮い立たせた有馬は、神田警察署に向かった。

強いビル風に煽《あお》られながら速足で歩く。五分ほどで神田警察署に到着した。

中に入り、真っ直ぐに刑事課が入っている部屋に向かう。廊下を歩いている途中、数人の顔見知りに会ったが、挨拶をせずに通り過ぎた。

刑事部屋に入ろうとしたところで、背後から呼び止められた。

「有馬さん、どうされたんですか」

聞き覚えのある声に振り返ると、竹井《たけい》が立っていた。癖毛が重力を無視して立ち上がっている。三十代のはずなのに、若々しさはない。日焼けしていて、身体の線も細い。身体が茎で、髪が根っこに見える。竹井とは、過去に捜査本部で一緒になったことがあった。

「久しぶりだな。忙しいところすまないが、聞きたいことがあるんだ」

その言葉に、竹井は警戒の色を顔に浮かべる。もっともな反応だ。警察組織にとって、有馬は誤判対策室の象徴的な存在で、明確な敵対関係にある。誤判対策室はその性質上、過去の捜査の粗探しをしなければならない。そんな組織に、警察が良い印象を抱くはずがなかった。

「……誤判対策室の案件じゃないから安心してくれ」

その言葉に、竹井が僅かに頰を緩める。顔に出さないようにしているようだったが、安心したのは明白だった。

「今日、神田駅のすぐ近くの雑居ビルで空き巣があっただろう。その件で話を聞きたいんだ」

「……空き巣？」

竹井は意外そうな表情を浮かべた。時間が惜しかった有馬が〝シオリ出版〟という名前を告げると、すぐに思い至ったようだ。

「ちょっと聞いてみます」

そう言うと、刑事部屋に入っていった。誤判対策室は、建前上はあらゆる証拠を閲覧する権限を持っている。進行中の捜査の情報を得ることも可能だった。ただ、この申し出を拒否しても罰則はない。ずいぶんと脆弱《ぜいじゃく》な権限だなと常々思う。

有馬は、竹井の後を追おうと一歩足を踏み出すが、そのまま固まった。刑事部屋に入り、自ら進んで好奇の的《まと》になる必要はないと思い直す。昔の仲間から軽蔑の眼差しを向けられるのは、気持ちの良いものではない。

進行方向を変え、自動販売機の横に置いてあるパイプ椅子に座った。焦燥感ばかりが募る。紺野は、一体なにをやろうとしているのか。すぐにでも問い質しに三ノ輪署に行きたいが、まずは情報収集の必要性を感じていた。感情でぶつかっても徒労に終わるだけだろうし、元裁判官の紺野に、余裕のなさを見せることはできない。

両手を力強く組み、足を小刻みに上下させる。時計を見ると、五分が経過していた。

「お待たせしました」

顔を上げると、竹井が頭を下げる。手に、Ａ４サイズの紙を持っていた。

「空き巣の件を担当した人間が急用で帰ってしまったようなんです。ほんと、すみません」

弁解するように言う。行き過ぎた恐縮具合。おそらく嘘を吐いているなと思った。

「でも、報告書を借りてきました。下書き程度の、正式なものではないですが」

――借りてきた、か。

大方、担当した人間が協力を拒んで、報告書だけを渡してきたのだろう。黙ってそれを受け取る。

通報は、今から四時間前の十三時。

無人だった事務所が荒らされているのを、〝シオリ出版〟の松田詩織が発見し、通報。神田署から二名の署員が駆け付け、現場を確認。

盗まれたものはなく、部屋を荒らされ、手紙とナイフが残っていた。指紋は付いていなかった。

〝有馬英治　ゲームは始まっている〟

文字を読んだ有馬は、顔が火照《ほて》るのを意識しつつ、先を読み進める。

事務所には鍵をかけていたが、破壊されていたらしい。不審な音を聞いた人物はいなかった。部屋の荒れようから大きな音が出てもおかしくはない。上下のテナントの人間が聞き洩《も》らしたか、もしくは、犯人は音が出ないように慎重を期したか。

確証はないが、後者の可能性が高い気がした。

詩織の証言。犯人に心当たりなし。

「警備会社とは契約していなかったのか」

「そのようですね。ああいった古い雑居ビルでは、入っていない場合も多いんです。こういったご時世ですから、経費削減ですよ」

「防犯カメラの映像は確認したのか」

竹井は頷く。

「あのビル、エレベーターにしかカメラが設置されていなかったらしいです。そこには、誰も映っていませんでした。それに、ビルの出入り口を写しているカメラもないって言ってましたよ」

刑事部屋を一瞥《いちべつ》しつつ伝聞口調で語る。今しがた聞いたばかりだと告げているのと同じだ。そのことに気づいた竹井は、ばつの悪い表情を浮かべる。

有馬は立ち上がり、肩に手を置いた。

「助かった」

捜査報告書を返し、刑事部屋を覗《のぞ》くことなく廊下を歩き、神田署を後にした。

歩きながら、頭の中を整理する。盗品のない空き巣。目的は別にあったことは明白であり、遺留品である紙に〝有馬英治〟という名前が明記されていることがすべてを物語っている。警察は、誤判対策室の有馬だと気づいているだろう。警察の出方は分からないが、本腰を入れて捜査する可能性は低い。むしろ、身から出た錆《さび》だと笑いつつ、おざなりに済まされる確率のほうが高い。

〝シオリ出版〟が入る雑居ビルに戻り、上を見上げる。三階の窓からは、明かりが見えた。まだ片付けをしているのだろう。

周囲を確認する。竹井の言うとおり、ビルの出入り口を写している防犯カメラはなさそうだった。

ビルの正面は通行人の密度が高い通りだが、車の通行はほとんどない。事件当時に偶然車が通りかかり、ドライブレコーダーに犯人の顔が映っているなんて幸運はないだろう。

そこまで考えて、事務所を荒らした人間を特定する必要はないと思い直す。

〝有馬英治　ゲームは始まっている〟

紙に書かれた文字。有馬は歯嚙みした。

今回のことを仕組んだのは、紺野に決まっている。〝シオリ出版〟の入るビル周辺の警邏《けいら》を依頼しようかと思っていたが、それも不要だ。

紺野にとって、詩織はゲームに勝った際の賞品なのだ。今の時点で危害を加えるつもりはないはずだ。

それに、警察に説明したところで、手厚い保護は期待できない。

自分でなんとかするしかない。

2

翌日。

有馬は誤判対策室には寄らず、直接三ノ輪署に向かった。

捜査本部が設置された講堂に入る。捜査員たちの、さまざまな感情のこもった視線が一斉に集中した。

「有馬さん」

講堂の前方に立っていた管理官の星野が手招きする。

近づくと、写真を差し出された。〝シオリ出版〟に貼られていた紙を写したものだった。もう神田署から連絡がいっていたのかと驚いたが、当然だろうなと思い直す。わけのわからないゲームを持ち掛けられ、詩織を殺すと言われたことで、自分の判断力が低下しているのではないかと不安になる。

「これって、紺野の仕業《しわざ》ですよね」

「……だろうな」

有馬は頷く。星野が低く唸る。パソコンのファンのような音だった。

「つまり、紺野は、外部に協力者を擁していると考えて間違いなさそうですね。しかも、堅気《かたぎ》の人間じゃない」

そのとおりだろう。紺野は身柄を拘束されているが、自由に外界を動き回ることのできる人間を雇っている。もしくは、協力者か。どちらにしても厄介だ。

「紺野の取り調べは？」

有馬の問いに、星野は渋面《じゅうめん》を作る。

「相変わらずの黙秘。脅しても賺《すか》しても駄目です。怒鳴り声も一切通じません。あれこれやっているんですけど、一向に成果が上がりません。それどころか、取り調べを担当した人間のほうが及び腰になっている始末です。紺野の目が、気味悪いって」

気味悪い。それは、有馬も同意見だった。

紺野の目は不気味だ。相手の心の中を見透かすような静かな視線。そこに感情は浮かんでおらず、なにを考えているのかを読み取ることもできない。

紺野が元裁判官だというバイアスはあるだろうが、あの目で見られると、自分が抱いている大小の罪を吟味されているような気がしてくる。

「完全に黙秘か」

「そうです。宣言どおり、一切話しません」

星野が壁に掛かっている時計に顔を向けた。有馬も同じ方向を見る。時刻は十一時。昨日、紺野が指定した面会時刻だった。

「有馬さん、お願いします」そう言った星野の目に、僅かに疑念の色が浮かぶ。

「紺野の要望どおり、小型マイクなどは部屋に置いていませんし、遮音性があるから誰にも話している内容は聞こえません。どうか、聞き洩らさないようにお願いします」

星野は軽く頭を下げる。言外に、情報を隠すなどといった妙な動きはするなと釘《くぎ》をさしているように聞こえた。

取調室に足を踏み入れ、扉を閉める。少しだけ、部屋に臭気が漂っている気がした。

紺野は、まるで旧知の友を待っていたかのように、軽く手を挙げた。ただ、その手には手錠が掛けられているので、スマートな所作からは程遠い。

「調子はどうですか」

朗らかな調子の挨拶を無視した有馬は、紺野に近づいて胸倉を掴み、椅子から引き揚げる。

「どういうつもりだ！」

低い声で怒鳴る。それに対し、紺野は薄い笑みを浮かべた。

「落ち着いてください。ゲームというのは、熱くなったほうが負けですよ。対話をするつもりがあるなら、互いに座って話しましょう」

紺野の顔に、動揺の波はない。

大きく息を吐き出した有馬は、手を離して椅子に座った。紺野も、パイプ椅子に腰掛ける。

「冷静さを失う有馬さんの気持ちは分かります。娘さんの事務所が荒らされたんですからね。昨日、でしたよね？」

やはり、紺野の仕業だったか。

「お前が雇ったのか」

「ええ。そうです」紺野は頷《うなず》く。

「空き巣に入って、部屋の中を荒らしてくれと、それを難なく実行してくれる類《たぐい》の筋に頼みました」

「……誰に依頼したんだ」

思案顔をした紺野は、やがて口を開く。

「そういうことを、やってくれる人です」

「もし、詩織になにかしたら……」

有馬の言葉を手で遮った紺野は、安心してくださいと言う。

「今回のは、有馬さんにこのゲームに本気で取り組んでいただくための手段であって、危害を加えるつもりはありませんでした。このくらいしなければ、有馬さんが本気にならないと思ったんです。実際そうでしょう？」

「ふざけっ……」

怒鳴りそうになるのを、なんとか堪える。目の前の相手に、怒りで当たっても無意味だ。脅しでなんとかなるような相手ではない。

紺野は、心の内の変遷を察したように頷く。

「そうです。冷静さが大事です。これはゲームなんですから。気楽にいきましょう」

顎に力を込めた有馬は、テーブルの下で握っていた拳を解《と》いた。その様子を観察するように見ていた紺野は、眩《まぶ》しそうに目を細める。

「誰に依頼したかは話すことはできません。ただ、それなりの熟練者に頼みました。プロとは言いがたい人材ですが、指紋などといった証拠は多分残していませんよ。まあ、私が依頼した人物が捕まっても、このゲームになんら支障はありません」

その口調に淀《よど》みはない。本当に支障はないと思っているようだ。紺野が依頼した人物を知ることは、まったくの無意味だとも思わなかったが、それでも、そこに時間や人員を割いても大した成果はないだろう。

捜査は、有限の人員と時間をどう配分するかで結果が変わってくる。大所帯の特捜本部ならば多少のミスも挽回できるが、誤判対策室では少しの過ちが致命傷になる。

余裕を滲《にじ》ませる紺野の鼻をへし折ってやるためには、あらゆる情報を入手する必要があったが、現状、最低限の必要情報を得て、それを最大限活用する以外にない。

攻め方を変えよう。

「お前こそ、あんまり身構えるなよ」有馬は柔和《にゅうわ》な声で続ける。

「取り調べを受けるのは初めてか」

紺野は素直に頷く。

「そうですね。話には聞いていましたが、未だに非人道的な取り調べをする刑事もいるんですね」

有馬は眉間に皺を寄せた。非人道的？

「なにがあったんだ」

紺野は、困り顔で肩をすくめる。

「昨日、有馬さんと別れてから、深夜までずっと取り調べをされました。怒鳴られることなどは我慢できますが、さすがにトイレまでは……トイレ以外の場所でするのは、妙なものですね」

再び、肩をすくめる。

取調室に入ったときに感じた臭気は、そういうことだったのかと納得した有馬は、紺野に対して違和感を覚えた。

非人道的な扱いを受けているはずなのに、憤っている様子はない。

超人的な忍耐力を有しているのかと疑ったが、紺野が持っている雰囲気は、そういった類《たぐい》のものではない。

なにかしらの覚悟。

その覚悟も、表面的なものではなく、全人格を賭けた上で成り立つもの。

そこまで考えたとき、有馬は目を見開いた。紺野の雰囲気が、半年前の自分自身と重なる。

半年前に誤判対策室が扱った案件で、有馬は己の刑事人生を賭けた。いや、人生すらなげうったと言っても過言ではない。

そのときの有馬は一線を踏み越えていた。そして、そのときにまとっていた空気を、目の前に座る紺野に感じた。

「有馬さん」親しみのこもった声。

「一緒なんですよ。我々は」

目が細められる。不完全な笑みは、泣いているのか笑っているのか判別がつかなかった。

「一緒というのは……」

訊ねようとした有馬は、言葉が出なくなった。紺野の顔が、急に厳しいものになった。

たからだ。判決を告げる裁判官のような荘厳とした雰囲気をまとった紺野は、十分に時間を置いてから声を出す。

「捜査本部の方に伝えてください。もし、違法な取り調べが続くようでしたら、次のカードを切らなければならなくなります」

「……次？」

有馬は怪訝に思う。すでに、カードを切っているということか。

紺野は片方の口の端を上げる。

「私はすでに、一枚目のカードを切っています。だからこそ、私は有馬さんを呼べたんです」

どういうことだと訊ねるが、紺野は首を横に振るだけで答えなかった。

「次のカードについて、これも詳しいことは言えませんが、政治家の不祥事ネタとだけ」

どこか、愉快そうな調子だった。

「……政治家の不祥事と、捜査本部になんの関係があるんだ」

「世間は狭いですから」

そう呟いた紺野は、そういえば、と言葉を続ける。

「ずっと考えていたことがあるんですが、有馬さんの意見を聞かせていただけませんか」

——考えていたこと?

有馬が返答する前に、紺野は口を開く。

「私は、裁判官として悪人を裁いてきました。その行為は悪ではない。これは間違いありません。では、裁判官ではない人間が悪人を裁くのは、果たして悪なのでしょうか」

問いの意図が見えてこないので、有馬は言葉に詰まる。

「もちろん、裁判官には善悪を判断し、法に則った処罰を下す権限が与えられています。しかし、一般人には与えられていない。でも、法が見逃した悪人を裁いた人間を、我々は悪と言い切れるのでしょうか」

有馬は目を細める。

法律という制度の中だからこそ、人が人を裁けるのだ。曖昧な基準に依る私刑では、滅茶苦茶になってしまう。

普通の人間が悪を裁くのは、良いことではない。

しかし、絶対に悪だとは言い切れなかった。裁くことができない悪人は存在する。

そいつらを裁きたいと思ったのは、一度や二度ではなかった。もしそれが正当な裁きならば、その行為を悪と断ずるほど偽善者ではない。

有馬は、深く息を吐いた。

「……つまり、お前が殺した富田は悪人だったと言いたいのか。そして、お前は、自分がやったことを正当化したいのか」

「悪人を裁くのは、悪ではない。それが言いたかっただけです」

あっさりとした口調で言った紺野は、親指で薄い唇に触れる。

「今、何時ですか」

突然聞かれた有馬は面食らった。取調室に時計はない。なにを企んでいるのかと警戒しつつ、腕時計を確認する。

「……十一時十五分だ」

ここに入ってから、十五分が経過したことになる。

「少し長話が過ぎました」後悔した様子の紺野が続ける。

「今日お話ししたかったことは二点あります。一点目はすでに話したとおり、私と有馬さんは同じだということ。そして、もう一点」

口を閉じて言葉を止めたが、それも一瞬のことだった。

「私が起こした事件ですが、これは完全犯罪です。絶対に証拠を掴むことはできません」

瞳に、燃えるような強い光が宿る。

その声に、虚勢は感じられない。有馬は口の中に溜まった唾を飲み込んだ。本気でそう思っているのだ。犯人の中には、自分は絶対に捕まらないと自信を持つ人間は少なくない。しかし、それは根拠のないもので、盲目状態に陥っているゆえの勘違い。

ただ、紺野の発言には絶対的根拠があるように思えた。フランスのシャーロックホームズと言われていたエドモン・ロカール博士は〝すべての接触には痕跡が残る〟と言っている。つまり、人を殺した犯人がいくら指紋や足跡といった証拠を残さないように努めても、毛髪や服の繊維、引っ掻き傷などが、犯人へと繋がる証拠となる。

科学捜査が発達したこの時代に、証拠を残さず人を殺すことなど不可能に等しい。

「疑うのも無理はありませんが、完全犯罪というのは紛《まぎ》れもない真実です。私は裁判官をやっていましたが、ずっと不思議だったんです。どうして、犯罪者は自分に繋がる証拠を残すのでしょうか。証拠を残さなければ、たとえ捕まったとしても自白しない限り、犯罪の立証は不可能です」

まるで、それをすることが容易であるかのような口調だった。紺野は、考えごとをするように天井付近を見上げてから、再び喋《しゃべ》り出す。

「捜査本部で、事件の進捗《しんちょく》状況を確認してください。私の言っていることが嘘かどうか分かるはずです」

そう言うと、今日の分の対話は終わりだと告げ、また明日、同じ時間に来てくれと一方的に言った後、口を一文字に結んで沈黙してしまう。

唐突に会話を閉ざされた有馬は、身を乗り出し、紺野に顔を近づけて睨《にら》みつけた。

「……教えろ。ゲームの目的は、なんなんだ」

その問いに、紺野はなんの反応も示さなかった。魂を持たぬ人形《ひとがた》が、そこに座っているだけだった。

取調室を出た有馬は、扉の外で待ち構えていた星野と共に講堂に向かう。

「なにか吐きましたか」

「……いや、とくになにも。なにを考えているのか、まったく分からない」

そう答えたときに初めて、有馬は背中に汗をかいていることに気づく。そして、身体が強張っている自分に、思わず苦笑いした。取り調べをしている側なのに、こうも緊張を強いられるのは初めてだった。

〝三ノ輪一丁目男性殺人事件捜査本部〟という戒名《かいみょう》が貼られた横の扉を抜けて、講堂に入る。この時間、本部に捜査員の姿は少ない。指揮系統の人間を含め、五人程度がいるだけだった。

勾留三日目。

すでに犯人は逮捕されている。それなのに、まるで迷宮入りすることが決定づけられているような暗い雰囲気が講堂内に立ち込めていた。

「紺野は最初、自白していたんだよな」

長机の前に置かれた椅子に座った有馬が訊ねる。星野も、隣の椅子に座った。

「そのとおりです」

「それなのに、調書を取らずに逮捕した。なぜだ」

抱いていた疑問を口にする。

紺野が出頭して自白し、警察は逮捕した。それはいい。しかし、その時点でどうして調書を作成し、拇印《ぼいん》を押させなかったのか。罪を認めているという状態だけでは、いつ翻《ひるがえ》ってもおかしくはない。

星野は、苦虫を嚙《か》み潰したような顔になる。

「……紺野の証言には、犯人にしか分からない遺体の状態が多く含まれていました。

いわゆる、秘密の暴露です。それに、犯行現場付近に設置してあった防犯カメラの映像に映っていた男と背格好が酷似していて、なおかつ、被害者の自宅の扉から検出された指紋が紺野のものと一致したので、調書は後回しでいいと判断したんです。目の前に自白した容疑者がいるのに、帰すことはできません。それに、調書の作成は時間がかかるので、逮捕してからでいいと判断したんです」

星野は、自分の判断を悔《く》いている様子だった。

自白なんてものは、やろうと思えば簡単に操作できる。たとえ主張が覆ろうとも、証拠があれば、それに合わせた調書の作成は可能だ。そういった慢心があったのかもしれない。

星野の表情が険しくなる。

「こちらの落度でした。肝心の秘密の暴露は、すぐに崩されました。遺体は手足を縛られ、心臓を鋭利な刃物で一突きされていました。また、口に嚙まされていた猿轡《さるぐつわ》は、大手コンビニで売られていた青と白のストライプ柄のハンカチでした。紺野はこれを完璧に説明したんですが、逮捕前にこの情報がインターネットの匿名掲示板に書き込まれていたんです。なので、秘密の暴露は成立しません。書き込んだ人物は二人。この二人は、事件とは無関係だと判明しています。インターネットカフェに入ろうとしたところを呼び止められ、紙に書かれた内容を書いて欲しいと依頼して、一万円を渡してきたそうです。紙には、遺体の状況と、特定の掲示板サイトの名前が書かれていたようです。紙から手がかりは摑めませんでしたし、紙を渡した人物の特定もできませんでしたが、おそらく紺野でしょう。二人以外にも、声をかけられた人間は三人いましたが、彼らは断ったようです」

説明を聞きながら、紺野の用意周到さに有馬は驚く。なんとしてでも逮捕され、その上でゲームをしようとする意思が窺《うかが》える。

逮捕してしまったことを取り消すことはできない。今は、起訴できるだけの材料を集めることに集中するべきだ。

なにがなんでも、起訴するだけの材料を揃えなければならない。捜査本部が上手く機能すればいいと願う。誤判対策室は三人しかいないので、心許ない。

勾留期限は決まっているのだ。最大で二十日。延長は不可能。時間がなさすぎる。

証拠品について聞こうとしたとき、廊下のほうから革靴が鳴る音が響いてきた。

振り返ると、検事の水田が厳しい顔つきで講堂に入ってきて、有馬を見つけるなり真っ直ぐに向かってくる。ここまで車で来たのだろう。スーツのジャケットまでしっかりと着こんでいるのに、汗一つかいていなかった。

捜査本部に頻繁に来る検事など珍しい。何度もこうして捜査本部まで足を運んでいるということは、この件に相当の関心があるのだろう。

「紺野の様子は？　自白は引き出せたんですか」

非難する語気の鋭さ。苛立っているのは明白だった。

星野は席から立ち上がったが、有馬は座ったまま答えることにした。

「本格的な取り調べができるほど、情報がありません」

本心からの言葉だった。現時点で、紺野について知り得ている情報といえば、元裁判官で、一人の男を殺しているということ。出頭して自白し、逮捕されたのにもかかわらず否認に転じ、有馬を呼び寄せてゲームをしたいと申し出たこと。有馬がゲームに負ければ、娘である詩織を殺すと脅しをかけているということ。

肝心の、被害者との関係性や動機は不明のままだった。

そしてなにより、ゲームの目的が分からない。

「まずは、相手のことを知らなければ、取っ掛かりは見つけられません」

その言葉に、水田は不快感を露《あらわ》にした。

「早くしてください。悠長なことをやっている暇はないんです」

その口調からは、焦りが窺える。

いったい、なにをそこまで焦っているのか。

釈然としない思いを抱いた有馬は、先ほどの取り調べのときに発せられた言葉を思い出した。

「紺野が、一枚目のカードをすでに切ったと言っていたんだが、なにか心当たりは？」

言いつつ、様子を観察する。星野が怪訝《けげん》な表情を浮かべたのに対し、水田は明らかに動揺していた。

椅子に座っている有馬は、立っている水田を見上げる。

「紺野と、なにか交渉をしたのか」

「……関係のないことです」視線を逸らした水田は、片手で高級腕時計をいじる。

「有馬さんは、起訴できる証拠を掴むことに専念してください。そして、進展があれば報告を忘れずに」

そう言い残すと、慌ただしく帰っていった。

水田の反応により、紺野と交渉したことが間違いないという確証に到った。そのカードがどんなものだったのかは不明だが、一枚目のカードの効果によって有馬は捜査本部に招集されたのは間違いなさそうだ。

「俺がここに呼ばれたのは、あの検事の力なのか」

有馬が訊ねると、星野はやや時間を置いてから頷く。

「正直に言いますけど」椅子を寄せて座り、声をひそめる。

「有馬さんとしか話さないと紺野が言ったとき、誰も聞く耳を持たなかったんです。その……」

「誤判対策室のような敵と、一緒に捜査はできないということだな」

言いにくそうにしている星野の代弁をする。もし、有馬自身が捜査側の人間として動いていたら、誤判対策室の介入を目障《めざわ》りに思うのは間違いない。今さらながら、嫌な立場にいるなと思う。

星野は気まずい表情を浮かべながら無言の肯定を示した後、口を開いた。

「誤判対策室と係わる際には、慎重を期するように上から言われていたので、要望には応えられないと紺野の主張を突っぱねたんです」

当たり障りのない言葉に変換しているが、要するに誤判対策室には協力するなということだ。

星野は続ける。

「そうしたら、紺野は〝二十号手当〟の件を、担当検事に伝えてほしいと言ってきたんですよ」

　聞いたことのない言葉だった。

　二十号手当？

「二十号手当のことについて、それがなにかを知っている捜査員はいませんでした。紺野に内容を聞いても、沈黙しているだけで埒《らち》が明きませんでした。それで、迷ったんですが、念のため水田検事に伝えたんです。そうしたら、水田検事はすぐに紺野に会いたいと言ってきたんです。それで、有馬さんが呼ばれたんです」

　二十号手当。内容は不明だが、強力な手札だったのだろう。

「さっきの取り調べで、紺野は二十号手当とは別のカードを持っていることを仄《ほの》めかした」

　言いながら、カードという言葉が、紺野の言っているゲームと符合しているようで嫌な気分になる。

　驚いた表情を浮かべた星野は、唇を震わせた。

「そのカードの内容について、奴はなにか言っていましたか」

「内容は分からない。ただ、これ以上、非人道的な取り調べを続けるようならカードを切らざるを得ないと言っていたよ」

自然と非難めいた口調になる。強引な取り調べも時には有効だが、それはあくまで違法性のない範囲でのことであり、トイレに行かせないなどといった卑劣なものでは断じてない。

有馬の目から逃れるように視線を外した星野は、ばつの悪そうな顔をする。

「……分かりました」

星野の回答に落胆を覚える。紺野の言う取り調べの内容が狂言だという、僅かな期待が打ち砕かれた。ただ、管理官である星野の立場にも同情したい気持ちがあった。上からは責められ、下からは突き上げをくらっている状況だろう。

周囲を見渡す。先ほどよりも、人の姿が多くなっている。

居心地が悪くなった有馬は、星野に紺野のことや証拠品の内容について詳しく聞こうと思っていたが、挨拶をして捜査本部を後にした。

三ノ輪署を出た有馬は、強烈に降り注ぐ太陽の光の中を歩く。なるべく日陰を歩くようにするが、すぐに汗が噴き出てきた。

三ノ輪駅から電車に乗り、有楽町駅に戻った。

人の量が一気に増えたので、軽い眩暈《めまい》を覚える。ほとんどが、スーツを着たサラリーマンだ。ネクタイを着けず、半袖のワイシャツを着ている人が目立つ。ネクタイはともかく、半袖のワイシャツには抵抗があった。いくら暑い日でも、有馬は長袖のワイシャツしか着たことがない。

無機質なオフィス街を歩きながら、紺野の言葉を思い出す。

紺野は、自分に似ているという理由で有馬を選んだのか。

「……そんなこと、あってたまるか」

声が漏れる。

むしろ、利用価値があったから、有馬は選ばれたと考えるほうが自然だ。

第一のカードである二十号手当は、有馬を取り調べの相手に指名するために使われた。検事を動かすほどのものを使って有馬を呼んだということは、似ているからという単純な理由だけではありえない。

なにを考えているのか、暴かなければならない。そのために、紺野の行動を探る必要がある。殺害から出頭まで、八日間。その間、紺野はなにをしていたのか。

考えつつ誤判対策室に戻ると、春名と潮見がテーブルを挟んで話し合っているところだった。

「おかえりなさい。どうでしたか」

春名の声に、有馬は片方の眉を上げた。

「進展なしだ」

言いつつ鞄を置き、テーブルの上を見る。捜査本部からコピーした資料が広げられていた。

「なにか、紺野を犯人にするような有力な証拠はないのか」

先ほど、星野に聞きそびれたことを訊ねる。

腕組みをしていた潮見は、眉間に深い縦皺を作った。

「どれも、パッとしませんね」

捜査本部が作成した証拠品のリストを示す。被害者が発見された現場から採取されたものが、事細かに記載されていた。

「遺体発見から紺野が出頭するまでの間に、採取したものについて分析は済んでいたようです。まず、毛髪ですが、紺野のものと一致するものはありませんでした。服の繊維などは大量にありましたが、紺野の自宅から押収した服と合致するものはなし。服の流通経路の特定は難しいそうですね。そのほか、部屋から採取された指紋や掌紋《しょうもん》の中に、紺野のものはありません。あとは、唾液といったＤＮＡ鑑定できるものについても……」

「ないものについてはいい。あるものを教えてくれ」

その言葉に、潮見は首をすくめた。

「現時点で証拠として有用と考えられるものは三点です。目撃証言、防犯カメラの映像、そして、扉に付いていた紺野の指紋です」

目撃証言。

防犯カメラの映像。

扉に付いていた紺野の指紋。

頭の中で復唱した有馬は、部屋の隅に置いてあるソファに座った。

「目撃証言は、たしか同じアパートの住人だったな」

目が霞《かす》んだので、目頭を指で押さえながら訊ねる。炎天下の中を少し歩いただけで、かなりの体力を消耗していた。

「同じアパートに住む、三つ隣の部屋の住人が紺野らしき人物を目撃しています。被害者が住んでいたのが二〇六号室。目撃者が住んでいるのは二〇三号室です。アパートは二階建てで、全部で十二世帯住んでいます。世帯といっても、全員が単身者です」

「紺野は偶然目撃されたんだよな?」

記憶を手繰《たぐ》り寄せる。

「そうです。自首したときに紺野が語った内容によると、被害者の部屋から帰ろうとした際、二〇三号室の住人と鉢合わせしたということです」

「目撃者は、紺野の顔を覚えていたのか？」

「そうですね。身体がぶつかったことと、真夏なのに長袖を着ていたことが印象に残っていたみたいです」

「……紺野はサングラスをかけたり、帽子を被ったりしていなかったのか？」

「そのようです」

妙な話だ。

殺人を犯した後という状況下において、人目につく可能性を排除するのが普通だ。それなのに、紺野は顔を隠さなかった。

捜査本部もそこに疑問を持ったはずだが、自首してきたことで気の緩みが生じたのだろうか。

帰り際、わざと目撃者を作った可能性もあるなと有馬は思う。

「防犯カメラの映像は確認したのか」

「映像をＤＶＤに焼いてきました」

春名は言い、テレビのほうに視線を向ける。すでに準備は整っているようだ。

潮見がリモコンを操作し、画面の映像が動き始めた。暗がりの道。角度からして、高い場所に設置されているものだ。わずかに電線が映っているので、電柱に設置されたものだろう。

車一台がようやく抜けられるような道幅だ。人通りも少ない。

有馬は目を細める。

「ずいぶんと、古いタイプの防犯カメラだな」

画像が粗い。先ほど人が通ったが、動きがぎこちなかった。

「五年前に町内会が設置した防犯カメラで、保守などはしていなかったようです。当時からしても旧型ですね。被害者が住むアパートから二百メートル離れた場所の、電柱に設置されているものです」

「あ、これです！」

春名が画面を指差しながら声を上げる。

見ると、黒い服を着た男が映っていた。黒いキャップ帽を目深《まぶか》に被っている。顔の判別は不可能だ。目撃者の証言では、紺野はキャップ帽を被っていない。やはり、目撃者を作るため、わざと脱いだのだろう。

「一応、後ろに映っている塀の高さから計算したところ、ほぼ紺野の背格好と同一だろうということです」

曖昧な表現だなと有馬は思う。背格好が似ているだけでは、この人物が紺野だとは言えない。

「この映像の男が着ていた服は見つかったのか。これがもし紺野なら、どこかに服があるはずだろう」

「いえ。見つかっていません」

証拠隠滅済みということか。

「ほかの防犯カメラは確認したのか」

潮見は首を横に振る。

「犯行当日の映像を片っ端から調べたようですが、この防犯カメラにしか映っていませんでした」

「……そんなわけがあるか。このエリアに、防犯カメラは一台しかないのか？」

「いえ。いくつか設置されています。でも、紺野と外見が似ている人物は、この一台にしか映っていなかったそうです。あと、犯行現場付近を通った車のドライブレコーダーも確認したみたいですが、映っていなかったという報告が上がっています」

説明を聞いていた有馬は、釈然としなかった。

日本には、五百万台近くの防犯カメラが設置されており、その数は増え続けている。犯人がどういったルートで被害者宅に行ったか分からないが、防犯カメラの目を掻い潜《くぐ》ったということか。

「一応、捜査本部で犯行現場周辺の防犯カメラをポイントしていました」

春名はそう言うと、折りたたまれた紙をテーブルの上に広げる。印刷された地図に、緑色の丸がポイントしてあった。そのほかにも、被害者宅から、いくつかの赤い線が道に沿って引かれている。

「防犯カメラに映らないように被害者宅に行くのは、いくつかのルートに絞られます。捜査本部がそのルート上の民家に聞き込みをしているようです」

「紺野は、入念に下準備をしていたということか」有馬は地図を見ながら続ける。

「このエリアを紺野が事前に見ていたという映像が、残っているんじゃないか」

「残っていました」

「それなら、そのことを追及すれば……」

言いかけた有馬は、浮かない表情をしている春名を見て口を閉じる。

「たしかに紺野は頻繁にカメラに映っていました。でもそれは、台東《たいとう》区内のポスティングのアルバイトをしていたからです」

「……ポスティング？」

「チラシ配りのことです。紺野は、事件が起こる二週間前まで、ポスティングのアルバイトをしていました。投函範囲を確認したところ、被害者宅を含む三ノ輪エリアも営業範囲でした」

有馬は後頭部を掻く。これなら、このエリアを紺野が歩き回っていても不審ではないし、存分に防犯カメラの位置を把握できるということだ。

「三つ目の証拠である指紋についても、ポスティングのアルバイトをしているときに付着したものだと紺野は主張しています」

理にかなった主張だと思う。そもそも、扉の表面に指紋が付着しているだけでは、その場所に行ったことがあるという証明にしかならない。

紺野は、故意に目撃証言を作り出し、性能が悪い防犯カメラにだけ映り、わざと指紋を残した。

自白すれば、すべてが補強証拠になる。しかし、否認すれば、罪を犯したという裏付けにはならない。

すべて計算された上での行動。

——これは完全犯罪です。絶対に証拠を掴むことはできません。紺野の言葉が想起される。完全犯罪など、できるはずがない。どこかに綻びがあるはずだ。そう思っていた気持ちが、徐々に萎《な》えていくような気がした。

「この三点の証拠だけでは、起訴は難しいということで間違いないな？」

念のための質問に、春名は即座に頷いた。

「私が担当検事だったら、犯罪が具体的に証明されていないってことで撥ねます」

有馬は歯噛みする。

起訴されなければ、詩織の命が脅かされる。それを防ぐには、紺野を起訴するしかない。なんとしてでも。

「……現状の証拠だけでは難しいなら、新しい証拠を見つけるしかないということだな。潮見、手伝ってくれるか」

「もちろんです。わざわざ自首してまでゲームする奴のこと、もっと知りたいですから」

潮見が賛同する。その目が、私怨に似た光を帯びているような気がしたが、気づかないふりをする。

「助かる。それならさっそく……」

「ちょっと待ってください」春名が慌てた様子で遮る。

「本当に、紺野のゲームに応じるんですか」

その表情は、遊びに付き合う必要はないと言いたげだった。

警察を相手取ったゲーム。起訴されれば、警察の勝ち。釈放されれば負け。

春名から見れば、意味を見出せないゲームだろう。

ただ、釈放された場合、詩織の命が狙われる。その可能性がある以上、有馬にとっては、この件を無視することはできない。

「誤判対策室の守備範囲は、死刑囚だけではなく、殺人によって有罪が確定した人間も含まれることになったんだよな」

「……そうですよ。でも、紺野はまだ刑が確定していませんし、起訴されるかも分かりません。誤判対策室は、すでに刑が確定した人間の冤罪を調査する組織です。紺野の件は、厳密には業務範囲に含まれません」

反発心を露にした春名だったが、顔に迷いが生じる。

「もちろん、紺野が有馬さんを指名したという経緯がありますから、捜査本部を手伝うのは問題ありません。ですけど……」

語尾を濁《にご》らせた春名は、潮見に視線を向ける。

要するに、個人でやるのは構わないが、誤判対策室として扱うのは賛成できないということか。

勾留期限は、最大で残り十八日。一人で捜査するよりも、三人で手分けしたほうがいいだろう。無力とも思える人数でも、極力有効に使いたい。

「これが終わったら、しっかりと仕事を手伝う。だから、頼む」

有馬は、真剣な調子で頼む。

難色を示す春名に対し、有馬は畳みかける。

「たしかに、紺野はまだ有罪が確定したわけじゃない。でも、このままじゃ紺野は釈放される。それが正しいのかどうかを判断するという意味では、誤判対策室の力を使うのもいいんじゃないか」

その言葉に、春名の瞳が揺れ動く。もうひと押しで折れる状態だ。

「紺野を起訴まで持ち込めれば、警察や検察に貸しを作れる。それに、誤判対策室の立場も向上するはずだ。予算だって増える。人数も増やせるかもしれないし、こんな雑居ビルじゃなく、検察庁内に部屋を割り当ててもらえる可能性だってあると思うぞ」

誤判対策室を中央合同庁舎第六号館にというのは、春名のかねてからの主張だった。

　この言葉が効いたのだろう。

　渋々といった調子で春名は同意した。

「……案件が溜まっているのは知っていますよね。しばらく帰れないと思ってください」

「分かった分かった。しっかりやるから」

　有馬は手をひらつかせながら答え、潮見に視線を向けた。

「紺野と被害者の接点を教えてくれ。たしか、殺されたのは富田という男だったな」

　もっとも重要な要素を確認する。紺野との関係性が分かれば、現状を打開する方策を練《ね》ることができるし、新しい証拠も見つかるかもしれない。

　頷いた潮見はテーブルの上に置かれた資料の中から、ホチキス止めされたものを手に取って話を始める。

「富田聡。三十歳。現在は独身ですが、二年前まで結婚していました。離婚の原因は浮気のようですね。離婚後、犯行現場である〝篠田荘《しのだそう》〟に住んでいました。職業は、近所にあるスーパー〝スマイルショッピング　荒川店《あらかわ》〟の店員です。紺野との接点ですが……」

語尾を濁らせた潮見は、手に持っている資料を手渡す。

「紺野と富田の接点は、今のところ分かっていません」

有馬は耳を疑う。資料に目を落とし、内容を確認する。たしかに、二人の関係性は分からないと書かれてあった。

「紺野は、出頭したときになんと言っていたんだ」

「富田のことについては、ただ殺したとだけ伝えていたらしく、そのほかの発言は一切していなかったようです」

有馬は眉間《みけん》の皺《しわ》を深くする。

無関係な人間を殺す。そういった殺人事件も多いのは確かだ。ただ、紺野には計画性が感じられる。関係のない人間をターゲットにして計画を立てて殺す可能性もあるが、そんな愉快犯的な行動は紺野には当てはまらないように思えた。

絶対に、富田を殺す理由があるはずだ。

それはいったい、なんだ。

——有馬とゲームをするための無差別殺人。

一瞬、その考えが頭を過《よぎ》ったが、すぐに打ち消す。

表面的に紺野は、ゲームをしたいと言っている。しかし、紺野に快楽殺人者《サイコキラー》の空気は見受けられない。

紺野について、できるだけ情報を集める必要がある。そして、同様に、被害者である富田についても調べなければならない。ともかく、虱潰《しらみつぶ》しに関係者に当たる。時間との闘いだ。

捜査資料を見る。富田の勤務先である〝スマイルショッピング　荒川店〟についての報告書を手に取り、鞄に入れた。

「潮見、行くぞ」

時計を見ると、十五時を過ぎている。時間が惜しかった。

「私はどうすれば？　手伝ったほうがいいですよね」

春名は小さく手を挙げつつ訊ねる。立ち止まった有馬は口を開いた。

「紺野が俺を指名する際に、担当検事の水田に二十号手当という言葉をちらつかせて脅したらしい。なにか知っているか？」

きょとんとした春名は、困惑顔になる。

「聞いたことありません」

「それなら、調べてくれないか。検事を動かすほどのものだろうから、気をつけてやってくれ」

「……心配するなんて、有馬さんらしくないですね」

春名は意外そうな表情を浮かべる。その意見には有馬も同感だったが、本心からの言葉でもあった。

二十号手当の内容がなんであれ、紺野の要求に応じた水田の行動が気になる。検事が犯罪者に譲歩するなど、あり得ない。もしあるとすれば、それはかなり際どいものだからだ。

正直、春名には荷が重いものだろう。

ただ、検察の内情は、検事である春名に任せるのがもっとも効率がいい。

春名の強張《こわば》っている顔を見ると、春名自身、そのことを理解している様子だった。

「分かりました。可能な限り、調べてみます」

自分を落ち着かせるようにゆっくりと息を吐いた春名が言う。

「頼む。こっちでもなにか分かれば共有する」

そう言い残すと、誤判対策室を後にした。

3

有馬は、富田の勤務先に行く前に、捜査本部で関係者の捜査をした捜査員に話を聞こうとも考えたが、私感が混じる可能性があるし、そもそも協力的かどうか分からないので止《や》めておいた。

誤判対策室は、警察組織や検察組織から忌み嫌われている。現に、誤判対策室が再調査を決めて警察関係者などに聞き取りをしても、協力が得られないか、嫌々といった調子で最低限のことを開示してもらうのがやっとという状態だった。表立って言われたわけではないが、協力すると組織内での立場が悪くなるという話を耳にしたこともある。

誤判対策室に所属しているという状況が、有馬の調査をやりにくくさせているのは確かだった。

自分の足で稼ぐしかないと思い直し、〝スマイルショッピング　荒川店〟に足を踏み入れた。

有線放送の音楽が流れている店内は、どこか雑多な印象を受けた。通路の両脇に、所狭しと商品が並んでいる。安さを売りにしているらしく、〝特価〟という文字が目立った。

品出しをしている四十代くらいの女性がいたので、声をかける。

最初は愛想のいい声を出した女性は、警察だと伝えると途端に迷惑そうな顔に変わった。

「ここで働いていた、富田聡さんのことについて聞きたいのですが」

その言葉に、素っ気ない態度でバックヤードに案内され、事務室の中にいた店長を紹介された。髪が薄く、白髪が混じっている。疲れた顔をしており、老けて見えた。

「……またですか」

店長はうんざりとした顔で足を組みなおした。

「ここで働いていた富田さんについて、話を聞かせてください」

大きなため息を吐いた店長は、レンズの汚れた眼鏡を取り、緑色のエプロンで拭《ふ》く。

「今日だけで刑事さんが来るのは三度目ですよ。いい加減、仕事の邪魔なんですけど」

「そこをなんとか、お願いします」有馬は柔和《にゅうわ》な声を出す。

「殺された富田さんの無念を晴らすのに、協力していただければ助かります。お時間は取らせませんので」

その言葉に、店長は顔をしかめつつも同意する。

捜査員が入れ代わり立ち代わり関係者に事情聴取をすることは珍しくなく、そのことを煩《わずら》わしく思う人間も多い。聞き込みで非協力的な関係者がいた場合、有馬は積極的に被害者の無念といった言葉を使うことにしている。死人のことを口にすれば、よっぽどのことがないかぎり協力してくれる。

有馬は、定型的な質問から入ることにした。

「ここで働いていた富田さんが殺されたのはご存知だと思いますが、誰かに恨まれているという話はありませんでしたか」

「どうでしょうかねぇ」耳の穴を掻きつつ、続ける。

「ちょっといい加減なところはあったけど、殺されるほどの恨みを買うような男じゃないよ」

「いい加減というのは、どういったところでしょうか。勤務態度が悪かったとかですか」

突っ込まれた店長は、言うのを渋っている様子である。死人の悪口を言うのは、心情として嫌なものだ。

「事件を解決する糸口になることもあります。殺人犯は、まだこの周辺に潜んでいるかもしれないんです」

隣に立っている潮見が、的確な発言をする。案の定、店長には効いたようだ。

「……勤務態度はおおむね問題なかったよ」

含みのある表現だった。

「ということは、勤務時間外でなにか問題があったということですか」

渋い顔をした店長は、一度言い淀んでから話し始める。

「女性関係が派手というか、ちょっとだらしないところがあったね。いわゆる、ナンパとかをしているって話を何度も聞いたよ。まぁ、それなりにモテていたようだな。気に入った女性に対しては、いろいろとプレゼントをあげたりして、勝率はいいと自慢もしていたし」

有馬は、報告書に添付されていた富田の顔写真を思い出す。造作は悪くない。ただ、普通よりも少し上という程度の容姿だ。女性に好まれる顔かと言われれば首を傾《かし》げるが、女性を騙《だま》す結婚詐欺師などには並か並未満の容姿の男が多い。親しみやすいということだろうか。

「女性関係でトラブルは？」

富田に関する報告書には、浮気が原因で離婚したとあった。紺野との間に女性トラブルがあったとは考えにくいが、なにかしらの糸口を見つけられるかもしれない。

店長は首を傾げる。

「さぁ……特には。自慢話をすることはあっても、困っていたということは聞かなかったなぁ。同時に何人かと付き合っているということも言ってたけど、上手くやっていたんじゃない？」

周囲に言わなかっただけなのか、それともトラブルが起こらないように上手くやっていたのか分からない。そして、本当に富田が何人もの女性と付き合っていたという確証もなかった。

「ちなみに、この店の女性と付き合っていたという話はありませんでしたか」

店長は唇を突き出して、ひょっとこのような顔になる。

「それはなかったかな。この店では遊ばないでくれって釘《くぎ》を刺していましたから」

そう言った店長自身、半信半疑といった口調だった。

従業員リストについては、すでに捜査本部が集めた資料の中にあったはずだ。一人一人に聞き取りをしている時間はない。明日にでも、管理官の星野に状況を聞いてみよう。ただ、ここでの女性関係と紺野の件が関係するとは思えなかった。

頭を切り替えた有馬は、一番聞きたかったことを口にする。

「それでは、誰かにつけ狙われているとか、周囲で妙なことが起こっているなどと話してはいませんでしたか。いつもと様子が違ったとか」

声に自然と熱がこもった。

紺野は間違いなく、入念な計画を立てて実行している。もしかしたら、富田はなにかを察知していたかもしれない。

腕を組んだ店長は、顔をしかめて、中央にパーツを寄せる。

「いやぁ、とくにはなかったと思うけど。富田君が殺されたって知ってから、私もちょっと気になったから店の人間にも確認したけど、誰もそんなことは聞いていなかったよ」

そう簡単に端緒を摑めるとは思っていなかったが、焦りを感じる。こんな聞き込みをしていて、果たして間に合うのか。

「……念のため聞くんだけど」店長は恐る恐るといった調子の声を出す。

「職場に犯人がいるなんてこと、ないよね?」

不安顔を向けてくる。

それは分かりませんと答えた有馬は、礼を言ってスーパーを出ることにした。

冷房の効いた店内から外に出る。時計を見ると十七時を回っていたが、暑さは少しも和らいでいなかった。

　空はまだ明るい。

「有用な情報はありませんでしたね」

　隣を歩く潮見が言う。有馬は、潮見を横眼で見る。

「富田が女たらしということは分かっただろ」

「でも、それだけですよね」

「あとは、調べる先が一つ減った」

　有馬の回答に、潮見は返事をしなかった。

　時間と人員が豊富ならば、虱潰しに聞き込みをするのも有効だろう。しかし、今回は悠長なことは言っていられない。

　次は、富田が住んでいたアパートに向かう。紺野を目撃したという二〇三号室の住人に会いに行く。

　事前に連絡し、今日が休みだという情報を得ていた。インターホンを押すと、すぐに住人の男が出てきた。長髪で、陽の光を浴びたことがないのではないかと思ってしまうほど、肌が白かった。警察が調べた経歴には、システムエンジニアをしていると書かれてあった。

「二〇六号室で起きた殺人事件の件でお聞きしたいことがあります。少しだけ、お時間よろしいでしょうか」

「え、ええ……」

頷いた男は、メタルフレームの眼鏡の位置を手で直した。

「前にも、同じことを聞かれていると思いますが、確認のためですのでご了承ください。男を目撃したのは何時頃でしょうか」

「十一時ですね。家を出たのが十時四十分で、帰ってきたのが十一時ですから」

男は即答する。

富田の死亡推定時刻は、胃の内容物から判断して、八時から十時。男の目撃証言が本当ならば、紺野はしばらく遺体とともに過ごしたことになる。

「そのころに、大きな物音が聞こえたりはしませんでしたか」

「聞いてないです。あ、ヘッドホンを付けてゲームをしちゃってたんで、聞こえなかっただけかもしれませんけど」

捜査資料どおりだ。三つ隣の部屋の上に、ヘッドホンを付けていたら音を聞いてはいないだろう。

「どうして、十時四十分に外出したんですか」

有馬が訊ねる。男は、外出から帰ってきたときに、紺野とぶつかったと証言していた。

男は辟易《へきえき》したような顔の中に、羞恥心を滲《にじ》ませる。

「……近所の惣菜《そうざい》屋が、十時五十分以降に売れ残りを七十パーセント引きにするんですよ。だから毎日、その時間に合わせて外に出るんです。給料も減らされましたし、ボーナスだって雀《すずめ》の涙ですから、節約しているんですよ」

これも記述どおり。

「毎日というのは、本当に毎日ですか」

その問いに、男は怪訝な表情を浮かべる。

「……まぁ、平日は。外食は高いですし、自炊もできないし、ほかの店に行くのも面倒だし。まぁ、台風がきたり、大雪のときはカップラーメンだけにしたりしますけど」

「時間も同じ?」

「はい。売れ残り狙いですから」

有馬は納得するように頷く。

紺野が、事前にこの男の行動を把握していたのは間違いないだろう。

時系列で考えれば、殺害後に目撃者を作り、犯行現場から立ち去る際に、防犯カメラの映像に映ったということになる。現場に向かうときは目撃されないよう注意し、防犯カメラを避けていた。このままなら完全犯罪だ。それなのに、帰りには目撃者を作り、カメラに姿をさらしている。

犯行現場に向かうまでは完全犯罪。対して、帰りはまるで完全犯罪を自ら崩しているような行動。綺麗に区分されている。逮捕されることが目的だったとしても、こんなにも行きと帰りで行動を変える理由が分からない。

不可解な点は、それだけではない。

紺野が富田を殺したのは、遅くても十時。目撃証言は十一時で間違いないだろう。殺害後に一度現場から離れ、目撃者を作るために再度現場に赴いたとは考えにくい。そのまま部屋にいたというほうが自然だ。

目撃者を作るために、わざわざ犯行現場に留まっていたのか。紺野は一時間ほど、被害者宅でなにをしていたのか。

謎を抱えたまま、有馬は口を開く。

「事件前後で、周囲に不審なことはありませんでしたか。たとえば、普段見かけない人間がうろうろしていたりとか」

「……いやぁ、ないですね」

「そうですか。ありがとうございます」

結局、資料に書かれている以上の情報を得ることはできなかった。

アパートの階段を降り、ほとんど日陰のない道を歩く。

「また、調べる先が減りましたね」

潮見が、皮肉るように言う。言外に、このペースで調べていていいのかと非難しているように聞こえる。有馬はそれを無視した。

駅に向かう途中にあった自販機でペットボトルのお茶を買い、渇いた喉を潤す。自販機の隣には煙草販売機があり、灰皿も置いてあった。

ジャケットの内ポケットから煙草を取り出して、火を点ける。

潮見は、少し離れた場所でスマートフォンをいじっていた。

限られた時間。残された時間。この時間に、詩織の命がかかっている。今こうしているだけでも、時間は減っていく。有馬は焦燥感に駆られる。

「紺野についての情報を教えてくれ」

煙と一緒に声を吐き出す。潮見のことだ。資料に書かれている情報はすべて記憶しているだろう。フォトグラフィックメモリー。恵まれた能力。

「……資料を見ていないんですか」

驚いた様子で潮見が聞き返してくる。

「忙しくてな。紺野の経歴まで手が回らなかったんだ」

一瞬、面倒そうな顔をした潮見だったが、スマートフォンをポケットにしまい、近づいてきた。

「紺野は、大学在学中に司法試験に合格し、東京地方裁判所に判事補として勤務後、新潟地方裁判所や新潟家庭裁判所などを渡り歩き、東京地方裁判所判事となりました。出世コースに乗っているといっていいでしょう。ただ、それからは不遇の時代だったようです。

三年ほど前に、一人娘が逮捕されています。自分の息子を虐待し、放置して死なせたことによる傷害致死罪に問われました。検察側は相当苛烈《かれつ》な口撃を展開したようです。その一人娘は、子供を産んだ直後に夫を交通事故で亡くしているのですが、シングルマザーでストレスが溜まった上での凶行だと断じて、公判中に何度もその一人娘を泣かせていたみたいですね。裁判員たちもその論調に流され、結局、執行猶予付きの有罪判決が言い渡され、紺野は職を辞しています。判決後、紺野の娘は自殺。これが、一年前のことです」

潮見の説明を無言で聞きながら、煙草がやけに不味《まず》く感じるなと思う。娘による子供の虐待。有罪判決。その上での自殺。

「紺野の今回の行動と、なにか因果関係がありそうだな」

この話は、当然疑うべき点だ。なんらかの形で、動機となりうる内容だろう。

「捜査本部は、全力で紺野の娘と殺された富田の関係性を洗っています。ただ、今のところはなにも摑めていないようですね。時間が経っていますから、有力な証言なども期待できないでしょうね」

「……そうか」

有馬は呟《つぶや》き、思考を巡らせる。

紺野の娘の話は、もっと調べる必要があるだろう。

紺野の動機は、娘の死にあるのではないかと思い始めていた。

4

勾留期限、残り十七日。

昨日と同じ時間に取調室に入った有馬は、紺野と対峙《たいじ》した。

紺野は涼しい顔をしたまま、じっとしている。話し出す気配はない。

有馬は、紺野の瞳の動きを探る。喜怒哀楽の感情もなければ、動揺も感じられない。真意を見極めようと一切の感情を排した裁判官の目だった。

取り調べは、単に言葉の応酬をするだけではない。

表情。動き。瞳の色。言葉に付随して起こるあらゆる情報を収集し、相手の言葉の真偽を見極める必要があった。人は、嘘をついたり隠しごとをすると、必ず普段と違った動きをする。その変化を察知できるか否かで、取り調べ能力に差が出る。

有馬は、人の変化を察知することに長《た》けているという自負があった。ただ、目の前の男には、その変化がなかった。

やりにくい。

そう思ったと同時に、紺野が鼻で笑う。

「取り調べの相手が私だと、普段の力が出ませんか」

まるで、心の内を見透かした上での言葉のように有馬は感じ、動揺した。そして、その変化が顔に出てしまったことを自覚する。

紺野は、僅かに微笑んだ。

「私は長年、裁判官としてさまざまな人間を見てきました。そして、あらゆる言葉の真偽を見極めることに腐心してきました。人の言っていることが正しいかどうかを判断するのは、非常に難しいことです。ただ、私なりに試行錯誤をした結果、一つの結論が出ました」

目を細めた紺野の表情は、どこか楽しそうだった。

「短い時間で真実を見極めるには、すべての感情を消して、ただの容れ物になることです。私情は判断を鈍らせる。自分の感情を排した上で、検事と弁護士、被告人や関係者の証言や証拠を吟味《ぎんみ》し、判断するんです。

つまり、裁判官としてもっとも重要な資質は、感情を排した状態を作れるかどうかだと、私は思います。感情というフィルターで物事を見ると、人は判断を誤るんです」

そう言った紺野は、後悔したような表情を一瞬浮かべる。

唐突に浮かんだ感情を有馬は怪訝に思うが、再びただの容れ物になった紺野からは、答えを見出すことができなかった。

浮遊物を追うようにゆっくりと黒目を動かした紺野は、薄い唇を動かす。

「過去に冤罪事件を起こした有馬さんも、それについては重々承知しているでしょう？」

その言葉で我を忘れた有馬は、紺野の首元に向かって手を伸ばすが、寸前で押し止めた。椅子に座りなおし、自分を落ち着かせるために長い息を吐く。ゲームは、先に我を失った者が負ける。そう自分に言い聞かせる。

「……俺のことを、よく調べているんだな」

平静を装っていても、僅かに声が震えてしまった。

捜査一課で刑事をしていたときに、有馬は冤罪事件を起こした。それからというもの、捜査に身が入らず、やがて誤判対策室に左遷されたのだ。

冤罪を起こしてしまった自分を、今もなお責め続けていた。

「私は、誤判対策室に所属する有馬さんが半年前に起こした一件に興味を持ちました。いろいろと調べさせていただきましたよ。それで、真実を追求するために、あらゆるものを犠牲にするという姿勢を見て、私も見習わなければならないと心を新たにしたんです」

その言葉に、有馬は引っ掛かりを覚える。

「……富田を殺したのは、あらゆるものを犠牲にすると決意した結果なのか？」

紺野の顔が、一瞬強張った。ほんの僅かな綻《ほころ》び。

富田を殺害し、警察に自首して逮捕された。そういう意味では、紺野は自分の人生を犠牲にしている。

ただ、疑問が残る。

紺野は、富田の殺害は完全犯罪だと豪語している。捕まるような証拠を残していないということだ。それが虚勢なのかどうかは別にして、もし本当に完全犯罪だったのなら、自首しなければ捕まらない。

つまり、自分の人生を犠牲にしなくてもいいのだ。

それなのに、紺野は自首した。自分の人生を賭けの材料にした。

どうして、自首したのか。そうした理由は、いったいなんなのか。

自分を犠牲にしてまで、いったいなにをしようとしているのか。

「私は、完全犯罪を成し遂げました」紺野が不意に話し始める。

「ただ、完璧に起訴されないと思っているわけではありません」

「……なにが言いたい」

「私は、正義を執行する機関を信用していません。つまり、警察も、検察も、裁判所も疑っていて、卑怯《ひきょう》なことをしかねないと考えています」

口調が、やや早くなっている。

「それはどういう……」

「言葉どおりの意味です。私は富田を殺しました。しかし、私が殺したという証拠は一切出てきません。つまり完全犯罪であり、本来なら起訴できません。ただ、絶対に起訴できないわけではないのは、有馬さんもご存知でしょう?」

有馬は、口の中に溜まった唾を飲み込む。

「……証拠の捏造《ねつぞう》を疑っているのか」

「そのとおりです」紺野は頷く。

「警察や検察は、犯人だと思ったらなんとしてでも犯人にします。それが高じて、嘘の自白をさせたりするでしょう。証拠品を捏造することだって、絶対にないとは言えません。異論はありますか?」

否定はできなかった。

自白の強要が冤罪事件を生んだことがあるのは事実だし、過去には証拠品や目撃証言を捏造したという話もあった。

有馬は、ゆっくりと息を吸った。

「お前の言いたいことは分かった。ただ、裁判所も信用できないというのは、どういうことだ?」

紺野は肩をすくめる。その問いに答えるつもりはないようだ。

「……証拠を捏造されたら、お前はどうするんだ」

「誤判対策室に所属する有馬さんは、冤罪を決して許さないでしょう?」

一瞬、言っている意味が理解できなかったが、おそらく警察や検察が不穏な動きをし、それを察知したら止めに入ると考えているということだろう。

買いかぶりすぎだと思う。

冤罪のチェック機能としての立ち位置にある誤判対策室。そこに所属する有馬を指名したのは悪くない選択だ。証拠の捏造があれば、誤判対策室は察知できる。

有馬のみを取り調べの相手にした理由も、警察や検察が捏造をしにくくさせるためなのかもしれない。

有馬は、取り調べを自分のペースに戻すべきだと考え、真っ直ぐに紺野を見る。

「あんたの娘は、自殺したそうだな」

投げかけに対して、紺野は反応を示さない。有馬は構わずに続ける。

「しかも、その前に自分の息子を虐待死させて有罪判決を受けているそうじゃないか。裁判官の身内が捕まったら、それは裁判所には居づらいよな。辞めた理由は、身内に前科者が出たからだろう? 辞めたはいいが、その後に娘が自殺したんだってな。それで、司法機関を逆恨みしているのか？　それとも、富田って男が、お前の娘を自殺に追い込んだのか？」

淡々とした口調で、相手の傷口を抉《えぐ》る。

取り調べでは、相手の感情を揺さぶることが重要だった。そして、もっとも感情のふり幅を大きくさせるのは、悲しみと怒りだ。特に、怒りは我を忘れさせる。いくら狡猾《こうかつ》な犯罪者であろうと、怒りに支配されたらボロを出す可能性がある。紺野にとって、娘の逮捕と死は感情を揺り動かす大きな素材だ。そこを突けば、なにかしらの糸口が見つかるかもしれないし、なにより、動機である確率が高い。

やや俯《うつむ》き加減で目を伏せていた紺野が、ゆっくりと顔を上げる。

その顔は、一切動揺していなかった。

「妙なことを言わないでください。自殺した娘と、私が殺した男は、どんな関係があったんでしょうか」

起伏のない、単調な声で訊ねてくる。

その答えを持たない有馬は、これ以上の追及ができなくなってしまった。

# 第三章　刑事訴訟法第二十条

誤判対策室は、有楽町にある雑居ビルの三階の一部屋に入っていた。三人しか勤務していないということを考慮すれば、それなりに大きなスペースを使えるし、ビルの見た目も悲観するほどではない。

しかし、春名はこの場所が嫌いでならなかった。

当初、誤判対策室は中央合同庁舎第六号館の会議室を一つ潰し、そこを拠点とする案が決まっていた。しかし、検察の猛反発に遭《あ》って、結局頓挫《とんざ》してしまった。

上司や同僚検事が異口同音に言ったのは、東京地方検察庁も入っている庁舎に敵を住まわせるなんて言語道断だということだった。

聞えよがしに、または直接罵《ののし》られようとも、春名の考えは変わらなかった。

冤罪を調査する誤判対策室は、警察や検察、それに裁判所ともやりとりする必要がある。そのため、中央合同庁舎第六号館は立地として申し分ない。

誤判対策室は、裁判官訴追委員会の所属である。衆議院議員と参議院議員から成る裁判官訴追委員会は、裁判官の罷免の訴追を行うことのできる権限を持つ。そして、警察や検察、裁判所のいずれにも属さない組織であり、誤判対策室も同じ立ち位置にあった。

刑事と検事と弁護士という司法のプロが一緒になり、組織の柵《しがらみ》にとらわれない形で冤罪事件を調査するというのが設立当初の目的だった。

そして、曲がりなりにも捜査一課の刑事と弁護士が同僚となった。

しかし、今では定年後に再雇用された嘱託の刑事と、一般企業で法務をしていた男がメンバーだ。

捜査経験のある有馬はともかく、弁護士の代わりが潮見に務まるかという不安があった。

司法試験を受ければ絶対に合格するであろう知識を持っている潮見は、しっかりと仕事をこなすし、記憶力も抜群。能力に問題はない。ただ、弁護士の経験がないゆえに、冤罪事件を調査できるのかという疑問を拭い去ることができなかった。

世良の離脱が悔やまれる。

最大手であるＢＦ総合法律事務所に所属し、誤判対策室の一員となった世良は、半年前の事件を最後に辞め、今は独立し、刑事事件専門で弁護活動をしていた。

一度だけ、誤判対策室に戻らないかと打診したことがあったが、世良はその申し出を断った。

誤判対策室設立から一年半近くが経ち、解決した冤罪事件は一件。

成果ゼロのときよりは周囲からの評価は高くなったし、期待もされていた。メディアからの取材依頼もある。

ただ、目立つのは良いことばかりではない。

評価の声以上に批判も多く、期待は徐々に失望に変わりつつある。

当初は死刑囚のみだったが、半年ほど前から、殺人事件で服役している受刑者も冤罪調査の範囲として定められた。

当然、対象者は増える。それにもかかわらず、戦力は低減している。嘱託刑事に、法律の知識のある一般人。このままでは、誤判対策室は無能集団になってしまうのではないか。

そう考えたとき、周囲からは自分もその一員に数えられていることを思い出す。

春名自身、起訴した案件を三度連続で無罪判決にされ、飛ばされた身だ。検事として使えないと烙印《らくいん》を押されたも同然である。

そう考えれば、今のメンバーとそう変わりはしない。

「なに、苦笑いしているんですか」

目の前に座る潮見が、不思議そうな顔を向けてくる。

「……別に」

右手で頰を軽く叩き、気合を入れ直す。

テーブルに広げられた資料は、紺野について捜査本部が調べた資料のコピーだった。それらを丹念にチェックし、紺野が富田を殺したことを証明できるものを探していた。しかし、手元にある資料をいくら調べても、今ある証拠だけでは、起訴は難しいという考えを覆すことができなかった。

妙なことに巻き込まれてしまったなと思う。

本来、誤判対策室は判決が確定した事件の冤罪を調査する部門である。それなのに、今回の事件は、まだ起訴すらされていないのだ。

有馬が取り調べの相手として指名されたから仕方ないと思いつつ、疑問を払拭できない。

——どうして、有馬なのか。

もともと、有馬は紺野と面識がないという。

一方的に有馬を恨んでいるのか。もしくは紺野の言うとおり、半年前に誤判対策室が起こした一件をニュースで見て、なにか感じることがあったのかもしれない。

おそらく、後者だろう。

半年前の有馬の行動は、ゲームの相手に相応《ふさわ》しい。

「いくら資料を調べても、打開策は見つかりそうもないですね」

潮見の言葉に、春名は頰杖をつく。時計を見ると、十七時半だった。そろそろ出なければならない。

「これからちょっと出るけど、潮見君も来る？　帰りが遅くなるかもしれないけど」

誤判対策室の所定労働時間は、九時から十七時半と決められている。守る気などさらさらなかったが、管理者としての立場上、聞いておくべきだと思った。

目を瞬《また》かせた潮見は、壁に掛かっている時計を見ながら頰を搔く。

「時間は気にしないでください。別に、帰ってもやることないですから。どこに行くんですか？」

「霞《かすみ》が関《せき》」

春名は告げる。

元裁判官の紺野について調べるならば、裁判官に話を聞くのが一番早い。

誤判対策室が入るビルから、霞が関までは歩いて十五分ほどだ。

徒歩圏内と言えなくもないが、この距離すら煩わしかった。少しでも距離を縮めようと、日比谷《ひびや》公園を横切ることにした。

「暑いですね」潮見は襟首のあたりを抓《つま》んで顔を歪める。

「春名さんは、ジャケットなんて着ていて、暑くないですか」

「当たり前のことを聞かないで」

一睨みした春名は、怒って体温を上げたくないと思い、歩くことに専念する。

背が低く、身体の線が細いのが悩みだった。ワイシャツだけだと、どうしても小柄に見えてしまう。だから、なるべくジャケットを着ることにしていた。

「こうも暑いと、ビールが飲みたくなりますね」

潮見は愚痴《ぐち》を続ける。

「都会の暑さって、苦手なんですよ。なんかこう、臭気を含んでいるというか、粘《ねば》り気《け》があるというか。都会の冬は冬で、ちょっとの雪とかで交通機関が乱れるから嫌いです」

ちょうど、日比谷公園内にある〝日比谷サロー〟というビアレストランの前を横切る。検事として勤務していたときは、近すぎて一度も行ったことがなかった。テラス席には、すでに客の姿があり、会話を弾ませていた。

「都会嫌いの潮見君は、どこ出身なの？」

「川崎《かわさき》市の山のほうです。辺鄙《へんぴ》な場所ですよ」

川崎市なら十分に都会だと思ったが、指摘するのも馬鹿らしくなって前を向く。

日比谷公園を抜け、大通りに出ると、目の前に中央合同庁舎第六号館が現れた。

立ち止まり、見上げる。検事として働いていたとき、このビルの高さや威圧感が誇らしかった。強大な権力を持った検察の一員であることが自慢だった。しかし今は、検察と歩調を合わせるのではなく、向かい合う立場だ。

ビルの大きさが、威圧感となって圧《の》しかかってきた。

「どうしたんですか」

振り返った潮見が、怪訝そうな表情を向けてくる。

春名は、弱気に蝕まれそうになった自分を奮い立たせて歩き出した。

今日は検察に用はない。

邪念を振り払った春名は、中央合同庁舎の西側にある東京地方裁判所の通用口へと入っていった。

入口の前に立っている警備員に、誤判対策室のネームプレートを見せる。一瞬戸惑うような表情を浮かべた警備員だったが、止められることなく通してもらえた。

エレベーターで十四階へと上がり、刑事第二部と書かれた部屋に入る。書記官室を通り、裁判官室に入る。机の前に座っているのは、麻木《あさぎ》だった。懐かしい顔。

「時間どおりだね」

笑みを浮かべ、机の前に置かれた椅子に座るように勧める。

髪を短く刈り上げ、浅黒い肌をした麻木は、身体が小さい。春名より少しだけ大きいくらいだった。五十歳を超えており、威厳もある。それでも、どこか少年のような印象を受けた。無邪気そうな顔が、そう思わせるのだろう。

「ちょっと待ってね。片付けるから」

そう言ったものの、机の上に広げられた書類をそのまま別のテーブルに移動させるだけだったので、すぐに済んだ。

「お忙しいところ、お時間を取らせてしまって……」

「構わないよ」麻木は首を横に振る。

「裁判官に暇なし。時間は無理やり作るしかないからね。それに、なかなか興味をそそられる話のようだし。今日は電車で来たの？」

麻木は立ち上がって訊ねる。

「はい」

「それなら、ビールは大丈夫だね」

そう言って、書記官室の隅に置かれた冷蔵庫から、缶ビールを三本取り出した。

「つまみも、適当に……」

独り言を呟き、引き出しから乾き物のイカやチーズ鱈《たら》やビーフジャーキーを取り出し、机の上に並べていく。

瞬く間に、宴会の準備が整った。

「さぁ、どうぞ食べてください」

ビールのタブを開けた麻木の視線は、どうして早く飲もうとしないのかと問いかけているようだった。

春名と潮見もビールを手に取り、乾杯をする。

「で、君も誤判対策室の人？」

しばらく喉を鳴らしていた麻木が訊ねる。

やや困惑気味の潮見は、口を開いて自己紹介を始めたが、麻木はそれを途中で止める。

「ああ、大丈夫大丈夫。だいたいのことは噂で聞いているから。潮見さんだね。たしか、前は民間企業の法務部にいたんだよね」

ぎこちない様子で頷く。

「誤判対策室、大変でしょ？」

「思っていたほどではないです」

その返答に、目を丸くした麻木は、笑みを浮かべる。

「気分を害さないでほしいんだが、誤判対策室の弁護士枠に、弁護士資格のない人間が入ったというので、裁判官界隈《かいわい》でも結構話題になったんだ」

その言葉に、潮見が身体を硬くするのが分かった。顔には警戒の色が浮かび、険悪な空気が流れる。

話に割って入ろうとした春名だったが、その前に麻木が続きを喋り出す。

「誤判対策室は、とても目立つ存在になってしまった。組織を良いものと捉えてくれるのは、司法に関係のない一般人や物好きな一部メディアだけで、司法の世界では圧倒的に嫌われ者という立ち位置にいる。結果、刑事枠が空いても誰もやりたがらずに有馬さんが再雇用されたし、弁護士枠に応募する弁護士もいない。誤判対策室というキャリアを持つことで、司法の世界で生きていけない可能性もあるからね。春名ちゃんには悪いけど、誤判対策室に入らないほうが、賢明な判断だと思うよ」

　春名は反論できなかった。

「弁護士不在では、誤判対策室は機能しない。ただ、負けず嫌いの春名ちゃんのことだから、なにかしらするんじゃないかって思っていたら、まさか弁護士資格のない人を弁護士枠に入れるという賭けに出た」

　麻木の口調に蔑《さげす》みはない。むしろ、褒《ほ》めているように聞こえる。

「最初は、自暴自棄になったのではないかと思ったよ。でも、噂で聞いたところによると、君はそうとう法律に詳しいようだね。春名ちゃんが採用したのも頷ける」

　麻木の言うとおりだ。潮見は法律の知識を十分に備えており、業務も問題なくこなしている。ただ、やはり弁護士ではない事実が足枷《あしかせ》となっているようだった。本人は言わないが、誤判対策室の一員として調査する中で、さまざまな悪意に晒《さら》されているだろう。

　麻木は席を立ち、冷蔵庫から二本目の缶ビールを取り出した。

「二人も、飲む？」

　春名はまだ十分残っていたので断ったが、潮見は応じた。

「ちょっとトイレに行ってくるよ。書類を盗んだりしないでね」

缶ビールを手渡した麻木が、洒落《しやれ》になっていない冗談を言い残し、部屋の外に出る。

「こんな場所で酒飲んで、いいんですか」

イカを口に含みながら、潮見が訊ねてくる。

春名は肩をすくめた。

「裁判官って、外で飲まずに、こうして裁判官室内で飲んでいる人が多いらしいの。だから、書記官室にある冷蔵庫にはアルコールがたくさん冷やしてあるみたい。外に出て飲んでいると、裁判中の関係者と出会う可能性もあるし、そこでトラブルに発展してしまうかもしれないから。麻木さんは外で飲むときは、変装するって聞いたわ」

感心したように頷いた潮見は、少しだけ顔を近づけてくる。

「さっきの麻木さんって、裁判官ですよね」

その問いに、春名は頷く。

「検事として事件の処理をしていたとき、いろいろとお世話になったの」

言いながら、ずいぶんと昔のことのように思える。

起訴した事件の無罪判決が続き、三度目の無罪判決を受けたときに検察を辞めるべきか悩んだ。そのとき、相談に乗ってくれたのが上司でも同僚でもなく、裁判官の麻木だった。麻木は、検事になったときからなにかと面倒を見てくれる存在だった。

東京地方検察庁は規模が大きいため、捜査担当と公判担当に分かれている。

春名は捜査担当にいたので、基本的には事件の起訴をするのみだったが、成り行きで公判も担当することもあり、麻木が裁判長となった裁判で公判を担当したことは何度もあった。

春名は、筆記試験では優秀な成績を収めたが、検事に向いていないのは実績から明らかだった。それなのに、麻木は気に入ってくれた。

どうして目をかけてくれるのか。その理由を聞いたことがある。

すると、麻木は何度か首を傾げた後、検事っぽくないからだと回答した。

検事に向いていないということかとショックを受けたが、麻木はそういう意味ではないと弁解するように続けた。

――三度連続で無罪判決を受ける検事は異例中の異例。そもそも、起訴した事件の99・9％は有罪判決になる。有罪にできそうにない事件を不起訴にするからでもあるが、起訴した事件のほぼすべてが有罪になるというのは異常だ。有罪至上主義が検察に蔓延《まんえん》していることは明らかだが、本来は真実至上主義でなければならないし、そのためなら無罪判決を怖がってはいけない。春名ちゃんが三回連続で無罪判決を受けたのは、真実を捻じ曲げてまで有罪を勝ち取ろうと思わなかったということでもあるんじゃないかな。

それを聞いた春名は、慰《なぐさ》めを言われているだけのようにも感じたが、反面、検察の有罪至上主義に疑問を覚えていたので、救われた気がした。

春名は、隣に座る潮見に視線を向ける。

「ちょっと、変わり者みたいだけど、いい人よ」

そう言ったタイミングで、麻木が戻ってきた。椅子に座ってビールを飲み、大きく息を吐く。

「飲みながらで申しわけないけど、そろそろ本題に入ろうか」

再びビールを呷《あお》る。

まったく顔が赤くなっていない。ずいぶんと酒が強いようだ。

「私のところに来たのは、紺野君のことを聞きたいからだろう」

「そうです」

春名が首肯《しゅこう》するのを見た麻木は、背凭れに寄り掛かった。

「風の噂で、紺野君が誤判対策室の有馬さんを取り調べの相手に指名したことは耳に入っている。ただ、紺野君がそうした理由は私にも分からない。この件、検察からも問い合わせがあったんだ」

そうだろうなと思う。紺野の行動原理を、捜査機関はなんとしてでも把握したいはずだ。そのために、躍起になって周辺人物に聞き込みをしているのだろう。

「今日は、紺野さんの人物像についてお聞きしたいと思って伺《うかが》ったんです」

春名が東京地方検察庁の検事に着任したときには、すでに紺野は裁判官を辞めていた。また、捜査本部でコピーした捜査資料には、紺野の経歴は書かれていても、性格などは分からなかった。

安直かもしれないが、紺野がどんな人間なのかを知れば、突破口が見つかるかもしれないと考えて麻木を頼ったのだ。

「人物像ねぇ……」

腕を組んだ麻木は、口を尖らせた状態で目を瞑って沈黙してしまう。話し出すまで待つことにした。

一分ほど経った頃。

麻木が身体をビクンと震わせて瞼《まぶた》を開ける。

その目が、充血していた。

「……寝ていましたね」

春名の指摘に、麻木は狼狽《ろうばい》する様子を見せるが、やがて観念したように舌を少し出した。

「ちょっと疲れが溜まっていてね。その上、酔ってしまってつい」そう言うと、手の甲で口元を拭う。

「えーっと、紺野君のことは知っているよ。彼は、私より三つ下だったかな。面白い男だった」

「交友関係があったんでしょうか」

逸《はや》る気持ちを抑えて訊ねる。

麻木は、首を傾げた。

「友人かと聞かれたら微妙だと答えるけれど、彼が辞める前に、たまにここで酒を酌み交わす仲だったのは事実だよ」

春名は思わずガッツポーズをしそうになる。麻木以外に、こういったことを頼める裁判官はいなかったので、当てが外れたらどうしようと内心不安だった。

「紺野さんは、どんな人だったんですか」

「真っ直ぐな男だったよ。正義感もある。彼が人を殺すなんて、到底信じられない」

その言葉に、嘘偽りはないようだった。ただ、この意見は参考にはならない。裁判官が人殺しをするなんて思う人間はいないだろう。

「裁判官として、なにかトラブルに巻き込まれていたという話はありましたか」

春名の問いに、麻木は躊躇《ためら》いを見せつつも口を開く。

「融通が利かない性格だからね。衝突は多かったよ。合議体で審判するときも、紺野君は主張を曲げないタイプだったからねぇ。ほかの裁判官の意見を聞かない節もあったのは確かだった。だけど、紺野君は優秀だったから、周りは結構やり込められていたんじゃないかな。上からの評価も高かった。だから、妬《ねた》まれることもあったと聞いている。同僚の中には、敵視している人間もいた」

「敵視？」

意外な言葉だ。仕事をしていく上で、反りの合わない人はどうしてもいる。ただ、敵視するという言葉は、好き嫌いの範疇《はんちゅう》を超えている気がした。

麻木は、喉に詰まった痰《たん》を取るような咳払いをする。話しにくいことなのだろうか。表情に逡巡が見られた。

やがて、ため息を一つ吐いてから話し始める。

「紺野君は非常に頭が良くて、上司からの覚えも良かった。その上、力のある派閥と同じ出身校。この三つが揃えば、出世コースを進むのは自然の流れだった。ただ、その道を進めば、出世競争は避けられない。紺野君もその争いに巻き込まれて、ずいぶんと苦労したみたいだよ」

一度言葉を区切った麻木は、目の前のビールを飲み干し、音を立てて缶を置いた。

「小田倉《おだくら》君は知っているよね？」

春名は頷く。

小田倉が裁判長となった裁判に何度か当たったことがある。一目見たときから、眼差《まなざ》しが限りなく冷たく、周囲の存在すべてを嘲っているようだという印象を抱いた。のっぺりとした顔が、その特徴を際立たせているので、小田倉と聞いたら最初に目が記憶から呼び覚まされるくらいだった。

「これ、主観的な意見だからね」麻木はそう断ってから続ける。

「小田倉君は、紺野君の同期であり、敵視している人間の一人だった。つまり、同じ出世コースを歩んでいた」

「ライバル関係にあったということでしょうか」

「小田倉君が一方的にライバル視しているみたいだったね。二人の間になにがあったのかは知らない。でも、小田倉君は紺野君を憎悪していると言っても過言ではなかったね。それを象徴する出来事が、紺野夕美《ゆみ》の事件だ。紺野君の一人娘。これも知っているね？」

　再度、春名は頷いた。

「一人息子を虐待死させた容疑で逮捕。その後起訴されて、判決は懲役二年。執行猶予三年が付きました」

「裁判記録は読んだかね？」

「はい」

「どう思った？」

「不自然だと思います」

答えたのは、隣に座っている潮見だった。

麻木は笑みを浮かべた。

「どこが不自然かな？」

「執行猶予が付いたとはいえ、あの証拠のみで有罪判決は出ないと思います。目撃証言もありませんし、当時、かかりつけだった小児科医は、外傷などはなく、虐待の様子は見られなかったと証言しています。あの内容でしたら、嫌疑不十分で、起訴されること自体が変です」

　春名も同意見だった。

紺野夕美の裁判では、虐待を証拠づけるような客観的な証拠は、公園に設置された防犯カメラの映像のみだった。その映像は請求中でまだ入手できていないが、夕美が息子である悠斗《ゆうと》を手で持ち上げ、強く揺さぶっている様子が映っていたと記載されていた。

ただ、これは実際に悠斗が死んだ日のことではなく、その一週間前の映像だ。悠斗の死因は、低体温症による凍死だ。夕美の証言によると、子供が風呂に入ったあと、冷房の効いた部屋で眠ってしまったことが原因だということになっている。身体の小さな三歳児のことだから、長時間冷房によって冷えた場所に寝かせていたら、低体温になる可能性はある。その証言が本当ならば、たしかに不注意ではあったが、虐待死ではなく事故死だ。

揺さぶっている映像と、悠斗の死に因果関係はない。

記録を見る限りでは、夕美の弁護人は当然そのことを指摘し、虐待を立証できないと主張している。また、もともと、夕美の息子である悠斗は病弱で、よく病院にかかっていたらしく、かかりつけの小児科医に証言台に立ってもらって虐待はなかったと証言してもらっていた。

それにもかかわらず、検察は虐待で有罪に持ち込もうとして、裁判官はその判断を支持した。

証拠は、防犯カメラの映像。そして、虐待をしたと認めた供述調書。この供述調書について、夕美は裁判の中で虚偽の自白の強要をされたと訴えていた。

実際に裁判を傍聴していないから分からないが、これだけの証拠で、どうして有罪になったのか不明だった。

「あの判決は疑問点が多かったし、最初から有罪ありきなのではないかという噂もあった」淡々とした声が続く。「なにせ、裁判長が小田倉君だったから、余計にね」

春名は目を見開く。

紺野を敵視している人間が、紺野の娘である夕美の裁判を担当したということか。

有罪にするには乏《とぼ》しすぎる証拠のみで、有罪判決が出た。

個人的な感情による判決ということなら、納得がいく。当然、あってはならないことだ。ただ、人が人を裁く限り、絶対にないとはいえない。

裁判官も、人間なのだ。

「裁判が始まってからしばらくして、紺野君がこの部屋に来てね。一緒にこうして飲んだんだ」麻木はビールの缶に視線を落とす。

「そのときはすでに、小田倉君が有罪判決を出すことを察していたのかもしれない。紺野君はしきりに、娘の裁判に関われない自分を責めていたよ。二十条が憎いってね」

「……刑事訴訟法第二十条」

春名は呟く。

裁判官が被告人又は被害者の親族であるとき、裁判官は職務の執行から除斥《じょせき》されるということを刑事訴訟法第二十条は定めている。中立公正な立場を維持する必要のある裁判官には、当然といえば当然の制約である。

紺野自身、そのことは百も承知だろう。そして、検察が提出した証拠だけでは有罪にならない可能性の方が高いことくらい、すぐに分かるはずだ。それでも、裁判に関わりたかったということは、小田倉の動きを察知していたのかもしれない。

真実を捻《ね》じ曲げて有罪にするほど、小田倉は紺野を憎んでいたということなのか。

「小田倉さんが紺野さんを嫌っていたのは、出世競争の相手だからというだけでしょうか。ほかにも、なにかあるんじゃないでしょうか」

春名は訊ねる。

小田倉が私情を挟んで有罪判決を下したと仮定した場合、敵視する理由が出世競争の相手というだけで、そこまでするだろうかという疑問があった。

ライバルを蹴落《けお》としたいという心理は分かる。ただ、小田倉が裁判官の最高位である最高裁判所長官を目指しているのなら、ライバルは紺野一人ではないはずだ。むしろ、紺野を蹴落とすために強引に有罪判決を下すというのはデメリットのほうが遥かに大きい。

夕美が有罪になれば、たしかに紺野の立場は危うくなる。身内に前科者がいるというのが、出世に響くのは間違いない。

しかし同時に、小田倉の行動は自分自身を危うくするものでもある。乏しい証拠で有罪判決にした場合、非難の対象となる危険性がある。現に、麻木は小田倉の判決を支持していない様子だ。

危険を冒《おか》してでも、紺野を引きずり下ろしたかったのか。

その場合、出世競争という動機だけでは納得がいかない。小田倉が夕美を有罪にした理由が、ほかにもあるのだろうか。

「紺野君を嫌っていた理由ねぇ……」

麻木は腕を組んで考えこんでしまう。腕が、やけに細く見えた。

「もしあったとしても、そこまで知らないねぇ」

春名は落胆する。麻木の話は、もし紺野が小田倉を殺害していたのだとしたら、紺野の動機に繋がるものだった。しかし、実際に殺されたのは富田という男だ。麻木から聞いた内容と、紺野の行動には因果関係がないように感じる。

潮時だろう。そろそろ帰ろうと考えたとき、もう一つの質問を思い出した。

「話は変わるのですが、二十号手当って言葉、聞いたことありませんか」

「二十号手当?」麻木は首を傾《かし》げる。

「聞いたことがないね」

嘘を言っているようには見えなかった。

春名は説明を加える。

「紺野さんが逮捕されてから、取り調べ相手を有馬さんに指名するという要求を通すために、担当検事に二十号手当という言葉を告げたようなんです。それで、実際に要求が通ったということでした」

「……つまり、その検事にとっては、言うことを聞かざるを得ない魔法の言葉だったわけだ。春名ちゃんは、なにか知らないの?」

「はい。初めて聞きました」

「……そうですか」

「そうかぁ……検事ねぇ……」

虚空の一点を見つめて石像のように動かなくなった麻木は、やがて何度か瞬きをした。

「二十号手当に関係があるかどうかは分からないけど、紺野君と仲がよかった検事がいたね。いろいろあったらしくて、もう辞めているけど。彼なら、なにか知っているかもしれない。そういえば一時期、紺野君と一緒になにかを調べているって噂もあったね。もう辞めているから、柵《しがらみ》もないだろうし、安全だと思うよ」

辞めているということを麻木は強調する。

二十号手当について、内容が分からないうちは、容易に聞きまわることはできない。無闇に敵を作ってしまう結果になるかもしれないし、妨害される可能性もある。そのことを、麻木は見透かしているのだろう。

「その検事の名前は分かりますか」

「たしか、佐倉《さくら》という名前だったよ」

「佐倉？」

知らない名前だった。検事の数は、全体で二千人弱。そのすべての名前を憶《おぼ》えているわけではないので、どこかの地方検察庁にいたのかもしれない。

「三年くらい前だから、春名ちゃんは知らないと思うよ」

三年前というと、春名はちょうど富山地方検察庁にいた頃だ。

「仲がよかったというのは、どういった感じだったのでしょうか」

もう少し詳しく知りたいと思って訊ねる。

検事と裁判官は、建物も隣同士で、顔を合わせる頻度《ひんど》も多い。自然、よく話すようになるし、仲が良くなる場合もあった。

ただ、それだけの関係ということもある。しかも、三年前のことだ。佐倉という男が二十号手当のことを知っているという確証もない。

「私は詳しくは知らないんだよ。でも、紺野君が辞める前に、佐倉という男について少しだけ話してくれたんだ。暗い顔で、彼は私のエゴのせいで犠牲になって検察を辞めたんだと言っていたよ。それ以上のことは喋らなかったから、どんなエゴかは分からないけどね。どういったタイプの人間なのか、今どこでなにをしているかも分からないよ」

エゴの犠牲。

いったい、なにがあったのか。たとえ二十号手当とは関係がなくても、知りたいと春名は思った。

少し長居しすぎたことに気づいた春名は、部屋を辞すことにした。

「また来てね」

少し寂しそうな顔をした麻木に会釈《えしやく》し、来た道を戻る。建物を出た春名は、歩きながら会話の内容を思い出す。

収穫はあった。

紺野と小田倉の間に確執があったということ。

小田倉は、無理に紺野の娘である夕美を有罪にしたのではないかということ。

紺野と仲がよかった佐倉という男が、紺野のエゴの犠牲になったということ。

これら三つについて思いを巡らせる。

この中では、やはり、小田倉の行動がもっとも気になった。紺野を嫌っているというだけで、夕美を有罪にするだろうか。

そう考えていて、疑問が沸《わ》き起こる。

たしかに、小田倉は無理やり夕美を有罪にした可能性がある。

ただ、事件を起訴するのは検事だ。夕美が虐待死させたと立証することができると考えたのも、検事だろう。あの証拠品だけで有罪判決を取るのは難しい。普通なら、起訴しない。それでも起訴され、有罪判決が下った。

嫌な予感がする。

検事も、夕美を有罪にすることに加担している可能性がある。

背中に冷たいものが走る。

身体を震わせ春名は、帰ったら裁判記録を見返して、担当検事の名前を確かめようと思った。

それともう一つ。

本当に、夕美は無理やり有罪にさせられたのか、確かめる必要性を感じていた。

紺野のいうゲームに則すならば、残り十七日しかない。時間がなさすぎた。

空を見上げると、中央合同庁舎第六号館が目に入った。ほとんどの窓から、光が漏れ出ている。

「ちょっと、先に帰ってもらってもいい？」

春名の声に立ち止まった潮見は、春名の背後にある建物を見る。

「古巣に用事ですか」

勘が鋭いなと思いつつ、曖昧な笑みで誤魔化す。

「では、僕は帰ります」

「うん。また明日」

去っていく潮見の背中を見送ったあと、中央合同庁舎第六号館に向かった。

駐車場側の通用口を抜け、エレベーターで十三階に上がる。

目的の部屋は、すぐに見つかった。プレートには、水田のほかにも、二人の名前が連なっていた。ノックをすると、くぐもった声が返ってくる。

一瞬躊躇したのち、ドアノブを摑んで扉を前に開けた。

中にいたのは、水田一人だけだった。木製の両袖机の上に、大量の書類やファイルを山積みにして、そこに埋もれているようだった。

水田は、春名を見て露骨に嫌そうな顔をする。

「部外者が、なにか用か？」

敵意を剝《む》き出しにした声。心を抉るナイフ。しかし、春名は動じなかった。毎回毎回攻撃を受けていれば、ある程度慣れるものだなと春名は思う。

「紺野の要望を聞いた理由を聞かせてください」

「……要望？」

とぼけたような声。ただ、顔に余裕がない。

「紺野の要望に素直に応じて、有馬さんを取り調べの相手にした理由を教えてください」

水田は舌打ちをする。

「紺野が黙秘していて、埒《らち》が明かなかったからだ」

「勾留期限がまだ残っているのにですか。口を割らせる方法なんて、いくらでもあるはずです」

自分の言葉に、空恐ろしさを感じる。ただ、事実だった。二十日間、密室空間に閉じ込められて責められれば、ほとんどの人間が異常をきたす。たとえ鋼《はがね》の精神を持っていても、突き崩される。

「やはり、紺野が出した二十号手当というのが理由ですか」

その言葉を聞いた水田の口元が痙攣《けいれん》する。変化は、それだけだった。

「……俺がお前に、本当のことを喋ると思うか」

「それを期待して、ここに来ました」

春名は言うと、水田は口角《こうかく》を上げる。

「言うわけないだろう。俺は、お前の元上司である西島《にしじま》さんみたいに僻地《へきち》に飛ばされたくないからな」

嘲笑を含んだ表情だった。

元上司である西島慎太郎《しんたろう》。半年前の再審裁判で負けて、不定期の人事異動で飛ばされた。

「二十号手当って、なんですか」

「……知らなくていいことだ。そして、深入りするな」

射抜くような視線を向けられ、春名は怖気《おじけ》づく。

水田は、口元を歪める。

「少しだけ教えてやる。お前の想像どおり、二十号手当については慎重に取り扱わなければならない案件だった。そして、検討の結果、今は紺野に有馬をあてがって時間稼ぎをすることにしたんだ。上層部は、二十号手当が表沙汰《おもてざた》になる前に、紺野を殺人犯にしろと言ってきている。二十号手当もろとも、奴を闇に葬《ほうむ》るということだ」

その説明で、検察の思惑を理解した。

検察は、二十号手当という紺野の脅しに屈して有馬をあてがったわけではない。起訴する段取りが整うまでの間、紺野に応じているふりをしているだけだ。もちろん、有馬が情報を引き出せれば、それでいいのだろう。ただ、あくまでこれは紺野を油断させるパフォーマンスだ。

検察は、なんとしてでも紺野を起訴し、殺人犯に仕立て上げようとしている。そうすれば、信用を剥奪《はくだつ》できるからだ。犯罪者にしてしまえば、言論を封殺できる。

犯罪者の言葉に、世論は耳を傾けない。

# 第四章　20FPS

勾留期限、残り十六日。

三ノ輪警察署に向かった有馬と潮見を見送った春名は、凝り固まった肩を手で揉みながら給湯室に向かった。

ティーバッグの紅茶を淹《い》れ、有馬の様子を思い出す。

明らかに苛立っていた。紺野の取り調べが上手くいっていないことの証左だろう。

有馬が状況を説明してくれなかったので詳細は分からないが、紺野がゲームをする理由も、有罪にできる要素も摑めていないようだった。

昨日、裁判官の麻木から聞いた小田倉との確執について話すと、有馬はしばらく考え込んだ後、機を見てぶつけてみると答えた。ただ、水田との会話は伏せておいた。

現時点で、検察は起訴する意向だという不確定要素を伝えたところで、有馬の取り調べがいい方向に流れるとは思えない。あくまで、誤判対策室で起訴する材料を見つけるべきだ。検察の意向などを考慮するべきではない。

春名は、紅茶の入ったマグカップを持って会議室に入り、椅子に座った。

瞼《まぶた》が重い。昨日は遅くまで調べものや報告書の作成をしていたので、ほとんど睡眠時間が取れなかった。

目の前に広げられたままになっているノートに視線を落とす。

紺野を起訴するため、誤判対策室にできることを記入していた。

動機については、紺野と唯一話すことのできる有馬に任せるべきだろう。

潮見には、証拠品の精査をお願いした。目撃証言などの確認は有馬とともに行動してもらうつもりだったが、数少ない証拠品の中から、紺野を追い詰めるためのヒントを探してもらう。

そして、春名自身は、本当に、紺野の娘である夕美が虐待をおこなっていたのかを探るつもりだった。また、紺野が犠牲にしてしまったと言った佐倉という男に話を聞き、紺野の言葉の真意を聞き出そうと思っていた。事件とは直接関係はないが、二十号手当の内容も、模索しようと考えていた。

通常業務をこなしつつ、これらを行う。時間の足りなさに、ため息が漏れた。

死刑囚の再審請求も多いが、殺人罪で服役している受刑者の再審請求も輪をかけて多い。現在、誤判対策室が扱っている事件は八件。関東エリア以外の案件もある。これらを一件一件精査していくのは、想像以上に骨の折れる作業だった。

裁判記録を確認するだけではなく、当時の捜査資料に目を通し、証拠品の確認もする。当然、裁判に提出されなかった証拠品を請求できる権限が誤判対策室にはあるが、検察が簡単に応じるわけではない。そのため、毎回攻防戦が繰り広げられ、春名はその交渉を一手に任されている。

早く、紺野の件を片付けなければならないという焦りがあった。そうしなければ、ほかの案件が滞ってしまう。

下唇を噛んだ春名は、気を取り直してリモコンをテレビに向けて操作した。公園を映した映像が動き出す。夕方のため、周囲がやや暗かった。

夕美が虐待をおこなったとされる公園の映像がようやく届いたので、入念に確認しているところだった。

街灯に取り付けられた防犯カメラのため、上から見下ろすような角度だ。古いカメラで画質が粗い。その上、設定のコマ数が20ＦＰＳで設定されていたため、人の動きがぎこちなかった。コマ数については昨日急いで調べた。要するに、動画というのは静止画の集まりであり、一秒間に静止画を何枚映すかによって動画の動きが変わってくる。

パラパラ漫画と原理は同じだ。

一秒間に見せる静止画のコマ数のことをフレームレートと言い、FPSと表記する。数値が高ければ動画は滑らかで、低ければカクカクした動きになる。

一秒間に五枚なら、5FPSとなる。

通常、テレビは30FPSだ。20FPSの映像は、少しだけ動きに違和感を覚えるものの、人の動きを認識するのは問題ない。うろ覚えだが、我々の目で見ている現実世界も20FPSだという表記を見たことがあった。つまり、20FPSあれば、十分に状況を把握することができるということだ。証拠能力に問題はない。

やがて、画面に子供と手を繋いだ女性の姿が現れた。子供が悠斗、女性が夕美だ。

防犯カメラの前方にあるベンチに夕美が座る。上から見下ろす構図で、夕美がカメラに顔を向けたかたちになった。表情をはっきりとは確認できないが、笑っているように見えた。

悠斗は、夕美の足に抱きついており、後頭部が映し出されている。

公園の大きさは、五十平米ほどだ。子供が跨《また》がって遊ぶパンダと馬の形をしたロッキング遊具しかない公園だ。

ここは、近隣に物流倉庫を建てた企業が区に寄付したものだった。寄付する際に取り付けた防犯カメラは企業負担だったが、管理などは練馬区がすることになっていた。ただ、長年放置されたままだったらしい。防犯カメラはソーラーパネルで動くタイプのものだった。

やがて、夕美は悠斗の両脇に手を挿《さ》し込んで持ち上げた。悠斗の足は、夕美の広げられた両足の間にある空間に入っている。ベンチの上に立っている状態に近い。

ここからだ。

突然、夕美は悠斗の身体を激しく揺さぶった。

目を凝《こ》らす。

夕美の顔は悠斗の身体に遮られ、悠斗の表情も見えない。ただただ、悠斗の頭が前後に激しく揺れているのが斜め上から見下ろすような角度で映っている。

何度見ても、激しく揺すっているようにしか見えなかった。

悠斗は三歳だ。新生児や乳児と違い、この程度では揺さぶられっ子症候群といった内出血も起こらないだろう。

たしかに、この映像を見れば、虐待しているように受け取られかねない。

しかし、これだけでは日常的に虐待している根拠にはならない。

実際に、監察医の記録によると、外傷は見られず、死因は低体温症によるものだと結論付けられていた。

この映像では、夕美が悠斗を虐待死させた証拠にはならない。

春名は頭を掻きながらリモコンを操作して映像を止め、裁判記録を見る。

供述調書の内容は、虐待を認めている。しかし、公判では否認に転じ、自白の強要をされたと訴え、虐待などしていないと訴えていた。

起訴を決めた検事の名前は、湯浅核《ゆあさかく》。すでに退職している人間だった。現在の連絡先を調べて連絡したものの、すでにこの世を去っていることが判明した。癌《がん》だったそうだ。

ともかく、まずはこの供述調書が虚偽の自白の強要に因《よ》るものなのかを調べる必要がある。夕美の事件を探ることが、今回、紺野が起こした事件と関係があるかどうかは不明だが、捜査というのは、可能性を潰していく地道な作業が必要だ。

立ち上がった春名は、外出の準備を始める。

供述調書を作成した、鍛治正次《かじせいじ》という警察官に話を聞こうと考えていた。

有楽町駅から三十分ほど電車に揺られ、練馬駅に到着した。そこから歩いて四分ほどの場所に、練馬警察署はあった。

築二十年以上経っている建物の中に入り、刑事組織犯罪対策課が入る部屋に向かった。

階段で二階に上がったところにいた女性署員に、鍛冶の在籍を訊ねる。

怪訝な表情を浮かべる女性署員に対して、誤判対策室の人間であることを告げると、顔を強張らせつつ、鍛冶の元に案内してくれた。

「誤判対策室の春名です」

事務椅子に腰掛けている鍛冶に声をかける。頬骨が出ており、顔がやけに大きい。髪型がオールバックなのも、そう見える一因だろう。

「あぁ、誤判さんね」

鍛冶は面倒そうな声で応じると、部屋に満ちていた会話がぷつりと途切れた。そして、視線が一斉に春名に向けられる。

誤判対策室と名乗ると、必ずと言っていいほどに敵意の混じった重苦しい空気が漂う。最初はいたたまれなかったが、もう何度も経験しているので無視できるくらいには慣れた。

「電話でお伝えしたとおり、紺野夕美の件についてお聞きしたいのですが」

「……あっちに用意していますよ」

大きなため息を吐いた鍛治は、ゆっくりと立ち上がった。

鍛治には事前に面談を申し入れており、資料も用意してもらうよう依頼していた。

スリッパを履《は》いている鍛治は、わざと床を擦《す》るような歩き方をしていた。不快な音だと思いながら後をついていきつつ、過去に思いを馳せる。春名が検事として東京地方検察庁にいた頃、若造の春名に対し、刑事たちは直立不動の姿勢で出迎えてくれたものだし、補充捜査などの依頼をすると覇気のある返事が返ってきた。

それが今では、真逆の対応をされている。

不満を抱いても仕方のないことだと思い、気持ちを切り替えた。

案内された会議室に入り、椅子に座る。一度出ていった鍛治は、三分くらい経《た》ってからファイルを持って現れた。

「誤判さんは、死刑囚か殺人犯を調べるのが仕事じゃないんですか」

鍛治は不満そうな声を発する。

「その仕事に関連している可能性があるので、調べているんです」

春名の回答に、下唇を出して茶化すような顔を作った鍛治は、投げるようにファイルを寄越す。

ぱらぱらとめくって中身を確認する。検察で保管していた資料と同じ内容だった。

「資料はこれだけですか」

「そうですよ。紺野夕美は自白していますからね。我が子を殺しただけの事件ですから、それほど時間もかかりませんでした。証拠品の防犯カメラの映像は、検察に送っています」

それもそうだろうと思う。この事件で登場するのは、夕美と悠斗のみ。本当に夕美が悠斗を虐待死させたのなら、単純な事件だ。

ただ、春名は、虐待が本当にあったかどうかを探るために、ここに来ている。

「紺野夕美の取り調べをしたのは、鍛冶さん一人ですか」

「そうですよ。たいした事件じゃないですからね」

「紺野夕美が自白したのは、勾留決定から何日目ですか」

その問いを受けた鍛冶は、視線を巡らす。

「……たしか、三日後です。それから調書を作成して、終わったのが、六日目ですかね」

「勾留期限を延長した理由は、なんでしょうか」

逮捕に引き続く勾留期限は十日。その期間に起訴にするか不起訴にするかの判断ができない場合は、勾留期限をさらに最長十日間延長できる。

鍛冶は、眉間に皺を寄せる。

「別に、珍しいことじゃないですよね。紺野夕美の場合、二十日間の勾留期限のうち、取り調べは三日くらいに一度のペースです。取り調べの時間も、二時間くらいでしょうか。勾留満期ぎりぎりまで留置場に入れていたのは、子殺しをしたクソ親にお灸《きゆう》をすえてやったんですよ」

違和感のない回答だ。

たとえ最初の勾留期限内に調書が完成して、起訴できる状態になったとしても、勾留延長の請求をして二十日間の勾留期限いっぱい使うこともある。担当検事の判断によるものだが、鍛冶が言うように、罰を与えるという意味合いで勾留期限である二十日間を使う人間もいる。

もし、夕美の自白が虚偽で、強要されたものならば、整合性を取るために勾留期間中は連日連夜取り調べが行われることも少なくない。過去に発覚した冤罪事件では、このケースが多い。

鍛冶が言う三日に一度の短時間の取り調べならば、問題はなさそうだ。

「夕美の裁判に提出された証拠品以外に、なにか押収《おうしゆう》したものはあったんでしょうか」

「ありません」鍛冶は即答する。

「公園に設置された防犯カメラの映像と、供述調書だけです」

「それだけで、起訴するのは無謀に感じますけど」

春名の言葉に、鍛冶はオールバックにした髪を手で撫でつける。顔には笑みが浮かんでいた。

「たしかに、防犯カメラでは虐待していることを証明できても、殺したことを証明できません。でも、自白があるんですよ。それがあれば、起訴はできます」

鍛冶の言うとおりだ。自白は、〝証拠の王様〟と言われている。自白さえあれば事件が成立するのだ。

もちろん、自白が絶対というわけではなく、証拠や目撃者が十分にそろっている場合は、たとえ被告人が否認していたとしても、有罪にできる。

ただ、証拠が不足している事件が存在するのも事実で、そういったケースでは、自白が重視される。そして、その自白を記した供述調書の力は絶大で、被告人が公判中に供述調書の内容が嘘だと主張しても、それを裁判官が認めることはないに等しい。

自白に重きを置く理由の一つは、主観的な要素の認定を必要としているからだ。殺人罪と傷害致死罪を分ける分水嶺《ぶんすいれい》は〝殺意〟があったかどうかである。殺人罪で立件したい場合は、取り調べで〝殺意〟の追及をすることになる。

要するに、刑法では人が死んだという事実に加え、人を殺した人間の感情如何《いかん》によって量刑が変わることになる。

今回、夕美は子供を虐待死させたことで、傷害致死に問われていた。そして、供述調書の内容も、傷害致死罪を結論付ける内容になっていた。つまり、殺意は認めておらず、傷害についての故意を認めた調書だった。

「まさかとは思いますが、誤判さんは、この事件で虚偽の自白をさせたとでも思っているんですか。あの女は、絶対に虐待をしていた。断言できます」

嚙みつくような笑みを浮かべたままの鍛冶が言う。

ふと、春名はその様子に違和感を覚える。鍛冶は笑顔をずっと崩していない。それはまるで、笑顔を貼りつけることで、その裏に隠れたものを見せまいとしているようにも見える。

なにか、隠しているのだろうか。疑念が胸に広がったが、聞いたところで素直に答えるとは思えなかった。疑ってかかると、相手の一挙手一投足が不審に感じる。考えすぎかもしれないなと自戒し、口を開く。

「今のところは調査段階なので、なにも言えません」

収穫はなかったなと落胆しつつ言う。

鍛治は、なおも笑みを浮かべたままだった。

肩を落とした春名は、ファイルを返して練馬警察署を後にした。

歩きながら腕時計を確認すると、まだ十四時だった。次の予定まで時間があるので、有楽町に戻ることにした。

電車の座席に座り、冷房の恩恵に与る。家に帰ってシャワーを浴びたい欲求に駆られたが、我慢することにした。シャワーを浴びて落ち着いてしまったら、睡魔に抗《あらが》うことができないだろう。

電車の振動に瞼が重くなったので、席を立つことにした。ここで寝たら、乗り過ごしてしまう。

有楽町駅で降り、日差しに顔をしかめながら歩く。眠気で、頭がくらくらした。

東京地方検察庁で検事をしていた頃に比べると、誤判対策室の勤務時間は短い。それなのに、気持ちに余裕がないのか、安眠できない日が続いていた。一時間おきに目を覚ますことが多く、眠った気がしなかった。

死刑囚や殺人犯の冤罪を探る。

捜査機関が証拠を固め、司法機関が有罪と決めた事件の粗探《あらさが》しをするのが誤判対策室であり、検事である春名にとっては、組織への裏切り行為をしていることになる。すべての職務を投げ出して、惰眠《だみん》を貪《むさぼ》りたいと日に何度も思う。ただ、たとえ逃げたところで、自分自身は納得しないだろう。

どうして、自分はこの場所で踏ん張っているのだろうと考える。

冤罪の人間を救う。

やっていない罪を着せられて、身体を拘束される憤りと恐怖は計り知れない。死刑囚ならなおのことだ。

――冤罪の人間を救う。

声を出さず、唇だけ動かす。

目的は崇高だ。ただ、本当に、冤罪被害者を救うという純粋な気持ちで調査をしているのだろうかという疑問は常にあった。自分は、誤判対策室でなにがしたいのだろうか。

悶々《もんもん》と考えながら、誤判対策室があるビルに入る。

事務所の扉を開けると、ソファに座っている有馬と目が合った。

殺気立った雰囲気。

「取り調べはどうでしたか」

「進展なしだ」

即答した有馬は、ため息を吐いて天井を睨みつけていた。

春名は、有馬に苦手意識を持っていた。怖いというわけではない。なにを考えているのか理解できない相手を、必要以上に警戒する性格なのだ。

取り調べの具体的な内容を聞こうとしたが、給湯室から潮見が出てきたので、質問相手を変える。

「紺野を起訴する目途《めど》は立ちそうですか」

その問いに、潮見は手に持っていたアイスバーを齧《かじ》ってから肩をすくめた。

「今のところ、なんとも。担当検事はなんとしてでも起訴するって躍起になっていますけどね。まぁ、紺野のいいようにやられているような状態です」

予想していた答えだったので、落胆はなかった。

そもそも、紺野がゲームをしたいと言い出したから、勾留期限である二十日間を意識しているが、嫌疑不十分で釈放されても、捜査を継続することは可能だ。

証拠隠滅の恐れがあるので、釈放という事態は望ましくないが、無理やり起訴して裁判で負けるよりはましである。それなのに、有馬の態度は、なんとしてでも二十日間のうちに起訴に持ち込もうとしているように感じられた。

二十日の間に起訴できなければ、なにかがあるのか。重大な隠しごとをしている。そんな気がしてならなかった。

「紺野の娘が有罪判決になったことについて、紺野にぶつけてみたんですか」

有馬はゆっくりと顔を動かし、半眼を向けてきた。

「紺野の娘は、本当に子供を虐待死させたのか？　裁判資料を読んだが、どうしてあれで有罪になるんだ」

「……今、それを確認しています」

答えを持ち合わせていない春名は、口ごもりつつ、言い訳がましい口調になってしまう。それが腹立たしく、急いで言葉を継ぐ。

「さっき、紺野夕美の取り調べをした練馬警察署の刑事に会ってきました。それで、防犯カメラの映像と自白だけで起訴に持ち込んだことについて意見を聞きました。鍛治って刑事です」

その名前に興味をそそられたのか、有馬が視線を向けてくる。

「鍛治は、なんて言っていたんだ」

「無理な取り調べはしていないし、自白があるから有罪なのは間違いないということです。でも、そう言っているだけで、もしかしたら……」

「いや、いい」

煙を払うように手を動かした有馬は、胃の中が不快であるかのように胸のあたりを擦った。

「鍛冶は優秀な男だ。あいつは絶対に虚偽の自白を強要したりしない。紺野の娘は、やったんだよ」

そう言った後、少し外に出てくると告げて有馬は出ていってしまった。

「……なんなの？」

一方的に判断されたことに苛立ちを覚える。

有馬の口振りから、鍛冶とは知り合いのようだ。優秀な男と言っていたのを真に受けるとしても、虚偽の自白の強要をしないという根拠にはならない。むしろ、なりふり構わず自白させる刑事のことを優秀だと評する風潮すらあるのだ。

近くにあるゴミ箱を蹴りたい衝動に駆られたが、なんとか押し止めた。

「前から思っていましたけど、二人って、仲悪いんですか」

椅子に座ってアイスバーの棒のみを持った潮見が訊ねてくる。

　春名はその問いを無視して、部屋の中央に置かれたテーブルの前に立つ。紺野を起訴するために集められた証拠は、どれも起訴への踏み台としては使い物にならなかった。

「あ、そういえば、殺された富田についての、監察医と鑑識の報告書のコピー、もらってきましたよ」

　わざとらしい鷹揚《おうよう》な笑みを浮かべた潮見は、ゆっくりとした歩調で自席に戻り、鞄からファイルを取り出して手渡した。

　中を見る。

　監察医の報告書によると、防御痕はなく、首筋にスタンガンの火傷。両手両足首は養生テープが巻き付けられていた。手首に血が滲んでいたことから、解こうと力を加えたことが分かる。意識を取り戻した後、しばらくは生きていた可能性が高いとされていた。

　死因は、包丁で胸を一突きされたことによる出血性ショック死。現場の写真一面に広がる真っ赤な色を見れば、死因については医師の判断が不要なほどだった。包丁は、富田の家にあったものが使われており、指紋や掌紋は付着していなかった。

　次に、鑑識の報告書に移った。

まず、〝なし〟の言葉が躍る。

扉の鍵を壊された形跡はなし。窃盗の形跡も、物色された様子もなし。犯人のものと思われる体液や血痕もなし。

現場から発見された毛髪は、複数人分あった。そして、住宅ゆえに服の繊維も多く発見されている。ただ、それらの微細証拠の中に、紺野に繫がるものを発見することはできなかったようだ。

「捜査本部での話では、紺野は毛髪を残さないように気を配ったんじゃないかということです。現に、紺野は体毛を剃《そ》ったような形跡があるとのことでした。髪の毛については、帽子を被るとか、そういった対策をしたんじゃないですかね」

春名は顔をしかめた。

一般成人の自然脱落毛は、一日に三十本から百本ほどとされている。ただ、犯人が犯行現場に一時間滞在したとしても、自然に抜け落ちる毛髪は一本あるかないかだ。被害者が犯人の髪を引っ張ったりといったことをしない限り、犯行現場に毛髪が残っている可能性は低い。

現場に毛髪を残さないようにするのは、準備さえすれば難しいことではない。

ファイルを閉じる。監察医と鑑識の報告書は、要するに音《ね》を上げたという内容だった。

「どうも、旗色が悪いようですね」

他人事《ひとごと》のように言う潮見を、春名は睨みつけた。

「紺野を起訴する手助けをすることは、誤判対策室の仕事でもあります。潮見君も、起訴できる材料を揃えてください」

言いながらも、心の中では、これは誤判対策室の役割ではないという思いもあった。

紺野の件は、有馬が取り調べの相手と名指しされ、警察や検察から協力要請があったから引き受けたものだ。

——誤った判断を未然に防ぐのも、誤判対策室の仕事の一つだ。紺野は人を殺していて、それを出頭までして認めている。それなのに釈放されるのは、誤判以外のなにものでもない。

有馬の主張を思い返す。拡大解釈だが、あながち間違ってもいない。

ただ、やはり有馬の力の入れようが気になった。なんとしてでも、紺野を起訴するという意志が感じ取れる。正義感からのものではないのは明らかだ。いったい、二人の間になにがあったのか。有馬に聞いても、教えてくれない。そして、考えても答えが出るものでもない。

　春名は頭を横に振り、雑念を振り払う。

　今は、一刻も早く紺野を起訴するところまで持ち込み、本来業務に集中できる環境にしなければならない。

「……起訴の材料があれば、なんとかなります」

「分かってますよ」潮見は冷笑を浮かべる。

「任せてください。僕は僕なりに、紺野を追い詰めてやろうと思います」

　意外な返答に、春名は目を見開く。

　潮見には、証拠品の精査や、新たな証拠がないかの確認を依頼している。追い詰めるという言葉は、少しそぐわない気がした。

　潮見は続ける。

「紺野は、富田を殺したって認めているんですよね」

　春名は頷く。今さら、なにを言っているのだ。

「だったら、話は単純です。皆さんは、深く考えすぎなんです」片眉を上げる。俗っぽい表情。

「紺野は、完全犯罪を実現させたかもしれない。本当に完全犯罪なら、我々に勝ち目はありません。いえ、今のままでは、ということですが」

一方的に告げた潮見は、アイスの棒をゴミ箱に向かって投げた。

いったい、なにを考えているのか。問い質《ただ》そうと思ったものの、時計を見ると十七時を回っていることに気づく。

「ちょっと外出してくるけど」

春名が立ち上がると、潮見もそれに倣《なら》う。

「僕もそろそろ出かけます」

「……どこに？」

「誤判対策室にいる義務を、果たしに行くんです」

そう言って、さっささと事務所から出ていってしまう。

荷物をまとめた春名は慌てて後を追うが、すでに潮見の姿はなかった。

――僕は僕なりに、紺野を追い詰めてやろうと思います。

先ほど発した潮見の言葉が引っかかる。

一抹《いちまつ》の不安。それが段々と、憤りへと転化していく。

有馬といい潮見といい、好き勝手に行動する人間を相手にすると疲れる。

今思えば、半年近く前に誤判対策室にいた世良は常識を持ち合わせていた。懐かしい。

ただ、いくら懐かしいと思っても詮無いことだ。もう、世良が誤判対策室に戻ってくることはないだろう。

息を吐き、気を引き締めた春名は、次の目的地に向かう。夕美が通っていた小児科の主治医に話を聞く予定だった。


電車を乗り継ぎ、新宿《しんじゅく》三丁目駅で降りる。

粘度のある空気が滞留した構内を歩き、〝E1〟出口を抜けると、右手に花園《はなぞの》神社が見える。蟬《せみ》がけたたましく鳴く音が耳に入った。境内《けいだい》を見ると、なにかの舞台の準備をしているようだった。

舞台や映画館に最後に行ったのはいつ頃だろうかと考え、げんなりする。検事に任官される前だ。もともと外に出ることが好きではなかったので、休日は家に引きこもることが多かった。誤判対策室に配属されてからは、比較的時間に余裕があったが、家で酒を飲んでばかりいて、外で遊ぶ気分にはならない。そもそも、友人もいなかった。

このまま無為に残り時間を削っていって、人生を終えるのかと思うと悲しくなる。

階段を上り、地上に出る。

目的地である〝ゴムロ小児科クリニック〟は、新宿御苑《ぎょえん》方面に五分ほど歩いたところに建つビルの一階にあった。周囲にはビルや飲食店が並ぶ。こんなところに小児科を開いて、患者が来るのだろうかと疑問に思った。

自動ドアを抜けて、院内に入る。待合室に患者の姿はなかった。

「あの」

受付に座っている女性に声をかける。明るい茶色に髪を染めた女性は、厚めにマスカラを塗っていた。香水をつけていないのが不思議なくらいで、これからキャバクラにでも出勤するのではないかと思ってしまうほどだ。

女性の視線が意味ありげに斜め下に落ちる。そこにはプレートが置いてあり、〝本日の診療受付は終了致しました〟と書かれてあった。気だるそうな顔。その顔には、〝もう終わったので帰ってください〟と書かれてあるようだった。

「検事の春名と申します。十八時に、小室《こむろ》先生と面会の約束をしています。いらっしゃいますか」

検事という単語に、怪訝な表情を浮かべたまま動こうとしなかった。話が通っていないのだろうか。

「小室先生は、まだ診察中でしょうか」

再度の問いに、女性は後ろを振り返って媚《こ》びた声で小室の名前を呼ぶ。

その声に応じて奥から出てきたのは、五十がらみの太った男だった。

春名と目が合う。男は口を丸く開けてから、笑みを浮かべた。しきりに目玉が動き、買うかどうかを悩んでいる商品を確認するように、視線を春名の頭から足まで這《は》わせる。

決して好きになれないタイプの男だ。

「あぁ、春名さんですね」

そう言った男は、小室だと名乗り、診察室へと招き入れる。

「迷いませんでしたか」

目を三日月の形にした小室は、どこか七福神の恵比寿天《えびすてん》の顔を彷彿《ほうふつ》とさせた。

「全然問題ありませんでした」

素っ気ない声で春名は答える。方向音痴だったが、今どきはスマートフォンがあれば、なにも考えずに目的地にたどり着ける。

「こんなところに小児科があるの、不思議に思ったでしょ？」

唐突に話題を振られた春名は困惑したが、疑問に思っていたのは事実だったので頷いておいた。

するど、小室は満足そうな表情を浮かべる。

「それがねぇ、意外と需要があるんだよ。ここらへん、夜の仕事をするお母さんが多くてね。夜間保育も結構あるんだけど、そこで熱出た子とかを連れて駆け込んでくるんだ。だから、この近くに住んで対応できるようにしているんだよ」

「練馬から移った理由は、それですか」

三年前に夕美と悠斗が通っていたのは、練馬の〝小室医院〟だった。勤務医は別として、開業医が拠点を移すことは珍しい気がした。

「いや、練馬を出たのは離婚したからだよ。妻も医者でね。妻は大病院の勤務医だったんだが、離婚を機に医院を譲ったんだ。まぁ、原因はこちらにあったし、慰謝料みたいなもんだな。その理由ってのがね、私の酒好きが原因なんだよ。仕事が終わったら飲みに出かけるのが日課だったんだ。毎晩ね。それで愛想を尽かされたってこと。独り身になって、ようやく好きなだけ外で飲めるよ。やはり独身は最高だね」

腹を擦《こす》った小室は、その後も飲み歩き談義に花を咲かせる。

よく喋る男だなと春名は思いつつ、強引に本題へと軌道修正した。

「三年ほど前に小室医院に通っていた紺野夕美と、その息子について話を伺いたいのですが」

「……あぁ、そうだったね」小室は高そうな椅子の肘掛けを手で擦る。

「紺野さんの子供、病気がちでよく来ていたから覚えてるよ」

子供が病弱。これは夕美の供述調書に書かれていた。夕美の弁護人は、熱心に子供を看病する母親が、虐待するわけがないと主張していた。それを裏づける証言は、夕美の友人や、通っていた保育園や幼稚園でも確認できた。

――子供が高熱を出すことも多く、そのたびに熱心に看病し、栄養価の高い食材を使った料理を習ったりしていた。

――母子家庭で大変そうだったが、いつも明るく振る舞っていて、子供の話ばかりしていた。

――子供用のセーターを編んだり、帽子を作ったりと、愛情を注いでいるのが分かった。

――子供が原因不明の嘔吐でぐったりしたときなどは、いくつも医療機関を回って相談していた。

ほかにも、子供を思いやる夕美の姿を褒める人の意見が多く、どれも、虐待していることに反駁《はんばく》している。

春名は丸くなった背筋を伸ばす。

「ある案件に関連し、紺野夕美が虐待していたかどうかについて調べています。先生は虐待の兆候や痕跡はなかったと証言していますね」

小室は赤べこのように頷く。頷くたび、顎《あご》の肉がぶよぶよと揺れる。

「そうだよ。悠斗君は、身体が弱くてね。よく風邪《かぜ》を引いたり、お腹を壊したりしていてね。診察は何度もしている。外傷も一切ないし、栄養状態も問題ない。そしてなにより、お母さんが悠斗君に対して愛情を注いでいるのが伝わってきたからね」

「でも、逮捕されて、有罪になっています」

「そのようだね。噂で聞いたよ。自殺したこともね」

心痛の色が目に浮かぶ。半分同情で、残りは社交辞令。

「率直にお聞きします。本当に、虐待をしている様子はなかったんでしょうか」

その問いに、一瞬面食らったような表情を浮かべた小室だったが、すぐに頷く。

「虐待していない。断言する」

その声は、自信に満ち溢れていた。

――やはり、夕美は冤罪なのか。

春名は念のため、殺された富田のことを訊ねてみたが、小室は怪訝そうな顔で首を横に振っただけだった。

〝コムロ小児科クリニック〟を出た春名は、暗くなった空を見上げてから、明るい新宿の街を歩く。

今回、小室に話を聞こうと考えたのは、小児科医なら虐待の有無を正確に把握できる立場にあるからだ。小室は、虐待をしていたという痕跡はないと断言している。夕美の虐待は、身体的なものだったというのが担当検事の見解だった。悠斗に目立った傷はなかったが、傷が残るものだけが虐待ではないという主張を展開している。冷たい風呂に無理やり入れたり、外に放置するといった類のものだ。

悠斗の司法解剖の結果、凍死以外に虐待の兆候は見られなかった。公園での揺さぶり映像を裏付ける所見も見当たらなかった。検察側は、網膜出血や硬膜下血腫がなくても、揺さぶっているのは映像に残っているので事実であり、虐待だと言い張った。そして、判決もそれを支持した。

虐待を裏付けるものは、映像以外にない。それだけならば、悠斗が凍死したのは、事故だったというのが自然だ。

やはり、検察は無理やり起訴して有罪に持ち込んだ可能性が高い。昨日麻木が言っていたように、小田倉と検事が共謀していたのか。

にわかには信じがたいと思いつつ、駅のホームに到着する。

次の電車が来るのは、三分後だった。

バッグからスマートフォンを取り出す。時間を潰そうと思ってニュースサイトを見たとき、トピックスの文字に釘付けになった。

〝元裁判官が自首？　台東区の殺人に関与か〟

紺野が自首した件について、捜査本部はメディアに勘付かれないように細心の注意を払っていた。社会を震撼させる重大事件に対応する特別捜査本部は別として、捜査本部が立ち上がる程度の事件では、メディアに情報を公開する必要はない。今回は、元裁判官が起こした事件であり、自首したうえでゲームをしたいと言い出している。メディアに食い荒らされるネタが豊富に詰まっているため、検察側から情報を秘匿《ひとく》するようにという要請だった。そのため、警察は、別の管内で発生した殺人事件をわざと目立たせ、記者たちの目を紺野の事件から遠ざけるなどの工作をおこなっていた。メディアに勘付かれないように細心の注意を払っていたはずだ。それなのに、どうして。

トピックスをタップし、記事を読む。

〝元裁判官の紺野真司容疑者（五十歳）が、台東区で起きた男性殺害に関与していると自首し、逮捕されたことが分かった。ただ、紺野容疑者は逮捕後一転して無実を主張、誤判対策室の人間を呼び、真相を究明するように依頼している〟

情報は正確だ。記者にすっぱ抜かれたのか。春名はそう思ったが、内容がやけに詳しい。誤判対策室が関わっているのは、内部の人間にしか分からないはずだ。

ふと、別の考えが頭に浮かぶ。

――僕は僕なりに、紺野を追い詰めてやろうと思います。

潮見の言葉を思い出す。嫌な予感がした。

# 第五章　二十画素

## 1

勾留期限、残り十五日。

午前十時。

有馬が誤判対策室に足を踏み入れると、春名と潮見が言い争いをしていた。正確を期すならば、春名が怒り、潮見が涼しい顔でそれを受け流すという一方的なものだ。二人が衝突するのを見るのは、これが初めてだった。

「だから、どうしてこんなことをしたんですか！」

嚙みつかんばかりの勢いで言った春名が、有馬が入ってきたことに気づいて近づいてくる。目が殺気立っていた。

「潮見君が大変なことをしたんです！」

「……なにがだ」

答える代わりに、スマートフォンのディスプレイをこちらに向けてくる。

〝元裁判官が自首？　台東区の殺人に関与か〟

見出しを読んだ有馬は、眉間に皺を寄せた。

「……お前がやったのか」

潮見は抵抗なく認める。悪びれた様子は一切なく、むしろ、挑むような表情を浮かべていた。

「どうして、こんなことをしたんだ」

その問いに、潮見はため息を吐く。明らかに苛立っていた。

「この際だからお聞きしますけど、お二人は本気で、紺野を起訴しようと思っているんですか」

「そんなの当たり前……」

声を上げた春名を、有馬は手で制して止める。

「お前の意見を聞こう。どうしてリークした」

ソファに腰掛けて足を組んだ潮見は、片方の目をやや大きく見開く。その様子から、純粋な不遜を感じ取った。

「今までの状況を踏まえた意見ですが、紺野は完全犯罪をやってのけた。これはほぼ間違いないと思います。反論はありますか」

有馬と春名は黙る。認めざるを得ない。捜査本部は必死になって情報収集をしているが、有力な手がかりもなければ、目撃証言も得られていない。客観的に紺野を犯人だと証明するものがなにもない状態だ。

「……現時点では、お前の言うとおりだ」

「そうでしょう」潮見は呆れ返ったような声を出す。

「捜査本部は証拠を探すことに奔走していますが、成果がない。成果がなければ、紺野を起訴できない。それなら、最悪の場合を想定しなければなりません。普通でしたら、嫌疑不十分で一度釈放してから再捜査をすればいいですけど、有馬さんが負けた場合、なんらかのペナルティーがあるんですよね？　だから、必死になっているんですよね」

探るような視線を向けられた有馬は、咄嗟《とっさ》に目を逸《そ》らしてしまう。沈黙が部屋を覆うが、有馬からその殻《から》を破ろうとはしなかった。

「……まぁ、言いたくないのなら構いません。有馬さんがなにを隠しているのかは分かりませんが、僕は、紺野を外に出すつもりはありません」

「証拠がないのに？　いったい、どうするの？」

春名が茶々を入れると、潮見は威嚇《いかく》するような笑みを顔に貼り付けた。

「紺野は完全犯罪を作り上げました。今の状態では、完全犯罪を崩すことはできないでしょう。現状での捜査は時間の無駄です。頭の良い人間とは、早く見切りをつけることができる人間ですよ」

「もう見切りをつけたってことか？」

潮見は無言の同意をする。

「諦めろってこと？　さっきと言っていることが違うじゃない」

「より頭の良い人は、見切りをつけた上で、別の解決策に方向転換するんです」

潮見が強い語調で言う。物分かりが悪いことを詰《なじ》るようだった。

「紺野の犯行を裏づける証拠がなくても、法で裁くことはできます」

「そんなこと、できるわけない」

春名が反論するが、潮見は動じない。嫌な予感がした。

潮見は息を吸って、胸を膨《ふく》らませる。

「どうして分からないんですか。法治国家である日本で、罪を犯していないのに有罪になる人間が確かにいる。死刑になる人間だっている。紛れもない事実です」

「……無理やり、紺野を有罪に仕立て上げるということか」

有馬の言葉に頷きかけた潮見は、首を横に振る。

「少し違います。相応の償《つぐな》いをさせるんです。紺野は、人を殺した。それが間違いないのであれば、殺人罪で有罪になることは至極当然です。よって、冤罪ではありません」

「いったい、なにを考えているんだ」

それに答えない潮見は、射抜くような視線を向けてくる。そこには、自分の行為を完全に正当化した人間の固陋《ころう》が見て取れる。爆弾で無差別に大量殺戮《さつりく》をするのが正義の執行だと本気で考える思想犯の目に似ていた。

「紺野を冤罪にするために、メディアに情報を流したのか」

「だから冤罪では……まぁ、いいでしょう。そのとおりです。メディアに情報を流せば、世論を味方につけられます」

こめかみ辺りに痛みを感じた有馬は、顔をしかめる。

潮見は鼻で笑う。

「殺人事件は裁判員裁判で、市民の代表者が判断します。彼らは、メディアの意見を鵜呑《うの》みにする性質がありますから」

　有馬は感心する。一見単純だが、潮見の言うとおり、世論という捉えどころのないものの動きを操作することで、目的を達成させるという手段は悪くない着眼点だ。権力者たちは、そうやって流れを作ってきた。

　春名はため息を吐く。

「でも、それって裁判に持ち込めればの話でしょ」

「世論が味方になれば、裁判に勝てる可能性があります。つまり、有罪に持ち込みたい検察側を後押しできますし、起訴できる確率も上がるわけです」

　春名の指摘に、潮見が答える。自信に満ちているが、その表情に脆《もろ》さがあった。自分でも、この行動のデメリットを認識しているようだ。ただ、悪くない手だなと有馬は感じた。

　紺野とのゲームは、起訴できるか否かで勝敗が決まる。

　なんとしてでも、起訴しなければならない。

　――紺野の犯行を裏づける証拠がなくても、法で裁くことはできます。

　ふと、先ほどの潮見の言葉が蘇る。

　有馬の頭に、とんでもない考えが浮かんだ。

完全犯罪を成し遂げた紺野を起訴する、危うい一手。成功する可能性は限りなく低い。ただ、ゼロではない。これが上手くいけば、紺野を揺さぶれる上、時間を稼ぐことができる。三人での捜査には限界があるが、この手ならば——。

ともかく、時間が必要だった。

潮見は、流れを変えようとするかのように咳払いをする。

「メディアに告知してもらうメリットは、ほかにもあります。紺野の件を周知してもらうことで、もしかしたら、有用な情報提供があるかもしれませんよ」

たしかに、紺野が起こした事件が世間の注目を浴びることで、情報が集まるのは間違いない。しかし、そのほとんどすべてが使えない情報や、わざと捜査を混乱させるために寄せられる愉快犯的なもので埋め尽くされる。

今まで捜査本部の捜査員は、巨大な空間で砂粒を探すような捜査をしていたが、今回メディアに取り上げられたことで、巨大で、かつ、砂の山がどっさり降り積もった空間をはいつくばって有用な砂粒を求め、裏返した望遠鏡を覗きながら探すことになる。もちろん、どの砂粒が有用かどうかを確かめるための作業が加わることで、業務量は格段に増える。捜査本部の人員を見直す必要が出てくるだろう。

潮見の行動が、捜査を混乱させる結果になったことは間違いない。

有馬は顎に手を置いた。

「……リークしてしまったのは仕方がない。それに、人を殺しておいてゲームをしたいと言い出すような男を、世論は許さないだろう」

賽《さい》は投げられたのだ。

できることは二つ。

転がる賽をただ見守るだけか。それとも、出る目がなんであろうと、対策を講じて恣《し》意《い》的な結果になる努力をするか。

答えは当然決まっている。

まず、紺野がどういった動きをするのか、見極めなければならない。

有馬は気持ちを落ち着かせるために、ゆっくりと息を吐き、潮見を見る。

潮見の利用価値はある。ただ、確認しておきたい点があった。

「お前が紺野を起訴に持ち込みたいのは、正義感からなのか」

その質問に虚を突かれたのか、目を瞬かせる。

「もちろんです。罪を犯したら、相応の報いを受けるべきなんです」

潮見の顔を凝視する。

確かに、正義感ゆえの行動なのだろう。嘘偽りがないのは、目を見れば分かる。このような目を持つ刑事は、何人か知っている。文字通り仕事にすべてを捧げ、警察を辞めた瞬間に存在が消えてしまうのではないかと本気で思ってしまうような仕事中毒者。仕事が人生だと迷いなく断言できる類の人間。彼らは、正義の体現のために人生を供物《くもつ》にした。

潮見が持つ正義感自体はいい。問題は、水を含んだスポンジを握りしめたときのように、淀《よど》んだ怒りが漏れ出ていることだ。

「自分だけが罪を背負って生きるのは嫌か」

「……なにが言いたいんでしょうか」

潮見は平静だ。ただ、顔が変化しないように力を入れているのが明白だった。

こめかみを揉んだ有馬は、一度視線を外してから、再び潮見を見る。

「お前は検事になりたかったんだろ。でも、懲役刑を受けたから検事になることができなかった。法律で罪人を裁く道を絶たれたわけだ。だから、曲がりなりにも正義を実行できる立場になるために誤判対策室に入った。そして、お前の眼前に紺野という男が立ちふさがったんだ。

お前、紺野が許せなかったんだろ。奴は完全犯罪を成し遂げた。あわよくば、罰を逃れられるかもしれない。それが我慢ならないんだよな。自分だけ罪に苦しめられているのに、目の前で紺野が上手くやるのを見るのはイラつくだろう」

「……歪んでいるって言いたいんですか」

潮見が呟く。有馬の言葉を肯定していると同義だ。

それを聞いた有馬は、笑みがこぼれてしまった。ずいぶんと素直だなと思う。

「歪んでいるかもしれない。ただ、好感すら覚えるよ。俺はむしろ、純粋で高潔な正義を振りかざす奴のほうが気に食わない。正義なんて、実態のない幽霊みたいなもんだ。でも、エゴは確実に存在する。そして、世の中で言われている正義は、要するにエゴだ。強いエゴが正義となり、その正義に人はひれ伏す」

一拍置いた有馬は続ける。

「だがな、怒りとエゴは違う。怒りが正義になることはない」

怒りは、暴走を助長する加速装置であり、人の判断を誤らせる。人は、溢《あふ》れ出た怒りを手懐《てなず》けることはできない。怒りに囚われた人間を、有馬は使いたくなかった。

微動だにしなかった潮見は、呼吸の存在を忘れていたかのように一気に息を吐いた。

「……分かりました。ただ、なんとしてでも僕は紺野を起訴に持ち込みます。その源は怒りなのは認めます。ただ、僕の怒りは、コントロールできるものですから」

そう言い残すと、用事があると言い、鞄を持って事務所を出てしまった。

勢いよく扉が閉まる。

身体を震わせた春名は、恐る恐るといった調子で有馬に顔を向けた。

「……大丈夫でしょうか」

「どうだろうな」

回答を逃れた有馬は、目を瞑って天井を見上げる。潮見は危うい。だからこそ、力になってくれるはずだ。

閉められた扉を見ていた有馬は、視線を春名に向ける。

「小児科医の件はどうだったんだ」

問いを投げかけられた春名は、気を取り直すように咳払いをした。

「虐待の痕跡はなかったと断言していました」

「……そうか」

「間違いないということです」

その回答は、紺野夕美が冤罪だという確率を高めるものだ。

春名が言うように、紺野を嫌う裁判官の小田倉が無理やり有罪にしたのだろうか。

そのことを確かめるために小田倉に面会を申し出たが、ことごとく拒否されている。

おそらく、話を聞くことは不可能だろう。

小田倉にとって、紺野は出世競争の対抗馬だ。それだけの理由で動いた可能性はあるが、ほかにも要因がある気がしてならなかった。

その要因には、起訴の決定をした検察が関係しているはずだ。

「もし、夕美の虐待が冤罪だと仮定した場合、紺野が富田を殺した動機である可能性があると思います」

春名の指摘に、有馬は頷く。

「普通に考えればな。ただ、夕美の周囲を調べても、富田の存在が出てこないのはどうしてだ」

捜査本部は、紺野の犯行を裏付ける証拠を探すために捜査員の大部分を割いている。次に多いのは、紺野の犯行動機を探る人員だ。

捜査本部は当然、夕美の存在に注目し、周辺を洗っていた。しかし、すでに三年前のことで時間が経っており、富田の存在は出てきていないようだった。二人が関係性を周囲に秘匿していた可能性もある。三年という期間が開いているので、今から明らかにするのは難しいだろう。

ともかく、紺野が、夕美の事件を犯行動機にするには、事件に富田が絡んでいなければならない。それを見つけられれば、あるいは――。

「主治医は富田の存在を知りませんでした」

春名の声が虚しく耳に届く。

有馬は唸りつつ、頭の中を整理する。

特定の人物を手早く調べるとき、その人物の幼少期と思春期、それと大人になってからという三つの時代の情報を得ることができれば、精度の高い人物像を浮かび上がらせることができる。夕美について、各時代の出来事を詳しく掘り下げる必要性を感じた。

有馬は立ち上がり、部屋の中央に置かれたテーブルに近づく。そして、〝富田　遺体〟と書かれた封筒の中身を取り出した。

犯行現場で発見された富田の遺体が、さまざまな角度から撮られている。

手を後ろに縛られた富田は、身体をくの字に曲げて、膝を折っている。目は見開かれ、顔は恐怖で硬直していた。恐怖を感じる余裕があったということだ。

上半身の白いTシャツは赤く染まり、ハーフパンツから伸びている足にも固まった黒色の血がついている。出血性ショック死。

スタンガンで気を失わせた後、手足を縛っている。目を覚ますまで待っていたということだ。

やはり、違和感がある。

拷問《ごうもん》をしたような痕跡はない。ただ、胸への一突きは深く、確実に命を屠《ほふ》るという意思を感じる。

復讐の可能性は否定できない。

ただ、復讐は怒りに支配されたものだ。拷問するのならともかく、わざわざ目を覚ますのを待ち、それから刺し殺したということは、理性的な行動に思える。

富田に死にゆく恐怖を植え付けたかったからか。もしくは、紺野が、なにかを聞き出そうとしていたのか。

時計を見ると、もう出かけないといけない時間だった。

「引き続き、調査を頼む」

有馬は春名を見ながら言い、夕美の三つの時代について探るよう付け加えてから、三ノ輪署に向かった。

冷房の効きすぎた電車に乗って急速に汗を冷やし、鳥肌を立てた状態で三ノ輪駅に到着した。

ゆっくりとした歩調で歩き、三ノ輪署の近くで立ち止まる。後ろめたい思いを抱えている人間が避けて通るからか、警察署の周りは常に静かだ。ただ、今は一日警察署長でアイドルがやってくるかのような活気だった。

中継車やカメラ、記者の姿が三ノ輪署に群がっている。

予想どおりだ。

潮見が紺野のことをリークしたことで、こうなることは自明の理だった。

元裁判官が殺人容疑で逮捕。この組み合わせだけで、魅力的な見出しになることは間違いない。そして、ここに誤判対策室という添え物を加えて情報をピザ生地のように引き伸ばせば、一週間くらいは国民の関心を引くことができる。

鞄から帽子を取り出して、目深に被る。こんなこともあろうかと、事前に用意していたものだった。ここで身元が明らかになれば、飛蛾《ひが》の火に入るが如《ごと》しだ。

顔を見られないように顔を伏せ気味にして、報道陣の隙間を縫《ぬ》う。カメラを向けられた女性キャスターが、神妙な表情で事件のことを話していた。

歩きながら、目を三ノ輪署の正面玄関に向ける。

そのとき、横切ろうとした男と目が合った。

「あ、有馬さんですね!?」

その声に、視線が一斉に集まるのが分かった。走ろうと思ったときには、すでに目の前に男が立ちはだかっていた。短距離走をしていたといわんばかりの太股《ふともも》を持ったカメラマンだった。カメラをこちらに向けてくる。

「一言お願いします！」男が怒鳴るような声を出す。

「元裁判官の紺野は、本当に人を殺しているんですか!?」

「ゲームってなんですか！」

「誤判対策室がどうして関わっているんですか！」

矢継早の質問。

放送禁止用語を並べ立てて妨害してやろうかと思ったが、取り囲まれたら身動きが取れなくなる。カメラマンを押しのけ、背中に無数の蟻《あり》が這《は》っているような不快感を伴いつつ、三ノ輪署の建物内に駆け込む。報道陣は正面玄関で警備にあたっている制服警官に止められていた。

帽子を取り、額に浮かんだ汗を手で拭う。

「次からは、事前に連絡をください」

声のしたほうを向くと、管理官の星野が立っていた。

「さすがに有楽町までは難しいですが、三ノ輪駅あたりまでなら車で迎えにいきます。それか、裏口を使ってください」

疲労に染まって顔は、土気色《つちけ》になっている。

振り返ると、自動ドアの向こう側に、恨めしそうな顔をした報道陣がいた。前に、ゾンビから逃げるためにホームセンターに駆け込んだ映画を見たが、似たようなシーンがあったような気がする。

「誰かが情報をリークしてから、ずっとこんな調子です」星野は悪態を吐く。

「今回は特殊事情だったので、かなり入念に口止めをしたのですが……容疑者が元裁判官ということはいいとして、ゲームをしたいと紺野が言っていることが漏れたのがまずかったです」

焦燥感が顔から滲み出ていた。それもそうだろう。管理官である星野は、事件を追うだけではなく、これからはメディア対策もしなければならない。

「ゲームの相手が誤判対策室ということも、火に油を注いだな」

有馬の言葉に、星野は頷く。

「情報を伏せていたことが記者会見で言及されるのは必至です。広報が頭を抱えていますよ。もちろん、私は突き上げをくらいます」

そう言った星野が視線を向けてきた。その目に、僅かに疑いの色が浮かんでいる。

情報の出所を最初に疑われるのは誤判対策室。その疑惑は当然であり、事実そうなので弁解の余地はない。

「心中お察しするよ」

我ながら心のこもっていない言葉だなと思いつつ、二階へと続く階段を上る。講堂に入ると、捜査員たちの目が集中した。好意的な眼差しは一つもない。

時計を見る。紺野の取り調べの時間まで少しあった。

喉の渇きを覚えたので、湯呑みを手に取って麦茶を注ぎ、一気に飲み干した。

「有馬さん」

パイプ椅子に座ったところで、声をかけられる。

検事の水田だった。怒りを鎮めようとしているらしく、仏頂面《ぶっちょうづら》のようにも拗《す》ねているようにも見える。奇妙な顔だ。

「メディアに情報が流れてしまったことで、捜査がやりにくくなってしまいました」

責め立てる口調だった。誤判対策室が犯人だと言っているようなものだ。

「我々は、早期に決着をつけるつもりです」

そう宣言した水田が、ファイルを渡してくる。

「この材料で起訴します。紺野の勾留は二十日間きっかりで設定していますが、間違いなく起訴し、絶対に有罪にします。ですから、有馬さんの取り調べは今日で終わり。お疲れ様です」

憎しみと自信の入り混じった表情を浮かべた水田は、隣に立つ星野に目配せをして講堂から出ていってしまう。

有馬は、受け取ったファイルの中身を確認する。防犯カメラの映像の一部を切り取った写真と、それを分析する鑑定書だった。防犯カメラの写真は、紺野らしき人物が映っていたものだ。

鑑定書の内容を読んだ有馬は、みぞおちあたりに痛みを感じる。これは、防犯カメラの粗い画像に映っている人物を、紺野と断定する鑑定書だった。

「……本当に、これで押し通すつもりか」

鑑定書から目を離さずに呟く。内容が異常だった。

防犯カメラは古く、照度が低かったため、映像の解像度は粗い。画像を構成する最小単位の正方形を画素といい、映像では、頭部から頸部《けいぶ》あたりまでの長さは約二十画素。人物特定に必要な目などの部位はまったく認識できない。

鑑定書に添付されている画像の解像度は、一画素あたり十二ミリ。日本人の耳の長さの平均は六十ミリほどで、五画素相当だ。耳だけだと、五つの正方形が縦に並んでいるだけだ。コンピューターソフトで画像処理を試みているようだが、鮮明にしても特徴点を摘出できるほどではない。そもそも、解像度が低い画像というのは、情報を減らして記録されたものであり、いくら鮮明に加工したところで、失った情報が復元されることはない。

鑑定書を再度読み直す。

紺野の耳と、防犯カメラの映像に映る人物の耳の特徴点を四点指摘して、同一人物と断定していた。

明らかに、無理やりこじつけたものだ。推測の域を出ない防犯カメラの映像を鑑定書というかたちで整え、鑑定人である理学部の教授の名前で補強しただけの張りぼて。紺野は富田を殺しているが、証拠がない。だから、証拠をでっち上げてでも起訴する。罪を償わせるための強硬手段。本音を言えば、その姿勢は否定しない。ただ、これが有効な一手とは思えなかった。

この証拠は、弱い。

「本当に、この鑑定書を起訴の根拠にするのか」

有馬の言葉に、星野は答えない。

「この画像で、個人の識別ができると思っているのか。頭部から頸部まで二十画素しかないんだぞ。完全に特徴点が潰れているじゃないか」

強い口調で有馬が問う。

星野は喉仏を動かしてから、口を開く。

「……ほとんど同じケースで、先例があると聞きました」歯切れの悪い返答をした星野は続ける。

「舞鶴《まいづる》高一女子殺害事件です。防犯カメラの映像は、ほぼ同じ条件とのことです。この事件は最終的に、裁判で証拠能力を否定されて無罪になっていますが、一審では有罪になっています。この鑑定書でも、十分機能すると水田検事は言っていました」

星野自身納得していないのは、苦しそうな表情から察することができた。

時計を確認すると、十一時近い。

簡単に、星野から紺野に関する新しい情報を聞くが、進展はないようだった。椅子から身体を引き剝がし、紺野の元に向かう。

取調室が並ぶ廊下の一番奥が、マジックミラーのない取調室だった。そこに有馬が入ると、悠然と構えている紺野がこちらを見ている。喜怒哀楽といった感情が、顔面の皮膚の後ろ側に完璧に隠されており、なにを考えているのかを読み取ることができない。

「外が騒がしいようですね。なにかあったんでしょうか」

有馬が座る前に、紺野が発する。

「……騒ぎのことは知っているんじゃないのか」

椅子に腰掛けてから答える。

少しの間黙っていた紺野は、わざとらしい笑みを浮かべる。

「先ほど刑事さんから聞きました。私がゲームをしようと申し出たことが世間に明らかになりましたね。これで、有馬さんはメディアにも追っかけられますし、捜査もやりにくくなる。大変ですね」

「大変なのは、お前もだ」

有馬の言葉に、紺野の眉間に僅かな皺が刻まれる。

「どうして、私が大変なんでしょう。ただここに座って十五日間過ごすだけで釈放されるのに」

「お前が出るときは、起訴されて拘置所に送られるときだ」

無表情を保ったままの紺野は、反応を示さない。出方を窺っているようにも見えた。

有馬は続ける。

「犯行時刻あたりに、防犯カメラの映像にお前らしき人間が映っていたんだが、それがお前だと断定する鑑定書があがってきた。なんとしてでも、お前をぶち込むつもりらしい」

動揺を誘うために、あえて水田の手の内を明かす。

紺野は、手錠で繋がれた両手を机の上に置き、握ったり開いたりを繰り返した。

「……私も、防犯カメラの映像を担当検事に見せられましたが、あの解像度では個人を特定する証拠になるはずがありません」

「それでも、現に鑑定書が出来上がったんだ。犯行時刻にお前が犯行現場付近にいたことが証明された。その上、犯行現場の扉にはお前の指紋がある。現場のアパートに住んでいた唯一の目撃者も、お前を見たと言えば、筋道は作れる」

「すべて、犯行を証明する証拠ではありません」

「間接証拠だけで有罪に持ち込むことは可能だ」

言いつつ、なぜか胸騒ぎがした。なにを心配しているのか。

紺野は、再び両手を机の下に戻す。

「メディアに情報が流れたのも、私を有罪にするための印象操作の一環ですか」

有馬は答えなかった。

情報漏洩は潮見がやったことだ。しかし、検察側がそのことで腹を括《くく》り、早急に決着をつけようと考えた可能性はある。結果として潮見の行動は、起訴への後押しになったのだろう。

取調室が静寂に包まれる。嫌な空気だった。背中に汗が伝う。身体が強張っている。

どうして、これほどの緊張を強いられているのだろうか。考え、思い至る。

目の前の男が、この動きを予測していないわけがないのだ。

紺野は起訴されるに足る証拠を残さず、逮捕後勾留された。捜査もむなしく、今も紺野を有罪にできる証拠は見つかっていない。

教科書どおりに考えれば、起訴はできない。しかし、現実は違う。検察組織は、無理を通して道理を引っ込ませることができる。その力を持っている。起訴して有罪にすると決めたら、どんなことでもやる。過去に証拠を捏造《ねつぞう》したことも明るみに出ていた。

紺野は元裁判官だ。検察組織のスタンスは知っているはずだ。

一度俯《うつむ》いた紺野は、ゆっくりと顔を上げる。その目に、火花を見出した。有馬の話で、酸素が十分に供給されたのだろう。その火が、どんどん大きくなっていく。

「検察が、遅かれ早かれこのような強硬手段に出ることは分かっていました。正義を掌《つかさど》る検察にはあってはならない選択ですが……絶対正義という驕《おご》りがあるんでしょうね。もちろん、対応策は考えてあります」

感情の昂《たかぶ》りを無理やり抑えたような、平坦な口調だった。

「今日の取り調べは終わりです。明日の取り調べもなしです。ただ、明日、会わせたい人物がいます。時間は後ほどお伝えします」

「……伝えるって、お前は勾留中だろう」

「方法はいくらでもありますから」

そう言うと、紺野の目から感情が消え去る。聞きたいことが山積していたが、この状態になられると会話ができない。

席を立った有馬は、ガラス玉のようになった紺野の目を気味悪く思いつつ、取調室を後にした。

廊下を歩きながら、有馬は手でこめかみを揉み、大きく息を吐いて立ち止まる。

このまま、紺野のペースで進んでいたら、不起訴になってしまうかもしれない。

携帯電話を取り出した有馬は、アドレス帳を開き、潮見の名前を選択する。

後戻りはできないぞと、自分に言い聞かせた。

## 2

勾留期限、残り十四日。

逃げ込むように事務所に入った春名は、ソファに座って優雅にアイスコーヒーを飲んでいる潮見を見て、怒りのスイッチが入る。

「外に、報道陣が張り込んでるんだけど」

「そうですね。僕も今朝、囲まれていろいろ聞かれました。無視しましたけど」

他人事のような調子で言った潮見の返答が、春名の神経を逆撫でした。

「……潮見君のせいだって、分かってる？」

「遅かれ早かれ情報が漏れて、紺野の件を報道するところは出てきましたよ。僕は、それを少しだけ早めただけです」

反論できない。できないが、苛立ちを抑えることができなかった。

誘拐事件などで適用される報道協定の場合は、一切の報道を規制することができる。ただ、今回のような殺人事件が明るみに出てしまった場合、報道機関を完全に統制し、情報を操作することは不可能だ。

しかし、規制はできなくても、抑制は可能だ。紺野の件を報道すれば、別の事件の情報を出さないとメディアを脅せばいい。この脅しに検察が絡めば、効力は増大する。

完全な規制ができるわけではなく、脅しに屈せず報道するメディアも出てくるのは間違いない。ただ、過去には、知られたくない事件を打ち消すため、検察の特捜部が世間の関心を別の方向に逸らす目的で、別の事件で大掛かりな逮捕劇を演じたことがあった。そして結局、逮捕された人間が起訴されることはなかった。起訴できなくても、逮捕された時点で話題になる人間をターゲットにしたのだ。明らかな打ち消し工作だった。

ただ、今のところ、検察にそのような動きはない。

「有馬さんは来るんですか」

潮見が訊ねてくる。悪いと思っていない人間を責めるのは暖簾《のれん》に腕押しだと諦め、春名は肩を落とした。

「自宅で大人しくしているって」

ビルの前に張り込んでいる報道陣の目的は、紺野とゲームをしている有馬だ。わざわざ出勤して、メディアに追いかけ回される必要はない。

潮見はおどけたような表情を浮かべる。有馬が自宅でじっとしているとは思っていないのだろう。

「今日の取り調べはどうするんですか」

「電話で聞いたけど、今日の取り調べはないみたい」

春名は答えつつ、有馬の声を思い出す。暗く、なにか思い詰めているような感じを受けた。面倒事を起こさないでほしいと切に願う。

壁に掛かっているカレンダーに目をやっていた潮見が、ため息を吐く。

「実際、取り調べはどんな感じだったんでしょうね」

投げかけられた疑問。春名は答えを持ち合わせていなかった。

有馬は、取り調べの内容をほとんど口にしなかった。捜査本部の管理官である星野には話している様子だったが、全部を伝えているとは限らない。取り調べが始まって今日で六日目。有馬の言い分では、攻める材料がない状態から始まっている上、紺野がなにを考えているのか把握するために聞き役に徹しているということだった。紺野は取り留めのない話ばかりしているので、報告することなどないと有馬は言っていた。

捜査本部の捜査員は連日連夜、証拠捜しに奔走《ほんそう》している。しかし、有力な証拠や証言は得られていないようだった。

このままでは、あっという間に勾留期限である二十日間が終わってしまう。

焦燥感ばかりが募って不安だったが、昨夜、別の心配が浮上した。

担当検事の水田から連絡があり、紺野を起訴する算段がついたという。

新証拠が見つかったのかと聞いたが、そうではなく、既存の証拠を補強したということだった。

怪訝に思った春名が内容を訊ねると、防犯カメラに映っていた人物を紺野だと断定する鑑定書ができたということだった。

あの粗い映像で、人物を特定することなど不可能だ。

そう断じると、電話の向こう側から、鼻で笑うような音が聞こえてきて、この方針で進むようにと部長から言われたということだった。

――この方針。

つまり、捏造に近い証拠を作り上げてでも、紺野を起訴して有罪にするということだ。

自滅しかねない、危ない橋だ。

その橋を渡ることを上司である部長が支持し、なおかつゴーサインを出した。

検察官は、一人一人が独任制の官庁として単独で意思決定を行い、検察権を行使することができる。しかしこれは建前で、一般的な会社組織と同じように、上司の判がないと先に進むことはできなかった。この判は決して、上司が責任を取るというものではない。検事は、勝って当然。負けた場合は、上司の責任ではなく、担当検事の責任になる。

防犯カメラの鑑定書は、無理やり作られたものだということは部長も、水田も重々承知している。今回捏造された証拠は、犯行時刻に犯行現場付近に紺野がいたことを証明することに役立つ。

現時点で確固たる証拠が見つかっていない事件。ただ、犯行時刻に、犯行現場付近にいることを証明できれば、有罪の精度を上げることができる。今回捏造されたのは、そのための鑑定書だ。

そんな反則技を使ってまで、検察は紺野を有罪にしたいのか。

もちろん、紺野が自ら出頭し、逮捕された後に主張を翻したことと、ゲームを有馬に申し出たということを鑑みれば、紺野が犯人で間違いないように思える。

それでも、水田が用意した鑑定書は捏造と言われても仕方のないものだ。なんとしてでも、有罪に持ち込みたいという意志を感じる。

その炎を灯した燃料は――。

回転し続ける思考を止めたのは、潮見の身体から発せられた電子音だった。

ポケットからスマートフォンを取り出した潮見は、僅かに眉を上げた。

「どうも……え？　下にいるんですか」

親しそうな調子の声とは裏腹に、無表情だった。

「いいですよ。来てください」

そう言い、通話を終える。

「……誰が下にいるんですか」

春名が訊ねるが、潮見は答えない。

「誰が……」

再度声を発した途端、インターホンが鳴る。潮見が立ち上がり、扉に向かった。そして、一人の男を伴って戻ってくる。

「どうもぉ」

油っぽい笑みを浮かべて手を挙げたのは、東明《とうめい》新聞の山岡周二《やまおかしゅうじ》だった。中肉中背。ワイシャツは皺だらけで、徹夜明けのように見える。

「どうして……」

言いかけて、止める。

紺野が起こしたとされる殺人事件のことを最初に報じたのは、東明新聞社だった。

春名は、記者などからの取材をことごとく断ってきた。山岡も例外ではない。特に、山岡は半年前のことがあったので、冷たくあしらっていた。そういえば、最近は姿を見なかった。密かに潮見と通じていたということか。

「いやぁ、誤判対策室は話題に事欠きませんねぇ」山岡は猫撫《ねこな》で声を出す。「有馬さん、今度はなにをしてくれるんですかねぇ。あれ？　有馬さんはどこです？」

春名は、冷めた視線を送る。

「……なにもしませんし、ここにもいません。そして、山岡さんはここから出て行ってください」

山岡に動じた様子はない。

「冷たいですねぇ。仲間じゃないですか」

「……仲間？」

怒りに声が震えた。

「そうです。我々は仲間です」

「そんなこと、誰も言って……」

「僕が言ったんです」潮見が割って入る。

「僕が山岡さんに情報提供をして、紺野の件が世間に報道されました。その対価として、山岡さんがメディアの動きを教えてくれることになっています。メディアが、警察が入手できていない証拠を掴むことだって考えられますから」

堂々とした口調。自分の行為が、一切間違っていないと確信しているような自信。

「まぁ、そういうことです。こう見えても私、結構顔が利くんですよ。大手数社の記者同士で集まって、密かに情報交換もしているんです。超党派ってやつです。持ちつ持たれつが、世知辛《せちがら》い現代を生き抜くには必須ですから。自己防衛ですよ」

山岡はにたりと笑う。汗が頬を伝い、床に落ちる。

春名は舌打ちをした。

苛立ちが募る。どうしてこうも、勝手なことをするのか。

「そんな怖い顔をしないでください。しっかりと手土産《てみやげ》は持ってきましたから」

手土産?

なんのことかと聞こうとするが、先制したのは潮見だった。

「まず、メディアの動きを教えてください。紺野について、なにか情報はありますか」

　感情を一切込めない、淡々とした口調だった。

　近くにある椅子に座った山岡は、スラックスのポケットから皺くちゃのハンカチを取り出して額を拭った。

「紺野ですか。面白い情報はありませんねぇ。強いて言えば、一人娘の夕美とは仲がいいわけではないようです。あ、もう夕美は死んでいるから、仲が悪かったということです」反応を窺《うかが》うような目つきをしながら続ける。

「夕美は夫の死後、一度は父親である紺野の家に戻ったようなんですが、すぐに出ています。以後、半月に一度くらいのペースで、紺野は夕美の家に行って、孫と遊んでいたみたいですね。仕送りも、かなりしていたって聞きました」

「仲が悪い原因は？」

「当時、夕美は友人に、反《そ》りが合わないと漏らしていたようです。まぁ、人間関係の好き嫌いに理由はないでしょうし、大抵の女性は、男親のことを嫌っていますよ」

　潮見は顎に手を置いた。

「殺された富田についてはどうですか」

「普通の男ですよ。ただ、女好きという欠点があったみたいです。二年前に離婚しているんですが、浮気が原因だったみたいですねぇ。離婚後、養育費の支払いで大変だったとのことですが、それでも、出会い系とかで女を引っかける余裕はあったようです」

一度口を閉じた山岡は、三年以上前のことなので、夕美と富田の関係性は掴めていないということを付け足した。

「わかりました。引き続き、夕美と富田について情報収集をお願いします。もちろん、対価は期待していいです」

潮見は落胆した様子もなく告げると、手に持っていたグラスを部屋の中央にあるテーブルに置いた。

二人のやり取りを見ながら、メディアを使って情報収集をしている潮見に、ほんの少しだけ感心した。

警察の組織力と捜査力は比類ない。ただ、万能ではない。

網の目を掻い潜った情報を、一記者が見つける可能性もゼロではない。

メディアと手を組むのは決して得策とはいえないものだが、誤判対策室には人員がいないので、山岡のような男を有効に使えれば戦力になる。

ただし、山岡も慈善事業をしているわけではなく、情報を与えなければ動かない。

そして、たとえこちらが情報を与えたとしても、山岡が有用なネタを持ってくる保証はない。

行動力に感心はするが、今回、紺野のことを漏らしたことについては失策だ。

「話を戻しますが、手土産ってなんですか」

先ほど潮見に止められた話の続きを促す。

目を瞬かせた山岡は、すぐに合点がいったように頷いた。

「そうでしたそうでした。潮見さんから、佐倉という元検事の居場所を知りたがっていると聞きましてね。居場所を突き止めたんですよ。これ、春名さんが知りたい情報だって、潮見さんから聞きました」

「……佐倉」

裁判官の麻木が言っていた、〝二十号手当〟について知っているかもしれないという男だ。

唾を飲み込んだ春名は、山岡の顔を見る。潮見の行動が失策という判断は、一度保留にしようと思った。

## 3

狭い部屋には、ものがほとんど置かれていなかった。寝ることと食事をすること。この二つをするためだけの空間。必要最低限。それゆえ、簡素で、味気のない部屋。家の主は、それでいいと考えていた。

有馬は椅子に座り、リビングに置いてあるテレビを凝視していた。

画面にはニュース番組が映し出され、紺野の事件について報道していた。元裁判官。誤判対策室の有馬とのゲーム。潮見が漏らした以上の情報を報じているメディアはない。

リモコンでテレビの電源をオフにして、コップに半分ほど残っていた水を飲み干す。

先ほど東明新聞の山岡から連絡があり、了解なく紺野のネタを出したことについて形だけの謝罪をしてきた。有馬はそのことについて、まったく怒っていなかった。記者はネタを集め、それを発表する。ただ仕事をしただけだ。

そう伝えると、山岡は安堵《あんど》したような息を吐いていた。

有馬は、視界が霞むのを瞬きで誤魔化す。

潮見と山岡が繋がっていたとは知らなかった。周囲の動きを敏感に察知できないのは、刑事として致命傷だ。老いのせいにはしたくないが、どうしても衰えを感じてしまう。

今後は、メディアに追いかけ回されるのか。

気が重いなと思っていると、携帯電話の着信音が狭い部屋に響く。三ノ輪署からだった。

電話に出る。管理官である星野の声が耳に届いた。

〈紺野から伝言があります。今日の十五時に、東京駅に隣接する大丸《だいまる》の十三階に行ってほしいとのことです〉

開口一番に発せられた声には、僅かな苛立ちが含まれていた。おそらく、紺野に好き放題やられていることを我慢しきれなくなっているのだろう。

星野は店名を告げる。

「それで、紺野が会わせたい人物というのは、誰なんだ」

有馬は問う。

ちょうど鼓動五回分の後、星野は名前を告げた。

一瞬、思考が停止した有馬は、目を見開く。

なにかの冗談かと思った。


十五時。

指定されたのは、〝The BAR & Cafe〟という店だった。

店員に名前を告げると、ちらりと店内を見てから案内してくれた。

今の時間はカフェタイムらしく、それぞれのテーブルにはコーヒーカップや菓子類が置かれている。

客の入りは、六割ほどだ。

先ほどの電話で星野から、事前に捜査員を張り込ませて万が一の対応ができるようにすると提案された。それは建前で、本心は、話の内容を盗み聞きしたいということだろう。断ったところで張り込ませることを止めさせることはできないだろうから、特に反対はしなかった。

黒いソファーに座る客の顔をざっと見る。警察関係者と思われる人間は、分かる限りで店内の中央に座る二人。ビジネスマンを装っているが、狩人《かりゅうど》の目を隠しきれていない。テーブルの上に小さなポーチが置かれている。おそらく、指向性の小型ガンマイクでも入れており、会話を盗み聞きしようとしているのだろう。

ほかに不審な人間は見当たらない。

窓際の席に視線を向けたとき、目的の人物と目が合った。有馬は目を細めて、その人物が本物だと確信した後、席に向かう。

八重洲《やえす》の街並みが映る窓の前に立っていたのは、今年の春までは頻繁に顔を合わせていた人物だった。

相変わらず、洒落《しゃれ》たスーツを着こなしている。

「お久しぶりです。有馬さん」

テノールに近い声を発した世良は、軽く頭を下げた。完全な笑みではない表情には困惑と悲しみが混じっていた。

有馬は、弁護士バッジを一瞥《いちべつ》してから、世良の顔を見た。

一年以上前は青臭さが残っていたが、今はずいぶんと面構えがよくなっていた。誤判対策室を辞めてから、いろいろと経験を積んだのだろう。

「目的はなんだ」

開口一番、有馬が問う。

世良はアイスコーヒーを二人分頼み、店員が去ってから有馬に視線を合わせる。

「申し遅れました。新しく、紺野さんの弁護人になることになりました世良章一《しょういち》です」

相手と一定の距離を保ちたいと匂わせる、無機質な言い回しだった。

半ば予想していた答えだった。

先ほどの星野からの電話で、紺野に形だけ付いていた弁護人が解任されたということと、紺野が会わせたいという人物が世良だと聞かされた。その時点で、世良が紺野の弁護人になるのかもしれないと予測していた。

有馬が世良に求めていた答えは、それではない。

「俺が聞きたいのは、お前を弁護人に選んだ紺野の目的だ」

紺野の目的。世良が弁護人になることで、形勢がどう変化するか。

世良は、今年の春まで誤判対策室に在籍していた。そして、扱った案件の判決が出た時点で、誤判対策室を去った。それからは専《もっぱ》ら刑事事件を扱っていたようだ。

世良は誤判対策室の内情を知っている。ただ、内情を知っている人間を弁護人に立てたところで、紺野にメリットがあるとは思えない。

現状、検察側は証拠をでっち上げてでも紺野を起訴し、有罪に持ち込もうとしている。紺野は、いったいどうやって対抗しようとしているのだろうか。

「……守秘義務がありますので、その質問には答えられません」

世良は淡々とした調子で回答するのを拒否した。

無理やり吐かせようとも考えたが、ここでは人の目がありすぎる。

女性店員がアイスコーヒーを二つテーブルに置き、世良の顔を見た。そして、僅かに顔を紅潮させ、名残惜しそうに視線を外して去っていった。

コーヒーにシロップを二個入れた世良は、一口飲んでから切れ長の目を向けてくる。

「僕がこうして有馬さんにお会いしたのは、今後の弁護方針を伝えるためです」そう言った世良は、口を挟む隙を与えずに続ける。

「紺野さんの弁護に際し、誤判対策室の方とは密室空間では会わず、こういった他人の目がある場所でしかお話をしないことにします。特に、有馬さんとは二人きりにならないようにというのが、紺野さんの意向です」

「……理由は」

世良は、目にかかりそうな前髪を手で払う。

「これはあくまで紺野さんの主張ですけど、有馬さんはなにを仕掛けるか分からないから気をつけろということです。前例があるからと。僕も、その意見には賛成です」

「……前例、か」

世良の言葉を繰り返した有馬は、自嘲気味の笑みを浮かべる。

他人の目があれば、下手なことはできない。ただ、理由はそれだけではないなと有馬は感じた。

「紺野さんから、検察側が防犯カメラの映像を無理やり解釈した鑑定書を作成して有罪の証拠にしようとしている話を聞きました。それって、冤罪じゃないんですか。いつから誤判対策室は、冤罪に加担する組織になったんですか」

冷静な声だが、非難の口調だった。

有馬は、こめかみを指で揉んだ。

「……検察は、なにがなんでも紺野を起訴するつもりでいる。たとえそれが、捏造した証拠を根拠にしたものだとしてもだ。紺野が出頭してきたとき、自らの罪を認めていた。それなのに、急に意見を翻《ひるがえ》して無罪を主張し、俺とゲームをしたいと言い出した。たしかに、証拠の捏造という非難もあるが、あいつが人を殺しているのは間違いない」

「殺人を犯していると思う、その根拠はなんでしょう」

「それは出頭したときに紺野が言っていたし、俺と話していたときだって……」

「調書に取っているわけじゃないでしょう？」

世良が鋭い視線を向けてくる。有馬の頭に、熱した鉛のようなものが流れ込んできた。怒りに拳を握る。

「それなら、なんで出頭なんかして……」

言いかけて、止める。ここで押し問答をしても無意味だ。ゆっくりと息を吐き、呼吸を整えた。

「どうして、弁護人を引き受けた」

何気ない質問だったが、世良の顔に微《かす》かな動揺が走ったのを見逃さなかった。

「……冤罪だと主張する被疑者の依頼です。断れません」

嘘だなと思う。返答の前に、目に迷いが生じていた。

紺野と世良の間に、なにかがあるのだ。今、この場で吐かせることは難しいだろう。もう少し、状況を見てから攻めよう。

世良は薄い唇を親指で拭うような仕草をする。

「有馬さんは、また冤罪事件を作るつもりですか」

挑むような顔。攻守交替だと言いたげだった。

有馬は唇を真一文字に結ぶ。心臓が喉の方向にせり上がったような感覚を覚え、口の端が痙攣した。一時期一緒に行動していただけあって、世良は傷口の場所とその深さは心得ているようだ。

わざと咳をしてから、テーブルの上のアイスコーヒーに手を伸ばす。ストローで吸った液体は、今まで感じたことのないほどの苦みだった。

「……あいつは、人殺しだ」

「それは、刑事の勘というやつですか。そういった根拠のない思い込みが、冤罪を生むんですよ」

世良は呆れ気味に首を振る。

「お前は、紺野がやっていないと思っているのか」

一瞬の間が生まれる。それを取り繕うような早口。

「はい。紺野さんはやっていません。そして、絶対に有罪になりません」

声に、自信があった。大方、紺野から事前に証拠品の乏しさを聞いているのだろう。

「あいつは、やっているぞ」

有馬が低い声で言うと、世良は不快そうな顔をした。

「法の尺度で犯罪を立証できないなら、その人は罪を犯していませんし、罰することはできません」

「それなら、完全犯罪を実現した、罰することのできない犯罪者には、罪をどう償わせる」

その問いに、世良はたじろぐように上半身を引き、背凭れに背中をつけた。

喉仏が上下する。

結局、世良はその問いには答えなかった。

「……僕の方針を説明します。これは依頼人である紺野さんから、是非伝えるようにと言われたものです」

「前置きはいい。早く言え」

世良は頷く。それは、自分自身を納得させるような仕草に見えた。

「僕の使命は、紺野さんを不起訴にして釈放させることです。起訴された後の無罪ではなく、あくまで不起訴にします」

その言葉を聞いて、有馬の脳裏に詩織の顔が過る。紺野は、不起訴になって釈放されたら、本当に詩織を殺すつもりだろうか。

殺人を依頼すると言っていた。荒事《あらごと》を引き受ける日本人は少なくなっているが、外国人は探せば見つけられる。彼らならば安価で依頼でき、しかも捕まりにくい。殺害し、すぐに出国する。事前準備を怠らず、着実に仕事をこなせる能力があれば、実行犯は驚くほど少額の報酬を持って逃げおおせる。

詩織が殺される映像が、頭の中を駆け巡った。悲鳴。苦しみ。呻《うめ》き。血。生気を失ったガラスのような目。

強く瞼を瞑《つむ》り、イメージを振り払った。今は、そのことを考えるべき時ではない。胃液の酸味が混じった唾を飲み込み、口を開く。

「……不起訴にする算段はあるのか」

捜査側が持っている証拠がいくら乏しくても、起訴か不起訴かを決めるのは検事であり、弁護士は不起訴にしてくれという意見を言うことはできても、権限があるわけではない。

弁護士が検事と争うのは、起訴され、裁判になってからだ。それなのに、世良は紺野を不起訴にすることを目標にしている。

「今は言えません」固い声。

「……今後、分かってくることです」

そう告げてから、腕時計に視線を落とした。

「今日のところはこれで失礼します。必要がありましたらご連絡します」

素っ気ない声で言い、伝票を持って立ち去ってしまう。

有馬は、去っていく世良を目で追い、姿が消えたことを確認してから背凭れに背中を預けた。面倒事が増えそうだと思いつつ、窓の外のビル群を眺める。

肥大化したように思える夏の太陽の光が、高層ビルの窓に当たってギラギラと輝いていた。


店を出た有馬は、迷いつつも電車に乗り、神田駅に向かった。

十六時。

冬ならば、夜の気配を微かに感じる頃だが、夏にあっては、このまま夜が来なくても不思議に思わないほどの光度を維持している。

人の往来の少ない道を、下を向いて歩く。揺れる影を見ていると嘲笑されているように感じ、不愉快になった。

風が吹けば飛んでしまいそうな薄っぺらな雑居ビルの前で立ち止まる。自分の行動がもたらす結果が分かりきっているのに、足を止めることができなかった。

三階に上がり、〝シオリ出版〟の扉をくぐる。事務所の中では、詩織が一人でパソコンに向かっていた。有馬の顔を認めるなり、服に付いた染みを見るような目つきをしてくる。

「……なんか用？」

すぐに来た道を戻って消えてほしいという気持ちを前面に押し出した声。

有馬は、それに気づかないふりをする。

「危ない目に遭っていないか、心配になってな」

心の内のさざ波を気取られないよう注意しつつ言う。

詩織は無言で、バッグから防犯ブザー二つと、催涙スプレーを取り出し、机の上に乱暴に置いた。

「気休めだけど、誰かさんには頼れないから」

詩織は、責めるような視線を向けてくる。

「……まぁ、ないよりはマシだろうな」

我ながら、見当はずれなことを言っているなと思う。

大きなため息を吐いた詩織は、目頭を揉んだ。

「それで、ここに押し入った犯人は見つかったの？」

「捜査中だ」

有馬は首を横に振ると、詩織は唇を歪める。

「あのさぁ……お父さんの名前が書かれていた理由も分からないの？」

詩織の発した、お父さんという言葉が胸に突き刺さる。流れ出た血液が罪悪感へと変わり、肺や気道に入り込んだかのように息ができなくなった。

捜査一課に配属になった頃から、有馬は、詩織の会社を維持するために融資の保証人になっていた。久しぶりの再会。自分の所業を棚上げしているのは自覚しつつも、会いに来てくれたことが嬉しかった。ただ、詩織の目的は端から保証人を頼むことの一点のみだった。

そして、保証人を受けたときから、詩織は有馬のことをお父さんと呼ぶようになっていた。これは当てつけだ。

――父親らしいことをやってこなかったのに、お父さんと呼ばれてどんな気分？

詩織がお父さんと発するのは、責めているからだ。

しかし、半年前、有馬の起こした行動により、融資が打ち切られた。会社の経営状態を把握しているわけではないが、かなり厳しい立場になっているだろう。

本棚には、〝シオリ出版〟で出された本が並べられていた。読書の習慣はなかったが、どれも面白くなさそうなタイトルだと思った。

「で、なにしに来たわけ？」

頬が痙攣している。爆発しそうな怒りを、ぎりぎりで抑え込んでいるようだった。

「……この前、事務所が荒らされていただろ。それで、いろいろと大変だろうと思ってな」

咄嗟に思いついた言い訳をして、ジャケットの内ポケットから財布を取り出す。一万円札が三枚と、千円札が一枚。

一万円札をすべてテーブルの上に置いた。

「足りないかもしれないが、取っておいてくれ」

よれた札を一瞥した詩織は、鼻にかかった短い笑い声を発する。だが、断りはしなかった。

蔑んだような視線を有馬に向けた。これ以上は耐えられない。そう思ったとき、詩織が口を開いた。

「お母さんには、最近会いに行った？」

意外な言葉に動揺した有馬は、しばらく反応ができなかった。

ようやく、首を横に振る。

「あっそ」

後ろ手に扉をバタンと閉めるような拒絶を含んだ声。

もう帰れということだと察した有馬は、短く挨拶をしてから事務所を出た。

雑居ビルから離れる。滞在時間は五分ほどだったが、全身に脱力感を覚えた。駅の方向に歩く。一定の間隔で歩を進めながら、詩織の言葉を頭の中で反芻《はんすう》していた。

――お母さんには、最近会いに行った？

どういうつもりで聞いたのだろうか。

意図が摑めないまま、不安に襲われる。祥子《しょうこ》に、なにかあったのだろうか。

時計を見てから、携帯電話を取り出す。

携帯電話の番号を電話帳に登録していなかったが、記憶している。躊躇《ためら》いつつもボタンを押し、耳に当てた。手が震えているのは、気のせいだと思うことにした。

コール音が四回続き、ふつりと途切れる。

〈どうしたの？〉

懐かしい声が耳に届いた。最後に聞いたときと、まったく変わっていなかった。電話してきた相手が分かったということは、番号を登録していたのだろう。少しほっとしたし、そう思ってしまった自分が情けなくなる。

「……久しぶりだな」

我ながら、ぎこちない声だと思った。

〈そうね〉

「元気か」

沈黙。

声から、消極的な拒絶を汲《く》み取る。口の中が異様に乾いた。

〈なにかあったの？〉

祥子の言葉に反応しようとするが、すぐに声を出すことができなかった。固まってしまった口を、無理やり動かす。

「……さっき、詩織に会ってきたんだ」

〈そう。なにか言ってた？〉

特に驚いてはいないようだ。保証人になっていたことを、詩織は話していたのだろうか。

「この前、詩織の事務所に空き巣が入ったらしくてな。様子を見に行ったんだ」

言いながら、急に全身が弱気に支配されたような感覚に襲われる。紺野が仕掛けてきたゲーム。それに負けたら、詩織の命が危ないということ。それらを話したい衝動に駆られる。共有し、重みを分担してもらいたくなる。

そこで初めて、自分が紺野に負けるのかもしれないと思っていることに気づき、歯を食いしばった。

　全人生を、警察に捧げてきた。身の危険を覚えたことも、一度や二度ではない。ただ、不思議と恐怖心はなかった。自分の人生よりも、職務を優先していたから、感情は二の次になっていた。

　ただ、今は恐怖に支配されている。

　詩織の命が、有馬の行動にかかっているのだ。実際に殺されることはないかもしれない。しかし、紺野が釈放されることで、危険が増すことは間違いない。

　詩織とは血が繋がっているが、娘として接したことも、親らしいことをした記憶もなかった。それなのに、詩織の生命に危険が及ぶと知ってから、ずっと有馬は恐怖心に囚《とら》われていた。

　この恐怖を誰かと共有したい。身勝手な考えだと分かっていたが、胸の内を曝《さら》け出すという甘美な衝動に負けそうになる。

〈どうしたの。詩織はなんか言ってた？〉

　再度の問いに、有馬は我に返る。弱音を、鉄の箱にしまい込んで蓋《ふた》をした。できれば、そのまま重しをつけて海に沈めたかった。

「……いや。とくには」見えないと分かっていたが、首を横に振る。

「最近、詩織には会ってるのか」

三度目の呼吸のあと、声が聞こえてくる。

〈ときどきね。あの子、忙しそうだから〉

「そうか。なぁ……」

有馬は言いかけて、止める。

一度会わないかという言葉を飲み込んだ。今さら会っても、どうにもならないことは分かっている。もう、終わっているのだ。いや、始まってもいないうちに消失してしまった。

〈忙しいから、もう切るわね〉

声の背後から、雑音がする。なんの音だろうかと考えているうちに通話が切れ、電子音に取って代わった。その単調な音が腹立たしかった。

携帯電話をポケットにしまい、歩き出す。

押し止めようとしても、過去の記憶が溢れ出てきた。

有馬は二十六歳で刑事になり、その魅力に取り憑《つ》かれた。もともと趣味がなかったし、友人付き合いも浅かったので、人生のすべてを仕事に捧げた。

三十歳のときに、祥子と出会った。容疑者が通っていた喫茶店の店員をやっていた。何度か張り込みをしているうちに、店員の名前が祥子だと分かった。興味が湧いた。実にくだらない話だが、祥子という名前が〝証拠〟と重なったことが主因だった。〝証拠〟は、刑事の有馬がいつも追い求めているものだった。

事件解決後、回りくどいことをせずに交際を申し出て、付き合うことになった。ただ、有馬は生活スタイルをほとんど変えなかった。事件が発生すれば、寝食を忘れて分析し、犯人を追い、捕まえ、取り調べをする。その繰り返しだった。

やがて、祥子が子供を身ごもったことを知った。

嬉しくなかったわけではなかった。ただ、あまりにも仕事が楽しく、かつ忙しかった。

ある日、仕事から帰って布団に入ろうと寝室に向かったとき、大事な話があると呼び止められた。結婚の日取りかと考えていたが、別れたいという内容だった。そして、お腹の子供は自分一人で育てていくという決意表明だった。

理由は、今も分からないままだ。ただ、一つだけ分かることは、別れを切り出された有馬は、ほんの小さな衝撃だけしか受けなかった。いや、ただ呆気《あっけ》にとられただけだったような気もする。

祥子は、どうして別れるという決断をしたのか。

有馬は、どうして祥子の決断に異を唱えなかったのか。

4

時刻は十八時。

大阪駅に降り立った春名は、近距離と書かれた乗り場でタクシーに乗る。目的地を告げ、背凭れに寄り掛かった。

太股の上で、指の関節が白くなるまで拳を握った。ここまでやってきたことが、本当に正しい選択だったのか。ザ・リッツ・カールトン大阪の堂々とした建物を右手に見ながら思う。

東明新聞の山岡が持ってきた情報によると、三年前に検事を辞めた佐倉という男は、大阪駅と福島《ふくしま》駅の中間あたりに医院を開いているという。

教えられた住所に、〝佐倉呼吸器内科クリニック〟はあった。日曜日の診療時間は十七時までと書かれているが、まだ明かりは点《つ》いていた。

鞄からハンドタオルを取り出して、首筋の汗を拭ってから、すりガラスの扉を開けて中に入った。

待合スペースには人はおらず、ちょうど、診察室からスーツ姿の男が出てきたところだった。首から社員証を下げている。春名の全身をスキャンするように見た男は、不思議そうに眉根を寄せ、受付に座る女性に挨拶して去っていった。おそらく、製薬会社の営業だろうなと推量する。

靴を脱いでスリッパを履いた春名は、受付で名前を告げる。一分ほど待たされてから診察室に通された。

四畳ほどの空間に、佐倉が座っていた。日に焼けて肌が黒い。目の周りだけ白いのは、サングラス焼けだろう。髪はやや長めだった。

事前に調べた情報によると、佐倉は医学部在籍中に司法試験に合格し、医学部卒業後に検事になっている。いわゆる天才と呼ばれる人種だ。

医学部を卒業後、二年の前期研修を受けてから法曹の道へと進み、検察に五年間在籍し、三年前に辞めているので、まだ三十代半ばくらいだろう。

「……どうぞ。おかけください」

過剰とも思える、警戒心のこもった声と視線。

「電話でお話ししたとおり、紺野夕美の裁判についてお聞きしたいのですが」

座りながら口早に訊ねる。殻に閉じこもってしまう前に話をつけなければならないと思った。

佐倉は、すでに殻にこもりきってしまったような固い顔はそのままで、僅かに肩をすくめる。

「電話でもお答えしましたが、私は紺野夕美の事件を担当していません」

「でも、当時裁判官だった紺野真司と仲が良かったことは事実ですよね。紺野夕美は、紺野真司の一人娘ですよね」

春名の言葉に、佐倉ははっと目を見開く。

「……仲が良いって、紺野さんが言ったんですか」

その問いに、どう答えるのがもっとも効果的かを考えた後に、首を横に振った。

「ある人から、非常に仲が良かったと聞きました。それで、紺野夕美の裁判のことも、なにか聞いているんじゃないかと思ったんです」

裁判官の麻木の名前は伏せることにする。こちらから与える情報は最小限に止めようと思った。

依然として表情を崩さない佐倉だったが、口元が微かに震えている。そこから漏れ出ている感情は、困惑か、それとも怒りか。

「……ニュースを見ましたけど、あれは本当なんですか。あの、紺野さんが殺人容疑で逮捕されて、ゲームをしたいと言い出したっていう……」

前者の感情だったかと思いながら、春名は口を開く。

「詳細は言えませんが、まったく根拠のない報道というわけではありません」

「そ、それじゃあ殺人というのは本当なんですか」

「まだ、容疑者の段階です」

佐倉は額を掻く。今では、溢れ出た動揺が顔全体を覆っていた。

不意に、なにかを落とした物音が壁伝いに聞こえてくる。

その音に、佐倉は過剰反応して身体を震わせた。

「……山本《やまもと》さん。今日はもう帰って構いませんから」

顔を後ろに向けながら言うと、部屋の奥の通路から、先ほどの女性の返事が聞こえてくる。通路が受付に繋がっているのだろう。

人の気配がなくなったところで、佐倉は息を吐いた。

「……今回の事件で殺された人物は、紺野さんの娘さんとなにか関係があるんでしょうか」

その質問をするということは、佐倉が、紺野は夕美の件で事件を起こす可能性があると思っているからだろう。

春名の心臓は、早鐘《はやがね》を打っていた。

「まだ分かりません。ただ、関係があると考え、今日ここに伺ったんです」

「……そうですか」

「ニュースでご存知だとは思いますが、殺されたのは富田聡です。名前、聞いたことはありませんか」

佐倉が首を横に振ったことに、春名は落胆する。ただ、そう簡単に糸口が見つかることはない。気を取り直す。

「夕美の裁判は、無理やり有罪にさせられたということを聞きました」

その言葉を聞いた佐倉の顔に緊張が走った。

「……誰から聞いたんですか」

「紺野のことを知る裁判官からです。具体的なことを知っているのでしたら、教えていただけませんでしょうか」

「……その人に話を聞けばいいじゃないですか」

「当時、その裁判官は別の管内にいましたので、詳細は分からないということです」

佐倉は顔を歪める。

「……私だって、別に裁判に関わっていたわけじゃないですから」

「それでも、噂くらいは聞いていたんじゃないですか。紺野と仲が良くて、よく二人きりで飲んでいたという話も聞きました」

「別に、仲が良かったわけでは……」

語尾が濁る。及び腰になっているようだ。そして、見え隠れする怯え。

押すしかない。

「夕美の裁判について、裁判長だった小田倉が無理やり有罪にしたというのは、本当ですか」

佐倉は黙り込む。明らかな拒否の姿勢。春名はノックを続けることにした。

「夕美は、息子である悠斗を虐待死させていないんですか」

沈黙。ノック。

「虐待の痕跡は見つかっていません。決定的な証拠がないまま有罪判決。おかしいと思いませんか？」

沈黙。こうなったら意地だ。

「佐倉さんは当時、優秀な検事だったと聞きました。その佐倉さんも、あの裁判に問題はなく、夕美の虐待は決定的だと思っているんですね？　佐倉さんも、あの馬鹿らしい判決を支持している。その見解で構いませんね？」

露骨かとも思ったが、自尊心を刺激してみる。すると、佐倉は不快そうに目を細めた。

「……裁判で有罪が確定したのですから、やっているんでしょう」

「たしかに、法に基づいて有罪が確定しました。でも、私はあくまで、個人的な感想を聞きたいんです。ちなみに、佐倉さんのことを教えてくれた裁判官の方は、有罪にするのは無理筋だったと言っていました。私個人も、かなり無理があると考えています。外見上も虐待の痕がなく、司法解剖の結果も、虐待の所見はありませんでした。佐倉さんのご意見をお聞かせください」

ボールを投げる。

受け取ってもらえないと思ったが、意外にも佐倉は手を伸ばしてきた。

「あんなもの、無理やり有罪にしたのは明らかです。ただ、だからといって無罪というわけではないと思います。紺野夕美が、子供を揺さぶっている映像を見れば、虐待をしているのは明らかじゃないですか」

公園のベンチで、夕美が悠斗を激しく揺さぶっている映像を頭に思い浮かべる。決定的証拠だ。

「もちろん。虐待をしていることと、子供を殺したことは同義ではありません。でも、まったくの潔白ではない以上……」

途中で言葉を止めたが、春名には十分に伝わった。

疑わしき者は罰するということだ。

本来の原則は、疑わしきは罰せずというものだが、疑わしい人間は犯人だという考えは、日本に深く根付いていた。日本のメディアや視聴者が、容疑者が逮捕されたら、刑が確定していないのにもかかわらず、犯人と認識することからも分かる。

たしかに、夕美は虐待をしていたかもしれない。そのことを裏付ける映像も残っている。ただ、虐待をしているからといって、悠斗を殺したことにはならない。公園の映像では、その根拠にはならない。

それなのに、検察は起訴し、裁判長の小田倉が有罪判決を下した。悠斗は、冷房で冷やされた部屋に裸で放置され、低体温症で死亡した。髪の毛は濡れており、風呂に入ったあとに部屋に閉じ込めるという虐待をしたのだという検察の主張。縛られた痕などはない。推量でしかない。それなのに起訴され、有罪判決が下された。

「紺野夕美の有罪が確定したことは、妥当だと言いたいんですね」

「……妥当だとは言いません」

「それでは、無理やり有罪判決に持って行ったという所見を持っているということですね」

そう言った春名は、相手の反論を待たずに続ける。

「どうして、裁判長だった小田倉は夕美を有罪にしたんだと思いますか。この情報をくれた裁判官の方は、小田倉が個人的な恨みを紺野真司に抱いていて、それで有罪にしたんだと言っていました」

「……おおむね、そのようなことだろうという噂が流れていましたね」

「佐倉さんは、その噂についてどう思いますか」

「私も同意見です」

即答。

その反応に、違和感を覚える。

春名の提示した答えに、佐倉は飛びついた。真実から逸れた目を、別の方向に向けさせないための言動のように思える。

小田倉が紺野を有罪にした理由は、私怨ではないのだろうか。

頭の中にあるメモの、〝最重要〟の欄に記載してから口を開けた。

「ありがとうございます。話は逸れますが、検事を辞めてから、医大に入ったんですか」

無知を装った春名は、意識して明るい声を出す。転調させることで、少しでも相手の警戒心を和らげようと試みる。わざとらしいと思ったが、診察室を見渡した。壁に掛かっているカレンダーに、テニスをしている外国人選手が写っている。また、机の上には、テニスボールを模《かたど》った置物。佐倉が日に焼けているのは、テニスをやっているからかと納得する。

「いえ、もともと医学部に在籍していましたので」

春名は驚いた表情を作る。

「すごいですね。ここ、呼吸器内科ってことは、喘息《ぜんそく》ですか」

「もちろん、喘息も対象です。最近は、咳が止まらない咳喘息の患者さんも多いですね。そのほかにも肺炎だったり、睡眠時無呼吸症候群などの治療もやっています」

そう語る佐倉の顔は、生き生きとしていた。検事時代の佐倉は知らなかったが、検事らしさは微塵も感じさせない。

「どうして、検事を辞めたんですか」

的を絞っていくための質問。佐倉は、一瞬だけ遠くを見るような視線を春名の背後に向けた。

「……組織というものに属するのが嫌になったんです。あっちに気を遣ったり、こっちに配慮したりと、やじろべえのように揺れている自分が馬鹿らしくなりました。検事を辞めたあともその思いがあったので、こうして独立するために借金して、ここに開業したんです。私はもともと医師免許も持っていましたので、辞めることにはまったく抵抗がありませんでした」

「大阪には縁があったんですか」

佐倉は少しだけ顎を引く。

「……いえ、東京に飽きたんです。それで、妻の実家のあるここに引っ越しました」

親指で、薬指にはめられた指輪に触れていた。

「組織が嫌になった理由は、気を遣いたくなかったからですか」

その問いに、佐倉の瞳が左右に振動する。

「……そうです」

言ってから、唇を固く結んだ。

嘘を吐いているのは明白だ。春名は、頭の中で攻め方を構築し、脳から口へと吐き出す。

「実は、紺野さんに協力した佐倉さんが、なにかを探っていたという噂を聞いたんですが、いったいそれは、なんだったんですか」

裏付けの乏しい問いで揺さぶると、佐倉の喉仏が動き、瞼が痙攣した。

「……なんのことでしょうか」

「分からないので、お聞きしたんです」

目を合わせようとするが、佐倉の視線は床を這っていて上手くいかなかった。

「……そんなことは、していなかった」

そう言った佐倉は顔を上げる。検事の目をしていた。

面会が終局へと向かっている空気を感じ取った春名は慌てる。

「私は、二人がなにかを探っているという話を聞きました。それで……」

口にしながら、唐突に頭の中が鮮明になる。バラバラのピースがまとまり、仮説と但書された絵が完成する。

小田倉は私情を挟んで夕美に有罪判決を下した。ただ、それだけではない。起訴するのは検事だ。

つまり、夕美の有罪は、検事側にとっても都合のいいことだったのだ。

春名は目を見張った。

「……二人は、あることを調査していた。そのことを阻もうと何者かが考えていたところで、夕美が逮捕された。何者かは、夕美が有罪になれば、すべてが上手くいくと考えた。まず、親である紺野は裁判官を辞職することになる。そして、紺野を失った佐倉さんは、調査の手を止める。佐倉さんが辞めたのは、その何者かの作意を知って、このまま検察に留まることが危険だと覚ったからじゃないですか」

佐倉は答えない。ただじっと、睨みつけている。

春名は屈することなく見返す。

「誰が描いた計画かは分かりませんが、夕美を起訴して有罪にするということは、それなりの地位にいる人間でしょう。そして、そこまでして調査を阻もうとしたのだから、相当のスキャンダルだと思います……それって〝二十号手当〟というものですか」

その言葉を聞いた佐倉の顔色が変化した。全体が恐怖に覆われている。

春名は、確信を深めた。

紺野は、検事を動かすために〝二十号手当〟という言葉を使った。つまり、これがキーワードなのだ。

「帰ってくれ」

「小田倉の裏に、検察の意向があったんじゃないですか。その二十号手当が……」

「帰ってくれ！」

青白い顔を震わせた佐倉は、叫ぶのを必死に抑え込んでいるような声を発する。

最後の畳みかけを失敗したなと思った春名は、敗北のゴングが頭の中で鳴ったような気がした。

しかし同時に、大きな収穫を得る効果音が胸を高鳴らせていた。

# 第六章　二十号手当

## 1

勾留期限、残り十三日。

報道陣を掻き分けた有馬が誤判対策室の入る事務所に足を踏み入れると、すでに春名と潮見がいた。二人は、ホワイトボードに書かれた文字を見ながら腕を組んでいる。

「有馬さん」

顔を向けてきた春名が手招きする。自席に鞄を置いてから、春名のほうに向かった。

「なんだ」

「構図が分かったかもしれません」

「構図？」

「ちょっと見てください」ホワイトボードを指差した春名が説明を始める。

「昨日、元検事の佐倉という男に会うために、大阪まで行ってきました」

「大阪？　なんでまた……」

「聞いてください」春名がぴしゃりと遮る。

「紺野夕美は、利用されて有罪になったんです」

その言葉に興味をそそられた有馬は、腕を組んで続きを促す。

春名は眼鏡をかけ直した。

「三年前、紺野夕美が逮捕されて有罪になっていますが、このとき、紺野と佐倉は、あることを調査していました」

「あることっていうのは、なんだ」

「おそらく〝二十号手当〟というやつです」

春名は、ホワイトボードに書かれた〝二十号手当〟という文字を指差す。その文字は、いくつかの線で結ばれていた。

「おそらくってことは、確証があるわけじゃないんだな」

有馬が言うと、春名は舌打ちをする。

「……まだ仮説ですので」

「そうか」

有馬は頷き、続きを促す。

髪を掻き上げた春名は、ホワイトボードを睨みつける。

「三年前、紺野は佐倉と一緒に、なにかを調べていたということを、裁判官の麻木さんから聞きました。そこで私は、その調べていた内容が〝二十号手当〟なのではないかという仮説を立てました。これは、佐倉に〝二十号手当〟という言葉を告げたときに強い反応を示したことと、紺野が〝二十号手当〟という言葉を使って有馬さんを取り調べに呼んだりしていることが根拠です。特に後者は、紺野がかなり詳しく〝二十号手当〟について知っていて、検察側がそのことを憂慮していることが窺えます。検察が証拠を捏造してまで紺野を起訴しようとしている理由は、もしかしたら紺野と〝二十号手当〟を塀の中に押し込めてしまおうという意思決定がされた可能性も考えられます」

春名は有馬を一瞥してから、再び口を開く。

「話を戻します。三年前の紺野と佐倉の動きに危機感を抱いた何者か……ここではA

としておきます。Aは、夕美が虐待で逮捕されたことが使えると考えた可能性が高いです」

ホワイトボードに書かれた〝A〟から矢印が二本伸び、紺野と佐倉の名前に突き当たっている。

なるほどと有馬は思う。悪くない仮説のようだ。

「Aは、二人の調査を断念させるために、夕美を有罪に持ち込みます。有罪になれば、身内から犯罪者が出た紺野を辞任させる流れを作ることは容易ですし、一緒に調査をしていた佐倉に圧力をかけることもできます」

「Aの目星はついているのか」

有馬は、ホワイトボードに書かれた〝A〟を指で叩く。

「いえ。ただ、おそらく夕美を起訴した検事や有罪判決を下した小田倉を操れる立場の人間でしょう」

有馬は頭を掻く。もし春名の推量が正しければ、〝A〟はかなりの大物だ。つまり、捜査を続ければ面倒なことになる。

二十号手当。

これを明らかにされたら困る立場で、なおかつ夕美を有罪に持ち込める力を持つ人間に絞って行けば、〝A〟に辿《たど》り着ける。

「殺された富田の立ち位置は、まだ分からないか」

ホワイトボードの隅に追いやられるようにして書かれている名前に視線を向ける。どこにも線で繋がっておらず、孤立していた。

「……はい、まだ分かりません」

春名は怒られた子供のように、身体を小さくする。

「いや、現段階でもかなり優秀な読みだ。たいしたもんだよ」

有馬が言うと、春名の顔に驚きが広がった。それを無視して、机に寄り掛かるように座っている潮見を見た。

「どう思う？」

投げかけた問いに対し、腕を組んでいる潮見は軽く頷いた。

「いいと思います。夕美が有罪になった理由にも説明がつきます。紺野が〝二十号手当〟という切り札を持っていることは間違いないですし。ただ、やっぱり富田の存在が宙に浮いているのは気になります。あとは、紺野がゲームをしたいと言い出した動機です」

潮見の指摘に、有馬は同意の意を示す。

紺野がゲームをしたいと有馬を呼んだ理由は、今も分かっていない。

ホワイトボードを見る。

有馬が動くことによって、紺野はなにかを期待しているはずだ。ただ、その目的がまったく読めなかった。

「とりあえず、この線でいこう。二十号手当が露見したら不都合が生じる人物を捜すことと、富田の存在を探れば、全体像がはっきりするはずだ」

二人が頷くのを確認してから、有馬は自席に戻った。

「そういえば、昨日は誰と会ったんですか」

春名が訊ねてくるが、有馬は答えに詰まる。名前を聞いた春名が動揺するのが目に見えていた。

「……紺野が指定した人物に、会ってきたんですよね。誰だったんですか」

不審そうな表情を浮かべた春名が、再度訊ねてくる。

言うかどうか迷った。ただ、隠していても、すぐに露呈することだと思い直す。

有馬は、唇を湿らせてから春名を見た。

「紺野の弁護人が、世良に替わったんだ」

「……え？」

目を瞬かせた春名は、ぽかんと口を開く。

「……え？」

二回目に発せられた音節は、先ほどの二倍ほどの声量だった。

「昨日、世良と会ってきた。それで、紺野の弁護人を引き受けたと言われたよ」

「……世良って、誤判対策室にいた世良君ですよね？」

「そうだ」

「ど、どうしてですか？」

近づいてきた春名が、机に両手をつく。食らいつかんばかりの勢いだった。狼狽《うろた》えているのが手に取るように分かった。

想像どおりの反応に、有馬は苦笑する。

「捏造に近い鑑定書で、検事が起訴しようとしているだろう。紺野は、それに対抗するために世良を弁護人に立てたようだ」

「で、でも……」

感情が暴発し、上手く言葉を喋れない春名は、胸に手を当てて、大きく深呼吸をした。

「でも……どうして世良君なんですか。別に、ほかの弁護士でもいいじゃないですか」

「それを今日、直接紺野に聞くんだ」

不愛想に言い捨てる。

元誤判対策室の人間だからと面白がっているのか、別の意図があるのか。今のところ判断はつかない。ただ、紺野のことだ。なにかを企《たくら》んでいるのは間違いない。

「世良さんって、春まで誤判対策室にいた方ですよね」

潮見の問いに、春名は動揺しながらも頷く。すると、潮見が皮肉めいた表情を浮かべた。

「ニュースでたびたび報道されていたから、よく覚えています。イケメン弁護士で、衆議院議員である世良光蔵《こうぞう》の一人息子。頭脳明晰で、家柄も申し分なく、実績を挙げて誤判対策室を去った人物ですよね。事務所を構えたそうじゃないですか。かなり繁盛していると聞きましたよ。一旗揚げてから、別の場所へ飛躍していく。会ったことはないですけど、なかなかしたたかな人物ですね」

まくし立てるような口調。小馬鹿にしたような調子が声に含まれている。

反論したそうな顔をしていた春名だったが、結局なにも言わなかった。

有馬は記憶を辿《たど》る。

約半年前に誤判対策室が扱った事件は、非常に解釈の難しいものだった。この事件の最終的な弁護を引き受けたのが世良で、裁判後、誤判対策室を去っている。理由について、世良はほとんど語らず、自分の判断の責任を負うと言っただけだった。

そして、世良が辞めたあとの後任が見つからず、結局、弁護士資格を持っていない潮見が採用された。

「どうして紺野は、世良さんが起訴の抑止力になると考えたんでしょうかね」

潮見は疑問を口にする。

有馬は時計を見て、その理由を明らかにするため、三ノ輪警察署に向かうことにした。

報道陣を撒《ま》くためにタクシーを使った。何度か背後を確認したが、バイクで追跡されてはいないようだった。

三ノ輪署に到着し、タクシーを裏口に停めてもらって建物に滑り込む。

記者クラブに登録している者以外は、敷地内に入ることを許されていなかったので、警察署周辺が混乱している様子はなかった。

講堂に入ると、視線が集中する。今までは、多種多様な負の感情が降り注いできていたが、今日は疑念一色だった。

すぐに、管理官の星野が近づいてきた。

「昨日、弁護士と話した内容を聞かせてください」

捜査員が現場で聞き耳を立てていたんじゃないのかと指摘しようとしたが、止めておいた。

有馬は椅子に座り、世良は不起訴を勝ち取ろうとしていること、会うときは他者の目が多くある場所でという条件を突き付けられたことを説明した。

「……他者の目、というのはどういうことですか」

「世良は、喫茶店とか、衆人環視に近い状態のことを言っているんだろう。俺が妙なことをしないための措置だろうな」

星野の目が、探るように細められる。

「今回の件、有馬さんは本当になにも知らなかったんですよね」

「どういうことだ」

「紺野の弁護人に、世良章一がなるということについてです。もともと彼は、誤判対策室の人間じゃないですか」

やはり、そう勘繰ってくるかと思った。

——俺だって、そっちの立場なら怪しむだろう。

心の中で呟いた有馬は、立っている星野を見上げる。

「世良を仕向けたり、事前になにか話したということは一切ない」

「……それなら、たまたま紺野は、元誤判対策室の世良弁護士を選任したということですか」

信じられないという口ぶりだった。

有馬は軽薄な笑みを浮かべる。

「昔の仲間を敵対させたいだけなのかもしれないな」

「そ、そんなこと……」

「分かってる。紺野は、なにか考えがあるんだろう」

「いったい、どんな理由があるんですか」

「これから、その答えを聞きに行くんだ」言い切った有馬は、僅かに声を張った。

「一つ言えることは、検事が無理やり起訴しようとするのを止めようとしているということだ」

「無理やりって……」

語尾が萎む。その反応は、星野自身、検事が用意した鑑定書に納得がいっていないのだろう。

「世良は、接見に来たか？」

有馬の問いに、星野は頷く。

「朝一番に、一時間ほど。内容までは分かりません」

弁護士は秘密交通権が認められているので、警察官の立ち会いはできない。つまり、話し合っている内容も把握できない。なにを企んでいるのだろうか。

不安が、心臓に流れ込む。起訴できずに釈放されたら、どうなるのだろうか。やはり、宣言どおり、詩織を殺すのだろうか。

いっそのこと、詩織のことを星野に話して、なにかしらの対処を依頼しようとも考えるが、その思いは一瞬で消え失せる。たとえ信じてもらえても、裏切り者である有馬のために熱心に対応してくれるとは思えなかった。それに、余計な勘繰りをしてくる可能性だってある。

時計を見ると、約束の時間だった。

椅子から立ち上がって面会室に向かおうとした有馬を、星野が呼び止める。

「これを取り付けて、取り調べをしていただきたいのですが」

星野は手に持っているものを差し出す。小型のマイクだった。

「紺野は、マイクを警戒している」

「知っています。でも、毎回ボディーチェックされているわけじゃないですよね」

たしかに、そのとおりだった。警戒されたのは、最初の取り調べのときだけだった。

「会話の内容は、毎回共有しているはずだ。それでいいじゃないか」

詩織に関することは伏せていたが、それ以外のことは洗いざらい話していた。

「それでも、お願いしたいんです」

強い眼差しには、拒むことを許さぬ意志が込められていた。

「……もしマイクが発見されたら、取り調べ自体が中止になる恐れもある。そのリスクを負ってもいいんだな」

「……止むを得ません」

そう言った星野の顔に焦りが見えた。

捜査本部側の立場に立てば、焦燥感を覚えるのも仕方ないだろう。

取り調べができるのは有馬だけだし、世良は秘密交通権を使って会話の内容を秘匿している。

本来主導するべき立場の捜査本部は、今や蚊帳《かや》の外に追いやられているような形だ。だからこそ、有馬にマイクを持たせたいのだろう。

「分かった」

マイクを受け取り、スーツの内ポケットに取り付ける。

「……助かります」

「取り調べのあとに、ここで内容を説明する手間が省けたよ」

マイクの感度テストを終え、軽く手を挙げた有馬は、ゆっくりとした足取りで廊下を歩く。歩幅を狭めつつ、頭の中で方策を練る。取調室に到着したときには、方針が定まっていた。

扉を開けて、中に入る。

「どうも」

笑みを浮かべた紺野が出迎えた。

有馬は扉を閉めてから無言で胸ポケットを指差し、それから、指を耳に持って行く。

目を瞬かせた紺野は、何度か瞬きした後、合点がいったように一度頷いた。

「それでは、今日も念のため、マイクがないか調べさせていただきます」

「……ああ」

有馬は両手を軽く広げる。立ち上がった紺野は、手錠がかけられた両手を使って有馬の身体に触れ、ジャケットの内ポケットから小型マイクを取り出した。

「そろそろ仕込んでくるころだと思いました。今回は不問に付しますが、次はないと思ってください」

「……分かった」

有馬は、自分の決断が間違っていないと言い聞かせる。基本的には、内容を聞かれても問題ない。ただ、紺野との話の中で、ゲームに詩織が関連していることが明るみに出る可能性がある。露見してしまえば、詩織が警察の捜査に巻き込まれるのは明白だ。それは避けたかった。

電源をオフにした有馬は、マイクを机の上に置く。

「どうして、そんなにも警戒するんだ」

「警戒というのは?」

「他人に会話を聞かれたくないんだろう」

紺野は頷く。

「それは、本音を他人に聞かれたらまずいですからね。対外的には富田殺しを否認していますが、有馬さんの前では真実を語っています。これを他人に聞かれたら、否認になりませんから」

「本当に、それだけか」

念を押すと、紺野は肩をすくめる。

「それ以外にはありません……いえ、これは有馬さんのためでもあります。有馬さん。娘さんと仲が悪いでしょう？　こんなゲームに巻き込まれていると知ったら大変じゃないですか」

「……人の娘を殺そうとしている男が、そんな気遣いをするとはな」

「人間は、複雑な生き物ですから」

不完全な笑み。

有馬は、紺野の顔をしげしげと眺める。いったいこの男は、なにを考えているのか。摑みどころがまったくない。

動機を持たない殺人犯と対峙《たいじ》するときも、理解に苦しむという場面に遭遇する。そういう類の人間は、ただただ不気味だ。

それに対して、紺野はその不気味さが微塵《みじん》もなかった。例えるなら、静止した泉と顔を合わせているような感覚。手を伸ばせば、波紋が広がる。動きがある。しかし、それだけだ。やがて、静止した泉に戻っていく。

「昨日の面会は問題ありませんでしたか」

紺野の問いに、有馬は我に返った。

「……どうして世良を弁護人に立てたんだ」

「諸事情がありましたから」

「俺を翻弄《ほんろう》するためめか」

「まさか。いずれ分かりますよ」

「世良は、起訴をさせずに釈放させると言っていたが、本当にできると思っているのか。担当検事は、お前を起訴すると息巻いているぞ」

「ときが来れば、分かります」

その応答に、有馬は苛立ちを覚えた。

「なにを隠しているんだ」

棘《とげ》の混じった声を投げつけるが、それを紺野は平然と無視する。

「それよりも、捏造証拠での起訴ではなく、私を本当の意味で起訴できるような証拠は見つかったんですか。有馬さんがゲームで負けた場合のペナルティー、本当に理解していますか。便宜上、ゲームと言っていますが、これは遊びじゃないんです」

癇《かん》に障る言い方をするなと舌打ちした有馬は、ゆっくりと息を吐いて心を落ち着かせる。

「昨日、別のやつが、佐倉という男に話を聞いてきた」

「……佐倉」

音の響きを確認するかのように、紺野は慎重に呟く。

「お前と佐倉で、二十号手当について調べていたみたいだな」

有馬ははったりをかます。春名の仮説が正しいかどうかを、紺野の反応を見て見極めたかった。

「それは、佐倉が言っていたんですか」

「ああ」

「……そうですか」

思索に耽《ふけ》るように黙った紺野は、自分の手の甲に視線を落としたまま硬直した。その様子を不審に思っていると、紺野は不意の眠りから覚めたように、勢いよく顔を上げた。

「佐倉がそんなことを言うはずがありません……ですが、まぁいいでしょう。その推測は当たっています。私と佐倉は、二十号手当について調べていました」

その言葉に、有馬の身体が熱くなった。春名の推測をぶつけてみる。

「二十号手当の調査を止めさせたい何者かが、お前の娘を無理やり有罪に仕立て上げた。結果、お前は裁判官を辞めて、佐倉も検事を辞めた。そうだな？」

「おおむね合っています」紺野は頷く。

「それで、その件を主導した何者かが、いったい誰なのか分かったんですか」

答えを持ち合わせていなかった有馬は、言葉に詰まる。

その隙に、紺野が口を開く。

「二十号手当がなにを示すかも分かっていないんでしょう」

「それは……」

落胆を示すため息。

「そもそも、私が提示したゲームであなたが勝つには、私を起訴しなければならないんです。そんな悠長なことをやっていて……」

苛立ちを隠さない口調でまくし立てていた紺野は、唐突に口を止めた。感情を剝き出しにしている紺野を初めて見た有馬は、手応えを感じる。

春名が捜査している方向性は間違っていない。ただ、紺野が言うように、遠回りしているのだろう。

深呼吸をして、問題をシンプルにしようと努める。

紺野は富田を殺し、自首した。そして勾留決定がされてから否認に転じ、二十号手当を検事にちらつかせ、有馬を指名したうえでゲームをしようと提案してきた。

有馬が負けた場合、娘の詩織が殺される。個人的な恨みを抱いているのなら別だが、紺野はどうして娘の命を賭けの対象にしたのか。有馬にとって、血の繋がった存在である詩織は、唯一失いたくないと考えているものだ。負けた代償としては、自分の命よりも大きなものといっていい。

裏を返せば、紺野は、これほどの大きさのものを天秤《てんびん》の一方に置く必要があった。つまり、そこまでして、有馬を動かしたかったのだ。

なんのために。

今あるキーワードを当てはめる。

すべてを単純化しろ。真実は得てして単純だ。紺野は、どうして富田を殺したのか。なんのために。誰のために。

心臓が肋骨《ろっこつ》を叩く。

「……お前は、娘が無実だと信じている。その無実を晴らすために、俺を動かしているのか」

その問いに、紺野は無言を貫いた。

「どうして、それを言ってくれなかったんだ」

沈黙。

問いを発した有馬は、回答を得られずとも納得する。正直、最初から夕美が無罪だから調査してくれと言われても、信じないはずだ。ただ、詩織を殺すと言われれば、結局は捜査することになっていただろう。捜査をする中で、真実を明らかにしてほしかったのか。

「お前の娘は無罪なんだな。そして、真犯人は別にいるんだな」

沈黙。

有馬は、対話を拒否した紺野を見る。

「……お前が殺した富田が、悠斗を殺した真犯人なんだな。だから、復讐をしたんだな」

頭の中の仮説を、そのまま口にした。ただ、紺野はまったく動かない。

立ち上がった有馬は、紺野に背を向けて取調室を出る。

悠斗を殺したのは、夕美ではなく富田。

それを証明するために、有馬が選ばれたのだろうか。

それならば、夕美が悠斗を殺していない証拠を探す必要はない。そんなもの、存在しないのだから。向かうべき方向は、富田が悠斗を殺したという証拠を探すことだ。

そこまで考えて、疑問が進路を塞《ふさ》ぐ。

——富田の罪を暴《あば》いたところで、動機が明らかになったにすぎず、紺野を起訴することはできないだろう。そして紺野は、富田が犯人だと確信したから、殺したのではないのか。だったら、わざわざ富田が犯人であるという証拠を探させるなんて手間をかけさせないのではないか。

依然、ゲームを提案してきた意図が分からなかった。

頭痛がしてきた。歯を食いしばる。


講堂に戻ると、頭を抱えていた星野がこちらに視線を向ける。

「すまない。マイクは見つかってしまって……」

「大変なんです」

緊迫した声で遮った星野は、青白い顔をしていた。

「……どうしたんだ」

「それが……」

「有馬さんは知っていたんじゃないですか」

横から割って入ってきたのは、この事件の担当検事である水田だった。ずんぐりとしたどんぐりを思わせる体型の上に載っている顔は、憤怒で赤くなっていた。

「なんのことだ」

「とぼけないでください」水田は非難めいた口調で続ける。

「紺野を不起訴にして釈放するようにと圧力がかかりました。世良が紺野の弁護人になった途端にこれです。有馬さんは、事前にこうなることを知っていたんじゃないですか」

裏切り者を見るような目。

ここで有馬が無闇に否定したところで、信じてはもらえないだろう。捜査本部内に流れる空気は、有馬のことをユダだと決めつけていた。

「……圧力ってのは、どこからかかったんだ」

質問を無視された水田は、顔を歪める。

「そんなこと……」

「教えてくれ。頼む」

誠心誠意、頭を下げる。正面からぶつかって時間を浪費したくなかった。懐に入り込めるのなら、土下座だって厭《いと》わない。

「俺だって、あいつを釈放させたくないんだよ。頼む。教えてくれ。圧力ってのは、どこからかかったんだ」

煮え切らない様子の水田だったが、やがて、人差し指を天に向ける。

「上からです」

「上？　どこのどいつだ？」

「…………」

水田は答えない。いや、答えを知らないのだ。

「分かった。俺が確認する」

有馬は言う。

勾留され、起訴されようとしている人間の進路を捻じ曲げることができる人物。そして、このタイミング。

一人、心当たりがいた。〝A〟は、そいつだ。

2

二十一時。

今日の内に片付けなければならない仕事を終えた世良は、机の上に置かれた書類をすべて引き出しの中にしまい、ノートパソコンを閉じる。

伸びた前髪を手で払ってから、手帳にスケジュールを書き込んだ。

美容室に行く余裕もないほどに予定が埋まっている。三ヵ月前、後ろ盾なしに一人で刑事事件専門の法律事務所を開いたときは、経営が成り立つか不安だったが、誤判対策室での実績のことや、それがメディアに取り上げられた影響と、利益を追求しない料金体系を敷いていることがよかったのか、今はどうやって余暇を作るかに苦心している状況だった。誤判対策室にいたことによる弊害はあるが、なんとかやっていけている。

刑事事件は、もちろん殺人事件だけを扱うわけではない。痴漢や盗撮、強制わいせつ、薬物事件、窃盗や詐欺、横領などがあり、被害者や加害者、それらの家族からの連絡が多くある。そのため、電話応対や書類整理をする派遣事務員を二人雇って運営していた。

世良刑事法律事務所。

弁護士一人の弱小事務所だったが、経営状況は良好で、順調な滑り出しを見せていた。

「お先に失礼します」

派遣事務員の女性は頭を下げる。

「お疲れさまです」

挨拶を交わし、退所を見送った。

二人の事務員は、九時から十五時と、十五時から二十一時で働いてもらっている。事務員が休む場合は、派遣会社が別の人をあてがってくれるなど便宜を図ってくれていた。その分、利用料金は高かったが、刑事事件は突発的な対応も必要だったので助かっていた。

手帳を閉じて、椅子に身体を預ける。

昨日から今日にかけて、嵐の中に身を置いているような気分だった。

昨日。三ノ輪警察署に勾留されている紺野から留置係の警察官を通じて連絡があり、弁護人になってほしいとの伝言を唐突に告げられた。殺人事件の弁護だという。

紺野真司。ニュースで流れた名前だとすぐに思い至る。元裁判官の容疑者。

紺野は、世良の父親である世良光蔵の名前を出してきた。どうやら、伝えてほしいことがあるようだった。全身が発火したように熱くなった世良は、ともかく話を聞きに三ノ輪署に向かった。そこで聞かされた内容に衝撃を受けた世良は、受任することを決めた。いや、受けざるを得なかったといったほうが正しい。

弁護人になった要因は複数あるが、もっとも大きなものは、紺野が無罪を主張していることだった。世良は、殺人事件の冤罪案件には特別な感情を抱いていた。半年前に担当した事件の弁護で、正義と真実の狭間《はざま》で揺れ、結果、境界線を越えた。

真実義務と誠実義務。

真実を疎《おろそ》かにしてはいけないという一方、依頼人の利益を最大化しなければならない。絶対的な真実が見えない状況下では、どうしても主観が入ってしまう。

結果、真実は霞《かす》み、依頼人の利益のために、曖昧な真実から目を背《そむ》ける。

裁判に勝つためには、それでいいのだと自分を納得させたつもりだった。しかし、そのことが、世良の中で今もなお影を落としていた。

誤判対策室を辞めて、刑事事件専門の弁護士事務所を設立したのも、弁護士としての自分を見つめ直すためだった。真実が、決して正義とは限らない。形のない正義を、自分の中でどう昇華していけばいいのか悩んでいた。

紺野の弁護人となった世良は、父親である光蔵に会い、紺野の伝言である〝二十号手当について、交渉の余地がある〟という言葉を伝えた。それから、東京駅近くの喫茶店で有馬と会った。三ヵ月ぶりに会った有馬は、相変わらず無精髭《ぶしょうひげ》を生やしていたものの、鬼気迫る空気をまとっていた。

世良は、これから戦う対象として有馬を見た。三ヵ月前は味方だったのに、今は敵だ。

有馬は、紺野を起訴しようとしており、世良はそれを阻止するために動く。

不思議な感覚。現実味がない。思わず気が緩みそうになるが、身を引き締めた。親しみを排除し、無表情で武装した世良は、紺野からの要望をそのまま有馬に伝えた。

会うときは、他人の目がある場所に限定すること。そして、不起訴を狙って動くこと。

前者については、世良も納得がいった。有馬は捜査一課時代に取り調べのプロと評されており、目的のためなら手段を選ばない。ゆえに、密室空間は危険だ。少し過剰かとも思ったが、それくらい警戒しておいたほうがいいのは確かだ。

後者の、不起訴を狙うことについては、正直なところ難しいと感じていた。

起訴するか不起訴にするかを決めるのは検事である。起訴を止める権限は、弁護士にはない。

ただ、紺野は不起訴になることに自信を持っているようだった。その自信は、どこからくるのだろう。

もう一つ気になったのは、面会の最中ずっと、有馬がなにかを言いたそうだったことだ。

なにを隠しているのか。

思考を巡らせていると、机の上に置いているスマートフォンが鳴りながら振動する。

ディスプレイには、鳥飼《とりかい》の文字が表示されている。鳥飼篤郎《あつろう》が良い知らせを運んでくることは皆無だ。

「はい」

〈章一様ですか〉

人の声というより、プログラミングされた音声のような印象だった。

父親である光蔵は衆議院議員で、魔物と言われている。人脈と計略を駆使して暗躍し、確固たる地位を築いていた。その魔物の議員秘書を長年務めている鳥飼は、すべての行動に価値順位をつける男という印象があり、小さい頃から苦手意識を持っていた。その鳥飼がこうして電話をかけてくる理由は、一つしかない。そして案の定、想定していたとおりだった。

〈光蔵様がお待ちです〉

「分かりました。何分以内に行く必要がありますか」

断る選択肢を持たない世良が訊ねる。光蔵から呼ばれるときは、何分以内に来いと必ず言われる。それが光蔵の定めたルールであり、それを守るのが世良家のしきたりだった。今回呼ばれる目的はおそらく、昨日報告した紺野の件だろう。

〈今日は、すぐに来ていただくことになっています〉

普段と違った回答を、世良は怪訝に思う。

「すぐって……」

〈下で待っておりますので。すぐに降りてきてください〉

一瞬、なにを言っているのか理解できなかったが、二階から窓の外を見ると、黒のレクサスが駐車されており、前に携帯電話を持った鳥飼が立っていた。

「……今行きます」

そう言って電話を切った世良は、鞄を持ち、戸締りをして一階へと降りていった。

鳥飼が開けた後部座席のドアから車に乗り込む。鳥飼は反対側から身体を滑り込ませた。

光蔵専属の運転手がエンジンをかけ、車を発進させる。

「もう少し、いい場所に事務所を開いたらいかがですか」

「江戸川《えどがわ》区のどこが悪いんですか」

「悪いとは言っていません。見栄えについて言っているのです」

「父が、そう言ったんですか」

「………………」

無言の肯定。

ため息を吐く。

鳥飼の言葉は、そのまま光蔵の意見だということは承知している。鳥飼はいわば、レコーダーの役目だ。光蔵が声を吹き込み、鳥飼が再生して告げる。

光蔵が言いたいことは分かる。大手法律事務所が構えるような一等地でなければ、世良家の名が廃《すた》ると考えているのだ。

世良家は、家長である光蔵の意見が絶対だ。それでも世良は、可能な限り反抗し、自分の道を進もうと苦心していた。

渋谷《しぶや》区広尾《ひろお》にある実家は、周囲の家を押しのけるようにして建っていた。機能性よりも、威圧感を与えるために設計されたような造り。

車から降りた世良は、家の中に入り、真っ直ぐに二階の書斎へと向かった。

開け放しの扉を抜けると、カッシーナのソファに座った光蔵が葉巻を燻《くゆ》らせている。完璧に空調管理された空間は、夏の匂いが一切感じられなかった。

「身体の具合は大丈夫なんですか」

揺らめく煙を見ながら世良が訊ねると、光蔵は蛇《へび》のような狡猾《こうかつ》そうな目を向けてくる。

「葉巻を吸えなくなるほど弱ってはいない。それに、肺がんではないからな」

静かな声なのに、威圧感があった。半年以上前にがんの告知をされ、余命宣告も受けたようだが、弱った様子はまったくなかった。

光蔵は、向かい側のソファを指差す。突っ立っていないで座れということだろう。黙って指示に従う。

「逮捕されている元裁判官の件は、すべて片が付いた。お前はもう、余計なことをしなくていい」

そう言うと、葉巻を持っているほうの手を痙攣させる。その仕草が、人を追い払うときのものだと世良は知っていた。

「どういうことですか。説明してください」

ここまで来て、その一言では納得できなかった。

光蔵は、ガラス玉のような光り方をする目を向けてくる。その目からは、これ以上語ることはないという拒絶が見て取れた。

「僕は紺野の弁護人です。状況を知っておく必要があります」

食い下がるが、声が弱々しくなってしまった。幼いころから光蔵の支配下にあり、従うことこそが正しいことだと刷り込まれてきた。そのため、どうしても反抗することに罪悪感があった。こんな年齢にもなって、まだ親の支配から抜け出せない。

世良は自嘲気味の笑みを浮かべた。

その表情を見た光蔵は、僅かに頬を上げる。注視していなければ見逃してしまいそうな変化。

「紺野は、不起訴ということで話がまとまった」

なけなしの慈悲を仕方なく与えるような、そんな恩着せがましい声が部屋に響く。

「…………」

口の中が乾く。半ば予想はしていたが、本来侵《おか》されてはならない司法に、権力が土足で踏み込んで捻《ね》じ曲げていくのを目の当たりにすることに恐怖心を覚えた。

「昨日、お前から報告を受けた内容だがな……お前が帰った後、使いをやって状況を確認させた」

「……紺野と面会したんですか」

「然《しか》るべき人間に状況確認させたんだ」

世良は歯を食いしばる。自分の知らないところで動かれるのは心地いいものではない。動きを監視されているような気がして、苛立ちを覚える。

昨日。世良は光蔵に面会した。そして、紺野から預かった言葉を、そのまま伝えた。

――二十号手当について、交渉の余地がある。

なんのことだか理解できなかったが、どうしてもすぐに伝えてくれと懇願されたため、一言一句違わずに告げたのだ。そのときの光蔵の表情にまったく変化はなかった。しかし、即日動いたということは、紺野の言葉には看過できない力があったのだろう。

「二十号手当って、いったいなんなんですか」

「知らなくていいことだ」

小馬鹿にしたような口調。昔から、この声が嫌いでならなかった。

「……教えていただけないようでしたら、聞いて回りましょうか」

その言葉に光蔵が目を剝く。鬼のような顔になった。血走った目。世良は怖気づきそうになるのを、なんとか押し込める。

唸り声のような音を出した光蔵は、頭痛を和らげようとするかのようにこめかみを揉んだ。

呼吸がしにくくなるほどの重い沈黙の後、光蔵が口を開いた。

「……正義とは、実に曖昧な言葉だとは思わないか」擦れ声が続く。

「ある人間の正義は、別の人間にとっては悪に映る。すべての人間にとっての正義は存在しない。そんなことは当然と思うだろう。だがな、それでも、政治に携わる者は正義の実現をしなければならない」

光蔵の声は、内省的な問いかけのように聞こえた。

「私の好きな小説に、興味深い教えがあったんだ。物事は両面から見るだけでは駄目で、いまひとつ、とんでもない角度から見る必要があるというものだった。作者は、とんでもない角度のことを、天の一角から見下ろすか、虚空の一点を設定するべきだと説いていた。これを私なりに解釈して、人生の指針にしてきたんだ」

「天の一角……それが、政治ですか」

世良の言葉に光蔵が頷く。

「物事を決め、実行したら、賛否は必ずある。自分の決定を批判する意見に振り回されてしまったら、大義を成し遂げることができない。政治家というのはな、常に大局を見て物事を判断しなければならないのだ。つまり、一つの悪を明らかにしてしまったゆえに政治が混乱するような場合、それを避ける方向に導く必要がある。たとえ、悪を握りつぶしたとしても。そのほうが遥かに有意義だ」

世良は顔をしかめた。耳鳴りのような甲高い音が、鼓膜付近で響く。

「……二十号手当は、握りつぶすべき悪ということですか」

「そういうことになる」光蔵は頷く。

「二十号手当が明るみに出れば、検事総長以下、幹部検事約七十名が懲戒免職処分になりかねない。それだけじゃなく、問題は法務大臣や内閣にも波及する。そうなれば、どうなるかくらいはお前の頭でも分かるだろう」

「……検察の信頼が地に堕《お》ちるだけじゃなく、検察機能が麻痺《まひ》します」

「そうだ。立て直しをしている間、捜査がままならなくなる。悪がのさばる。それは避けねばならない。小さな悪事に目を瞑るだけで得られるメリットは大きい」

「もちろん、あなたにもメリットがあるんですよね」

その言葉に、光蔵は薄い笑みを浮かべる。

「清廉潔白《せいれんけっぱく》でいられるほど、政治は柔《やわ》ではない。清濁併《せいだくあわ》せ呑む力量のある人間こそが、政治という大木を成長させることができるし、その大木の日陰の恩恵に与《あずか》ることができるのだ」

一度口を閉じた光蔵は、射抜くような視線を向けてくる。

重い沈黙が作られた。耐え難い空気に、世良は視線を床に向けてしまう。

「ここまで話せば分かるだろう。二十号手当は、お前ごときが足を踏み入れてはならない領域なんだ」

静かな声を発した光蔵は、葉巻を灰皿に押し付ける。幕が下りた。

部屋を辞した世良は、幅の広い廊下を進む。

足を踏み入れてはならない領域。たしかにそのとおりなのかもしれない。

ただ、気に食わなかった。

顔を歪める。一刻も早く、紺野に面会しなければならない。


翌日。

浅い眠りから覚めた世良は、時計を見る。五時三十分。五分後にセットしていたアラームを止め、ベッドから起き上がる。エアコンの除湿をかけて寝ていたが、Tシャツは汗ばんでいた。

部屋は、必要最低限の家具しか置いていなかった。家に仕事を持ち帰らないので、机は小さく、本棚も置いていない。1LDKの部屋を持て余している状態だった。ペットボトルの水を飲んでからシャワーを浴び、スウェットを着てシリアルを食べる。食べ終わったら歯磨きをして、クローゼットからスーツを出して着る。六時十五分になっていた。

毎日、この順番を崩さなかった。

支度を終え、部屋を出た。扉の横にある新聞受けに差し込まれた新聞を鞄の中に入れて、エレベーターで地下に降りる。

地下は駐車場になっていた。車に乗り込んで、まだ目覚めきっていない街の間を縫《ぬ》うように走る。日本橋《にほんばし》駅近くに建っているマンションは、誤判対策室に所属する前に勤めていた法律事務所の給料を頭金にして購入したものだった。基本的には車で移動することが多かったが、電車通勤の際には東京駅も徒歩圏内なので便利だった。

七時前に、事務所に到着した。

熱のこもった事務所を一度換気してからエアコンをつけ、給湯室でコーヒーを淹《い》れる。住んでいる部屋の倍ほどの広さの事務所だったが、文献や資料が部屋を圧迫し、手狭になっていた。

新聞を流し読み終えてからキャビネットの鍵を開けて、資料を取り出す。重要書類は、すべて鍵のかかる場所に保管していた。

パソコンを起動させ、メールのチェックをする。昨日、寝る前にメールBOXを空にしていたのに、依頼人本人や、その家族からのメールが十件届いていた。すべてのメールに返信を終えると、八時を回っていた。

先ほど取り出した書類を鞄に詰めて、事務所を出る。

向かった先は、三ノ輪警察署だった。

敷地内にある来客者用のエリアに車を停め、署内に足を踏み入れた。

八時半。一番乗りで受付を済ませ、面会室に入る。待つこと五分。紺野が姿を現した。

アクリル板越しにある椅子に座った紺野は、とてもリラックスした表情を浮かべていた。勾留中の人は不安を胸に抱えているのが普通であり、その不安が顔に表れる。紺野の表情は、いわば異常だった。

「昨日、世良先生が帰られた後、遅くに検事の人が面会に来ました。担当検事の水田さんです」

世良は目を細める。おそらく、光蔵が仕向けたのだろう。

「それで、二十号手当について話したんですか」

世良が鋭い口調で問う。

「そう怖い顔をしないでください」

紺野は笑い、肩の力を抜くよう助言を加える。その態度が、世良は気に食わなかった。

「当然、二十号手当の話になり、取引をすることになりました」紺野の瞳が捕食者のもののように光る。

「ちょっとした駆け引きがあったのですが、結果、向こう側が折れて上手くまとまりました。私が持っている二十号手当を証明する証拠は、不起訴になったらすべて渡すことになりました。もちろん口約束ですが、世良光蔵を敵に回したくはないですからね。しっかりと従いますよ」

満足そうな顔。世良は口を歪めた。

昨日光蔵と話し、今日紺野に確認してはっきりとした。

紺野は、弁護人として世良を雇ったのではない。二十号手当のことを光蔵に告げる伝達係の役目に使われただけだ。そして、世良とはまったく関係のないところで話が進み、紺野が納得できる状態になった。

侮辱《ぶじょく》されている。

「……二十号手当って、なんなんですか」

怒りに身体が震えた。それをやっとのことで抑え込んで平静を装い、訊ねた。

紺野は、少しだけ顔を右に倒して、考える素振りを見せる。そして、ゆっくりと椅子の背凭れから離れると、アクリル板に顔を近づけた。

「検察の裏金です」

囁《ささや》くような声に、全身が粟立《あわだ》った。

過去、警察は捜査費の裏金、地方自治体は食糧費の裏金作りを認めており、謝罪と再発防止を掲げた過去がある。しかし、検察は、裏金作りはないと断言している組織だ。いまだ、清廉潔白の組織。

その検察に、裏金があるのか。

紺野は続ける。

「検事の俸給は、二十号から一号まであります。二十号が二十三万二千四百円で、検事になったらここから始まります。もちろん、各種手当が付くので月給はもっと高いですが。そして、順調に出世すれば一号まで上り詰めることができます。一号が百十七万五千円。それら二十号から一号までの月給を足すと、だいたい一千万円になるんです。検察は、一千万円という裏金が定期的に上の人間の懐に入ることから、この裏金のことを二十号手当と名付けました」

「……本当に、裏金なんてあるんですか」

世良が訊ねると、紺野は間髪を入れずに頷く。

「証拠がありますから」薄い笑みを浮かべる。

「裏金の話は四年前、ある検事から聞きました。その男は、正義の名のもとに悪を裁いて秩序を守りたいと意気込んで入庁したのですが、裏金作りのことを知ってショックを受け、義憤に駆られ、私に相談してきたんです。私も彼も、組織から少し離れた場所にいるようなタイプの人間だったので、普段からなにかと気が合いましてね。彼が話す内容を詳しく聞いた私も裏金なんて言語道断だと思い、協力することにしました。といっても、実際に証拠を集めるのは彼で、私は、どんな証拠があれば確実に裏金を証明でき、言い逃れされないかを助言することと、裏金のことを怖気づかずに報道できるメディアを探すことを担当しました。そして、一年の歳月を経て、証拠の質を納得のいく状態にしました」

「裏金作りの証拠が揃ったということですか」

「はい」

「調査活動費……領収書の偽造ですか」

世良は頭に思い浮かんだ言葉を口にする。裏金作りと聞いて、最初に思い浮かぶものだ。法務省予算である調査活動費。情報提供者に謝礼として支払う予算として組まれているものだが、その領収書を偽造して支払ったことにして金をプールし、裏金にする。もっとも単純かつ、簡単な方法。警察組織でも問題になったことがある。

頷くかと思ったら、意外にも首を横に振った。

「過去、そういった噂がありましたが、今の調査活動費は一億円を下回っており、十年以上前の十分の一です。私が証拠として持っているのは別の方法です」紺野は真剣な視線を世良に向ける。

「裏金の原資は、二つ。一つは、架空の支出伺書。備品購入の費用を水増ししていることです。これについては、指示書のコピーや、普通ではありえない数量の備品を購入した支出伺書のコピーを持っています。ただ、これは副次的なもの。おまけにすぎません。裏金の多くは、社会復帰協会からもたらされています」

世良は目を瞬かせる。

公益財団法人社会復帰協会。存在は知っている。ただ、検察庁の裏金と上手くリンクさせることができなかった。

「拘置所の未決拘禁者や刑務所の受刑者が使う日用品などの独占販売権を持っている社会復帰協会は、検察の天下り先です。受刑者は、ノートやボールペン、下着類や運動靴といった必需品を市場価格より高い価格でしか買うことができません。この納入価との差額だけでも大きいですが、それだけではありません」

一度言葉を区切った紺野は、舌で唇を湿らせる。

「受刑者が作製した家具や靴などで社会復帰協会が大幅な搾取《さくしゅ》をおこない、一部が検察の裏金になっていると言ったら、真に受けますか」

世良は目を見開く。にわかには信じられない言葉だった。

「私も、最初は世良先生と同じ表情をしていたと思いますよ」紺野は自分を卑下するような笑みを浮かべた。

「たとえば、受刑者が洗濯バサミの組み立て作業をするとします。多少の差はありますが、どの刑務所でも一週間で約三十時間働きます。この洗濯バサミは民間会社に納品され、市場に出回ります。そして、受刑者には作業報奨金が支払われるのですが、一ヵ月働いても六百円。時給に換算すると、五円弱です。一年働いても一万円にもなりません。もちろん、受刑者は普通の労働者とは状況が違いますが、出所後に再スタートが切れる金額ではない。それに対して、社会復帰協会が年間に得る作業収入は五十億円を超え、そこに全国の刑務所売店の収入も加わっています」

「……そこから、裏金が生まれているということですか」

「そうです。受刑者からピンハネした金が、いくつかの経路を経て資金洗浄され、裏金になっている。その指示書のコピーを持っているんです」

説明を聞いてもなお、信じられなかった。受刑者が労働で稼いだ金で、甘い汁を吸っている人間がいるということか。

「私と一緒に裏金のことを探っていた彼は検事を辞めて、今は関西で医者をやっています。検察とはもう関わり合いたくないと、証拠はすべて私に預けてくれました。あのときは、この証拠を使おうとは思いませんでしたが、保管しておいてよかったです」

「……その検事が辞めた理由は、裏金の件で嫌気がさしたからですか」

紺野の黒目の焦点が僅かにブレる。その変化を隠すかのように、瞼を閉じた。再び開けたときは、感情が読めない瞳に戻っていた。

「身の危険を感じたんでしょう。私の一人娘が意図的な有罪判決を受けたことを知り、すぐに辞めました」

「……紺野夕美」

記憶を辿り、呟く。

息子を虐待死させた容疑で逮捕された紺野の娘。

傷害致死罪に問われ、結局、執行猶予付きの有罪判決となった。ただ、紺野の今の言い方だと、夕美の有罪判決に疑問を抱いている様子だ。

世良は想像力を働かせる。

「裏金調査をしていることを阻止しようとして、紺野さんの娘さんは有罪になったと言いたいんですか。有罪になれば、紺野さんは風当たりが強くなり、裁判官でい続けることが難しくなる。有罪に持ち込んだ奴らは、そう考えたと言いたいんですか」

世良が問うが、紺野は答えなかった。

このまま面会が終わってしまいそうな空気を感じた世良は慌てる。

「どうして、すぐに二十号手当のことを公表しようとしなかったんですか」

言葉を受けた紺野は、少し間を置いてから答える。

「裏金の話に興味がなくなったんです。ただ、私自身を守る切り札になったので、今まで公表しなくてよかったと思っています。今回検察は、二十号手当を闇に葬《ほうむ》るため、私のことを無理やり起訴しようとするかもしれないと危惧していましたし、現に、その動きがありました。そこで、このカードを世良光蔵相手に切ったわけです。

まぁ、最初は担当検事に対してカードを切って、有馬さんを取り調べに呼ばせました。二十号手当は二度使える、なかなかいいカードです」

「……僕はただの、橋渡し役だったわけですね」

投げやりな調子で言いつつ、ふと疑問を覚える。

「どうして、僕がメッセンジャーとして選ばれたんですか」

「世良光蔵の息子だからです」

当然のように答える。

嫌な予感がした。その予感は、おそらく的中するだろう。答えが、手に取るように分かる。

「……どうして、父に伝える必要があったんですか」

過度のストレスを感じ、耳鳴りがした。

紺野が、目の端に憐憫《れんびん》を走らせた。

「いつからこういった裏金の運用が始まったか明確ではないですが、十年前、世良光蔵は法務大臣だった。内閣の混乱で半年しか在任していませんでしたが、その短い間に、社会復帰協会を使った裏金作りを構築したと私は考えています。そういった噂もありましたし、現に、いくつかの根拠となる証拠を見つけています。だからこそ、

〝二十号手当〟の交渉を世良光蔵としようと考え、その橋渡し役として、世良先生が適任だと思ったんです」

世良は歯を食いしばった。耳鳴りが刺すような痛みに変わる。そのあまりの痛さに、血が流れ出たかと錯覚し、右手で耳を押さえた。

3

勾留期限、残り十一日。

有馬は椅子から立ち上がって腰を叩き、再び机に向かう。誤判対策室に夜通し詰めて、夕美の事件に関する証拠や供述、裁判記録を確認し直していた。机の上にはファイルが山積みになり、時系列リストは文字で溢れ返っている。

有馬は目頭を指で揉んだ。

紺野は、本気で夕美が無罪だと信じ、富田を真犯人だと考えている。そう思う根拠が、なにかあるはずだ。

それらの理由を探しながら書類を見直していると、不思議なことに気がついた。

夕美が、息子である悠斗を虐待しているという印象を持った人間の供述調書がまったくなかった。夕美を有罪に持ち込むために、警察は虐待に気づいていた人間の供述を欲していただろうし、そのための聞き込みは十分におこなわれたはずだ。それなのに、捜査側の意に沿った供述が得られていない。

悠斗の担当だった小児科医も虐待に気づいていなかったことは、春名が確認済みだ。

つまり、夕美の虐待を示す証拠は、公園に設置された防犯カメラの映像のみだった。

引っかかる。

公園という公共の場で虐待をしているので、他人に見られる可能性はある。基本的に誰にも勘づかれないように虐待をしていたが、その日だけ、たまたま外で虐待し、それが映像で残っていた可能性はゼロとは言い切れない。

ただ、そんな偶然があるのだろうか。

防犯カメラの映像は絶対だ。視覚的に状況が分かるので、百の目撃証言よりも信用できる。だからこそ、警察側は証言に重きを置かなかったのかもしれない。

しかし、なにかが変だ。そう思っていると、春名が出勤してきた。間を置かずに、潮見も姿を現す。

有馬は、潮見に視線を送る。すると、頷きが返ってきた。どうやら上手くいっているようだ。

時計を見ると、八時十五分だった。

「……帰らなかったんですか」

春名は、皺になったワイシャツを見ながら言う。

「気になることがあってな」

「なにが気になるんですか」

春名の問いを受けた有馬は、机の上に広げている資料に手を置いた。

「紺野の娘についての供述調書や証言を見直していたんだが、虐待に気づいていた人間は一人もいないんだ」

「周囲に露見しないように虐待していたんですよ」

「見られてもおかしくない公園で虐待しているのにか？」

その言葉に、春名は顎を引いた。

「たしかにそうですね……たまたまその日だけ公園で虐待したとか……それも変ですね。でも、映像が残っていますし」

やはり、公園の防犯カメラの映像がある以上、夕美が悠斗を虐待しているということは揺るぎないという考えだ。これは、有馬も同意見だった。

「でも、もしこの映像が間違っていたら、夕美は虐待をしていないということになる。虐待をしているという証言がないのも筋が通る」

「……間違う？　映像がですか」

眉間に皺を寄せた春名が問い返す。

有馬も言いながら、馬鹿らしいと思っていた。映像が残っているのだ。間違うはずがない。ただ、万に一つの可能性もある。

映像があれば、誰も疑うことはしない。火を見るよりも明らかだからだ。それほど、映像は絶対的なものなのだ。

しかし、これが崩れれば、この事件の見方が変わる。

「この映像を解析してもらってくれないか」

有馬は潮見に向かって言う。

「……誰に解析してもらうんですか」

潮見は、忙しいときに用事を押し付けられたような、嫌そうな顔を浮かべた。

「千葉中央《ちばちゆうおう》大学の、税所昭《さいしよあきら》という解剖医だ。事前に連絡はしておくから、直接出向いてくれ」

「……千葉？　どうして解剖医なんですか」

潮見は、疑念の目を向けてくる。

有馬はため息を吐いた。

「奴は、捜査一課時代からの付き合いでな。解剖医だが、面白いキャリアを持っているんだ」

画像解析は専門外だろうが、なにか別の見方があるかもしれない。

「解析なら、映像データを送ればいいじゃないですか。わざわざ行かなくても」

「奴は旧時代の人間でな。顔を合わせて依頼しないと、快く引き受けてくれないんだよ。手土産は人形焼。人形町《にんぎょうちょう》にある重盛永信堂《しげもりえいしんどう》のものが理想だ」

「……なんですか、それ。そもそも、僕は忙しいんですけど……」

不平を漏らしつつも、映像データの入ったＤＶＤを受け取り、鞄にしまう。

「春名は、紺野夕美についての情報を集めてくれないか。虐待事件以外にも、なにか資料が残っているかもしれない」

「……どうして、夕美の事件にこだわるんですか」

怪訝そうな顔を浮かべた春名が訊ねてきた。

有馬は一瞬迷ったが、胸の内にある推測を口にする。

「紺野は、夕美の無罪を信じている。そして、富田が真犯人だと確信して殺したんだ」

「……紺野が、そう言ったんですか」

「いや。俺の直感だ」

春名の顔に、失望が過《よぎ》る。その評価を、有馬は甘んじて受け止めつつ、主張を止めなかった。

「紺野は、娘の無念を晴らすために富田を殺した。俺には分かるんだ」

「どうして分かるんですか」

「……ともかく、分かるんだよ。俺にも娘がいるからな」

軽薄な言葉だなと思う。今まで、親らしいことをしてこなかった。したことといえば、借金の保証人になったくらいだ。ほとんど会っていないし、金の話しかしていない。親子の関係といえるものは、一切存在しない。それなのに、詩織の命が脅かされるということを聞き、なんとしてでも回避したいと思った。

自分のDNAが受け継がれているからといった利己的な考えではない。これは、説明のつかない感情だった。衝動に近い。

絶対に、詩織の命を守る。そのために、なんとしてでも紺野を外に出さない。その一心が、静かな激情となって脳を痺れさせ、身体を突き動かしていた。

「……娘さん、いらっしゃったんですね」

躊躇しつつ頷く。

「結婚して出来た子供じゃないから、非嫡出子だがな」

有馬はここで話を止めようと思った。しかし、止められなかった。

「……紺野は俺に娘がいることを知っていた。そして、俺がゲームに負けたら、娘を殺すと脅してきているんだ」

「……え？」春名は口を開け、狼狽眼《うろたえまなこ》になる。

「それは、個人的な恨みを買っているとかですか」

潮見が割って入ってきた。

「それはない」有馬は首を横に振る。

「紺野は娘の無念を晴らすために富田を殺した。そして、俺に対しては、娘を守るために、ゲームに勝ってみろと言っているんだ」

本気になれということだ。たしかに、娘の命が賭けの対象にならなければ、紺野を起訴するために躍起になって動くようなことはしなかった。

「ふむ。つまり、そこまでして、有馬さんをゲームの参加者に仕立て上げたってことですね」

潮見は腕を組み、首を左右に動かしながらしばらく沈黙した。

「……その理由は、まだ分からないんですよね」

「ああ」

「そうですか」潮見は不満そうな顔をする。

「なんか、紺野の動きって、有馬さんがゲームに勝つことを望んでいる感じがしませんか」

一瞬、そんな馬鹿なと思ったが、改めて考えると、その指摘は的《まと》を射ているような気がした。有馬をゲームに巻き込むために、紺野はさまざまな工作をした。それらは、有馬を本気で事件に向き合わせるためのものである。

紺野は、有馬は、富田を殺したと言っているが、有罪にできる証拠が一切ない完全犯罪を実現した。その完全犯罪を破ってみろという愉快犯的な動機は、紺野から感じ取ることはできない。

紺野は、有馬になにを望んでいるのか。

有馬がゲームに勝つことなのか。それは、紺野を起訴することだ。富田を殺したことを証明すること。それが目的なのか。

紺野の意図はどこにある。

いずれにしろ、今は全精力を傾けて前に進むしかない。迷っている時間はなかった。

「僕、ちょっと出てきますね」

時計を見た潮見は、鞄を手に持って出口へと向かう。

「どこに行くんですか」

春名の問いに、潮見は鞄を軽く叩く。

「千葉中央大学にも行きます。あ、忙しいので、今日じゃないかもしれませんが」

「千葉中央大学にも？　ほかにはどこに……」

春名が言い終えないうちに扉が閉まり、潮見の姿が消える。

「……あの感じ、有馬さんに似てきていませんか」

非難するような眼差しを向けられた有馬は、無言で肩をすくめる。

指摘されたように、潮見の行動は有馬に似ていた。それと決めたら、周囲を顧みずに突き進む。その突破力と、そこに付随する危うさ。

だからこそ、有馬は潮見に禁じ手の依頼をしたのだ。

「それで、これからどうしますか」

　春名の問いかけに、有馬は額に手を当てて頭の中を整理する。

「……夕美についての情報に取りこぼしがないか調べてくれ。あとは、練馬署に行って……いや、練馬には俺が行く」

「分かりました。今日、当時の夕美を知る保育園の方に会えることになっているんです。ほかにも、夕美のことを知る人間を重点的にあたってみます」

　役割分担を確認し、互いに動き始める。

　有馬が資料の確認に戻ろうとしたとき、携帯電話の着信音が鳴る。相手は、世良だった。一瞬躊躇したが、通話ボタンを押す。

〈今、近くに来ているんですけど、会えませんか〉

　声がやけに暗い。世良は、感情がすぐに表に出るタイプだった。

「ちょうどいい。俺も聞きたいことがあったんだ。久しぶりに、事務所に来るか？」

　有馬が提案すると、一瞬の間が生まれた。

〈……いえ、外で会いましょう〉

　警戒心を滲ませているのが、手に取るように分かった。世良は、有楽町駅の近くの喫茶店を指定してくる。

　すぐに出ると言い、電話を切った。

「今の、世良さんですか」

「ああ」

有馬の答えに、春名は思いつめたような顔をする。

「……どうしたんだ」

「私も、会っていいですか」

理由を訊ねようとしたが止めておく。

構わないと答えて立ち上がり、事務所を後にした。


電話で世良が指定した喫茶店は、町でよく見かけるチェーン店だった。

店内は空いていて静かだ。周囲をさっと見て、客を確認する。暇そうに新聞を読んでいる初老の男が二人、角の席に座っているだけだった。

世良は、店の真ん中の席にいた。

「お久しぶりです」

立ち上がった世良は、春名に向かってお辞儀する。

「久しぶり」

固い表情と、ぎこちない声。春名の様子は、どこか変だった。

「直接会うのは、誤判対策室を辞めて以来ですね」

「そうね」

春名は頷く。視線が泳いでいる。なにか、大切なことを言いたくて、その一歩を踏み出せないように見える。心なしか、顔が赤い。

妙な雰囲気の中、有馬は椅子に腰掛けた。それを見て、世良と春名も座る。

「元気そう、という感じじゃないわね」

春名が指摘したとおり、世良の顔は青白く、疲労が滲み出ていた。

この前会ったときよりも老けて見える。なにかがあったのだ。

「今日来ていただいたのは……」

「一つ、聞きたいことがある」

世良の声を遮った有馬は続けて言う。

「紺野の不起訴を指示したのは、お前の父親か」

これは、ほとんど確信に近いものと言えた。

紺野が世良を弁護人に立ててから、間を置かずに不起訴の決定がなされた。上からの圧力だという。つまり、世良が伝書鳩になり、上に届けたと考えるのが妥当だ。

——上。

世良の父親で、衆議院議員の世良光蔵。世良を介して、光蔵に紺野の声が伝わり、不起訴へと舵が切られたのだろう。紺野が、世良を弁護人にした目的は、それだ。

苦々しい表情を浮かべた世良は黙ってしまう。

ちょうど、店員が注文を聞きに来た。アイスコーヒーを三つ注文し、それが来るまで沈黙が守られた。

店員が立ち去るのを見送った世良が口を開く。

「そのとおりです。僕の父親が、紺野を不起訴にしろと指示しました」

有馬は咄嗟に立ち上がり、世良の胸倉を掴んだ。テーブルの上に置かれたアイスコーヒーが、危うく倒れそうになる。

「お前、なにをやったのか分かっているのか」

極力声を抑えたが、怒りが先行した。

「ちょっと有馬さん！」

春名が慌てた様子で言う。腕を掴まれた有馬は、仕方なく胸倉から手を離した。

引き攣《つ》った顔の世良は、曲がったネクタイを手で戻す。

「二十号手当って、なんなんですか」

春名の問いに、世良は苦悶《くもん》の表情を浮かべる。やがて、躊躇しつつも形の良い唇を動かした。

「……検察の裏金です」声をひそめる。

「これが明るみに出れば、検察の機能が麻痺《まひ》します。政治的な判断で、紺野の不起訴が決まりました」

「くそっ……そんなことのために殺人犯を野放しにするつもりか」

有馬の声に、店内に緊張が走った。

他人に聞かれても構わない。有馬は世良を睨みつける。怒りが収まらなかった。

「お前は、殺人犯を助けているんだぞ。その自覚が……」

「分かっています」

世良が思いつめたような声を発する。細められた目には憤怒《ふんぬ》の炎が見て取れた。

「弁護士は、依頼人の利益になるよう仕事をしなければなりません。今回で言えば、紺野真司が不起訴になりたいと依頼してくれれば、僕はそこに向けて動きます」

「お前の実力じゃなく、父親のお陰で不起訴になるんだぞ。ぼんぼんのお坊ちゃんでよかったな」

有馬の罵《のの》りを受けた世良は、悔しそうに顔を紅潮させる。

「……僕の父親の力だということは分かっていますが、このままいけば、依頼人の希望に適う結果が得られるでしょう」

ただ、と付け足す。

「正直なところ、このまま流れに任せてもいいのかと思ってもいます。弁護士は、その職務を行う場合において真実を隠蔽《いんぺい》し、又は虚偽の陳述をしてはならないんです。つまり、事実を隠し、嘘を吐いてまで依頼人の利益を追求してはならないということです」

「矛盾ですね」春名が呟く。

「事実を隠蔽しなければ、依頼人の利益を追求できない。一方で、品位維持という観点で真実を重んじなければならない。それが依頼人の不利益になったとしても」

その言葉に、世良はうな垂れるように頷いた。

「僕は、半年前にこの矛盾に苦しんで、誤判対策室を辞めたんです。それで、弁護士事務所を作って、もう一度弁護士という職務について真剣に考えようと思ったんです。でも、こうやって壁にぶつかってばかりいます」

内心を吐露《とろ》した世良は、アイスコーヒーが入ったグラスを手に取り、一気に半分ほど飲んだ。半ば自棄《やけ》になっているようにも見えるし、逃げ場を求める弱った動物のようにも見える。

世良が心の内を曝《さら》け出したのは、初めてのように有馬は感じた。誤判対策室を辞めたこの半年、世良は苦しんでいたのだろう。

「……僕は、依頼人である紺野の利益を優先して動きます。ただ、真実を見極めたいんです。真実が正義とは限らなくても、真実を正義にするために、僕は動きたいんです。僕になにか、できることはありませんか」

それを言いたいがために、ここまで来たのか。決意表明のわりには、あまりにも弱々しい声。しかし、真に迫るものを感じた。

「……一つだけ聞きたい」有馬は一度視線を落とし、再び上げる。

「紺野は、富田を殺したのか」

その問いは、弁護人としての立場上、答えられないものだろう。ただ、聞いておきたかった。

躊躇を見せた世良は凍ってしまったかのように動かなかった。

「どうなんだ。やったのか、やっていないのか」

「……僕は、紺野さんの弁護人ですよ。素直に答えると思っているんですか？」

「思っている」有馬は即答する。

「お前が俺に話したところで、弁護に支障があるわけじゃないだろう。たとえ録音していたとしても、証拠にはならないはずだ」

その言葉を聞いた世良の眉間に皺が寄る。

苦悩の表れだと有馬は思う。

世良は、今年の春まで誤判対策室にいた。そして、弁護士としての自分を見つめ直したいと、独り立ちをしたのだ。本人から聞いたわけではないが、真実の扱い方を測りかねているのだろう。人の運命を左右する力を持つ弁護士の中には、真実と倫理の狭間で途方に暮れる人間もいるという。

アイスコーヒーの中に入っている氷が崩れ、音が鳴る。

「弁護士は、依頼人の利益を最大限考えなければなりませんが、嘘を吐いてはいけない。でも、嘘を言わなければ、依頼人の利益を守れない場合もある。そんなとき、有馬さんならどうしますか」

火花でも散りそうな熱を持つ視線。

有馬はそれを受け止める。

「恐怖を感じなければ、どうするか。それを指針にしている」

実際、恐怖は常につきまとう。しかし、感情を優先させ、思った方向に動かなかったことで後悔したくはなかった。

世良は僅かに目を見開いた後、微かに笑みを浮かべる。

「その言葉で、なんとなく有馬さんのことが分かったような気がします」

瞳が有馬を捉える。そして、世良の顎が僅かに引かれた。注視していないと分からない程度の首肯《しゅこう》。

「これが、有馬さんの問いに対する回答です」

有馬は拳を握りしめる。これで、覚悟は決まった。なんとしてでも、起訴に持ち込む。

「分かった。それが聞ければいい」

千円札をテーブルに置く。時間が惜しかった。

立ち上がって店を出ようとしたとき、隣に座ったままでいた春名が口を開く。

「世良君。誤判対策室に戻ってきてくれない?」

その声は、店内の空調の稼働音に負けてしまうくらいの、か細いものだった。

4

翌日の十時四十分。

三ノ輪署に到着した有馬が講堂に入ると、状況が一変していた。捜査本部は無人で、音のない空間が広がっている。長机や椅子は置いてあった。しかし、電話機や電気ポット、湯呑みなどは回収されてなくなっている。最低限の状態を維持しているものの、機能が停止しているのは明白だった。

「懲《こ》りずに来たんですか」

背後から声をかけられる。振り返ると、管理官の星野が立っていた。

「紺野の不起訴は決定したようなものです。正式な手続きを終えるまでは、講堂はこの状態を保っていますが、捜査本部は事実上撤退しました」

有馬は眉を掻く。

当然の判断だと思った。検察が不起訴にするとした事件を捜査するのは無駄だ。圧力がかかった段階で、これまでの捜査は無意味となった。時間も、費用も、人の熱量も。

「もともと、証拠が不十分なのに起訴しようとしていたんです。紺野に舐《な》められたまま終わるのは癪《しゃく》ですけど、仕方ないです」

そう言った星野の目は、疲れで窪《くぼ》んでいた。本心でないのは明らかだった。忸怩《じくじ》たる思いを押し込めて蓋《ふた》をしているようだが、そこから本音と苛立ちが溢れ出ていた。

「新しい証拠や証言はあったのか」

有馬の問いに、星野は肩を落とした。

「ありません。完全に手詰まりの状態でした」

有馬は、口を窄《すぼ》めて、ゆっくりと息を吐いた。その回答自体は予想していたが、捜査本部の機能がなくなったことには落胆した。

勾留期限は、残り十日。その間、捜査本部という組織力は使えなくなった。

あとは、誤判対策室の二人の手助けしか得られない。大きな戦力を削がれた。ただ、悲観していても前進はない。

「紺野と面会する。あいつを取調室に呼んでくれ」

時計を見る。少し早いが、時間が惜しかった。気持ちに比例するかのように、視線が下がっていった。

「まだ、紺野の言っているゲームを続ける気ですか」

「……あいつが、それを望んでいるからな」

星野が、気の毒そうなため息を吐いた。

「もう、勝負は決まったじゃないですか」

言われなくても分かっている。ただ、常識や道理を押しのけてでも、勝たなければならない。

「負けるわけにはいかないんだ」

「負けたら、どうなるんですか」

一拍置いて、有馬は顔を上げた。

「……俺の刑事人生が否定される」

自然と口から出た。無意識のものだったが、それは有馬にとっての真理だった。

紺野とのゲームに負けたら、詩織が殺されるかもしれない。それを阻止しなければならないのは当然であり、それがゲームを続ける原動力になっていた。

ただ、それだけではないのだ。

有馬は、人生のすべてを仕事に懸けてきた。刑事として生きていくために、それ以外のものは捨て去ったのだ。

私生活も、祥子も、詩織も。

そこまでしたのに、殺人犯を起訴に持ち込めない上に、血の繋がった娘が殺されるかもしれない。

どういうことなのか。

すべてを捧げたのだ。

報われていいはずだ。

達成感があっていいはずだ。

それなのに、紺野が現れ、人生を否定しようとしている。嘲笑《あざわら》おうとしている。

怒りと悲しみと焦りが一緒くたになり、暴発しそうだった。それを、歯を食いしばって抑え込む。

「……ともかく、俺は負けない」

その気迫に気圧《けお》されたのか、星野は動揺した様子を見せながら頷き、取り調べの準備をすると言って去っていった。


取調室に入ると、紺野は立った状態で背を向け、格子のついた窓の外を見ていた。

蹴り倒してやりたいという衝動を抑え、椅子に座る。

「捜査本部、諦《あきら》めてしまったみたいですね」

振り返った紺野は、無表情だった。ゆっくりとした動作で歩き、腰を下ろす。

「お前が二十号手当で強請《ゆす》るからだ」

「脅したわけではないですよ。交渉の材料にしただけです」

脅しと同じじゃないかと言おうとしたが、指摘したところでどうにもならないと思って止める。

「まさか、二十号手当という一つのカードを、二度使うとはな」

紺野は、最初に検察側に二十号手当の存在を仄《ほの》めかして揺さぶって有馬との面会を勝ち取った。そして、起訴されそうになったら、世良光蔵と交渉し、不起訴になった。それほどまでに、二十号手当は強力なカードだったということだ。

「相手によって、カードの価値は変わります。私は、このカードの使い方を心得ていただけです」

紺野に勝ち誇った様子はなく、淡々とした調子で事実だけを述べている。疲労がまとわりついた身体は重く、寝不足で視界が霞んでいた。まるで、霧の中にいるようだった。

「……俺は、お前の完全犯罪を崩せなかった」

「崩せなくても、証拠を捏造して起訴しようとしたじゃないですか」

口元が、皮肉に捻じ曲がる。

「……検察が用意した証拠は、出来がいいとは言えない」

「たしかにそうですね」紺野は苦笑いを浮かべる。

「正直なところ、切り札だった二十号手当は、検察が用意した劣悪な証拠だからこそ機能したんです。もし、有罪に持ち込める確率の高い証拠でしたら、検察は起訴に踏み込んだかもしれません。実際に、私が有馬さんを取り調べの相手に指名するため、検察を二十号手当で強請った際には、検察は強制的に起訴するつもりのようでしたから」

検察は、紺野との取引に応じつつ、捏造に近い鑑定書を用意した。無理やり犯罪者にして発言力を削ぎ、紺野を二十号手当もろとも葬ろうという方針だったのだろう。

「起訴の方針が固まり、鑑定書ができた時点で、私は二十号手当の証拠を握っていることを、もっと上の人物に伝え、流れを削《そ》ごうと動きました」

「それが、世良光蔵か」

有馬が呟くと、紺野は僅かに顎を引いた。

「伝達役である世良章一が、元誤判対策室だというのは偶然でした。いえ、必然だったのかもしれません。彼はしっかりと仕事をしてくれましたよ。そして、物事は私の思惑どおりに動いてくれた」

「……どうして、お前の都合のいいように事が運んだんだ」

不思議だった。

二十号手当を検察に伝えたら、有馬の面会を勝ち取った。ただ、検察は起訴へ動いていた。それなのに、世良光蔵に伝えたらひっくり返って不起訴になった。いったいなにがそうさせたのか。

「判断する立場の違いですよ」紺野は当然のように言う。

「二十号手当という脛《すね》の傷を持っている検察は、当事者としてどうしても感情的になってしまいます。そして、私の要求に応じつつ、証拠を必死で集め、無理やり起訴に踏み込むだろうと読んでいました。

反対に、世良光蔵は、もっと大きく政治的に物事を見た。そして、現在ある証拠で起訴をするよりも、取引に応じて不起訴にしたほうが賢明だと判断したんです。感情的な組織の視点と、理論的な政治の視点。この二つの立場になってみれば、起訴や不起訴のコントロールは可能だと思いました。もちろん、私は検察には二十号手当の証拠をちらつかせるだけで、世良光蔵には不起訴にすれば証拠を差し出すと交渉方法を変えたこともありますがね。もちろん、絶対的な自信があったわけではないので、上手くいかなかったら、それまででしたけど」

そう言いつつも、確信に近い表情を浮かべていた。

「今回は、二十号手当という闇を表沙汰《おもてざた》にしないために、世良光蔵は私との取引に応じました。ただ、検察がもっと強力な証拠を用意できていれば、世良光蔵も起訴へ進

め と検察に指示したかもしれません。有罪にして私の信用を失墜させれば、いくら二十号手当の証拠を持っていても、世間は殺人犯の言葉に耳を傾けませんからね」

紺野の指摘したとおり、検事の水田が用意した鑑定書では心許ない。殺人事件は、裁判員裁判の対象だ。仮に公判を担当する裁判官を上手く誘導することができたとしても、裁判員たちをコントロールできるかは未知数だ。

総体的に判断し、世良光蔵は不起訴という決定をしたのだろう。

結局は、出頭してゲームを始めると言い出し、周囲が困惑した時点で、紺野の思う壺だったのだ。困惑は、従順を生む。紺野は周囲の困惑に上手く付け込んだ。

ただ、綱渡りだったのはたしかだ。

そこに疑問を覚えた。

完全犯罪を成し遂げた紺野なら、もっと確実な方法を思いつくはずだ。

二十号手当を基盤にした計画は、不完全だ。

「……今回の計画は、いつ頃から立てていたんだ」

なるべく何気ない調子で訊ねる。

紺野はすぐには答えず、損得を勘案するに十分な間を置いた。

「出頭する八日前です」

「……そうか」

有馬は、覚《さと》られないようにゆっくりと唾を飲み込んだ。

八日。つまり、富田を殺した直後に考えたということだ。

疑問が増大する。

紺野が犯した殺人については、入念に計画していた可能性が高い。半年前からポスティングのアルバイトをしていたことからもそれは窺える。そして、完全犯罪を成し遂げた。

完全犯罪にしたということは、捕まらないようにしたということだ。

富田を殺した時点で完成された計画。ここで終わればいいはずだ。

しかし、紺野は出頭し、自首した。その上、不可解なゲームを始めた。不起訴になるための奥の手があったが、これは運の要素も必要な不完全なものだ。

この差は、なんだ。

殺人を犯してから、急遽《きゆうきよ》立てた計画のように思える。

つまり、犯行時になにかがあり、八日間で計画を立ててから出頭した。

犯行時に、なにがあったのか。頭の中を疑問と推測が飛び交う。

「一つ、聞きたいことがあったんです」前置きをした紺野が続ける。

「週刊誌で読みましたが、有馬さん、冤罪を犯して、結局冤罪被害者を自殺に追い込んだそうじゃないですか。無実の人に罪を着せるのは、どんな気分なんでしょうか」

一瞬、挑発しているのかと思ったが、どうやらそうではないらしい。紺野は、純粋な疑問を口にしているようだった。

有馬は、心の中にある傷を見つめる。今もその傷は膿《う》んで、血が滲んでいた。

「……最悪の気分だよ。自分がやってきたことが、すべて否定されたような気がした」

口の中に、苦みが充満する。

捜査一課時代、有馬は一件の冤罪を作ってしまった。絶対的な自信をもって取り調べで自白を迫り、有罪に持ち込んだ。しかし、真犯人は別にいた。冤罪被害者は釈放後、自殺。

その事実に、有馬は刑事としての情熱を失い、使い物にならなくなった。

周囲は、たかが一件の冤罪事件であり、それまでの実績があるのでいいじゃないかと言った。しかし、有馬の硬化した心には響かなかった。

自信を持って当たった事件で、冤罪を起こした。

つまりそれは、今まで自信を持って自白させた人間も、冤罪の可能性があるということだ。それからの有馬は、過去ばかりに目がいき、前を向くことができなくなってしまったのだ。

その贖罪《しょくざい》となる半年前の事件も、有馬の傷を癒すことはできなかった。

「冤罪を犯すということは、真犯人を逃すということですよね。有馬さんが起こした冤罪事件は解決したからいいものの、真犯人を逃す危険がありました。とても、運がよかったですね」

どうしてそんな話をするのか、理解できない。

「……俺をこのゲームの相手に選んだのは、過去に、俺が冤罪事件を起こしたからなのか」

「そういうわけではありません」

「それなら、どうして冤罪の話なんかをしたんだ」

「別に深い意味はありません」

含みのある笑みを浮かべた紺野。その目は、鈍色《にびいろ》に光っているように見えた。

「お前の娘は、子供を殺していないんだろう。殺したのは富田だ。お前はそれを突き止め、自らの手で断罪した。俺は、そのことを公にするための宣伝係として選ばれたのか？」

「…………」

「なぜ黙るんだ！」

感情を爆発させた有馬は立ち上がって声を荒らげる。紺野の考えていることが理解できなかった。摑みどころのない状態が、苛立ちを増幅させた。

「なんとか言ったらどうだ！」

机を叩いて吠《ほ》える。しかし、紺野は微動だにしなかった。

乱れた呼吸を意識した有馬は、勢いよく椅子に座り、身体中を駆け巡っている怒りを抑え込む。

その間、紺野は黙ったままだ。

時間をかけ、有馬は自分の感情をコントロール下に置く。

「……お前の娘は、無実なんだな。真犯人は富田で、そのことを知ったから殺したんだな」

再度の問い。ゲームをする理由は分からないままだったが、殺害理由はこれしかないと思っていた。

迷いのない視線を送ってきた紺野は、ゆっくりと視線を机の上に落とす。

「すでにゲームの勝敗は決したので、教えましょう。娘は無実です。虐待もしていません……夕美はもともと、病弱だったんです」

一度言葉を止めたが、すぐに続きを喋る。

「でも、悠斗を産んでからは病気をしなくなった。母親という意識が、夕美を強くしたんでしょう。ただ、親に似て悠斗も病気がちでした。よく病院に駆け込んでいたようです。いつも、子供のことを心配していました。そんな子供想いの夕美が、犯人なわけがない。それなのに、司法は夕美を犯人に仕立て上げた」

言い切った紺野は、沈黙と鎮静を経典とする僧侶のように黙り込んでしまった。

立ち上がった有馬は、紺野に背を向けて取調室を出た。

静けさが支配した廊下を歩く。

亀裂。綻《ほころ》び。

それが不意に、目の前に現れた気がした。

紺野との会話で芽生えた疑問を、有馬は凝視した。

誤判対策室に戻ったタイミングで、管理官の星野から連絡が入った。

紺野の要望どおり勾留延長がされ、勾留期限が残り十日になったこと。そして、この十日間は、紺野の希望で一切の取り調べを拒否するという内容だった。

通話が終わり、有馬が怒りのぶつけどころを探していると、潮見が近づいてきた。真剣な表情を浮かべている。

すぐに、例のことだと覚る。

「計画はどうだ」

有馬の問いに、潮見は周囲を気にするように視線を走らせる。春名は外出しており、部屋には二人きりだった。

慎重な調子で、説明を始める。

とてもまともな考えとは思えない計画。突飛すぎる案。

ただ、潮見は上手くそれをまとめ上げていた。

5

勾留期限、残り九日。

誤判対策室に出勤した有馬は、会議室にあるホワイトボードの前に立つ。そして、頭の中の考えを書き込み、整理した。

紺野真司。紺野夕美。紺野悠斗。富田聡。

間隔を空けて名前を書く。

名前と名前を線で繋ぎ、線を消して別の名前に繋ぐ。線に説明を書き加える。

その絵図の根拠は、昨日の取り調べで紺野が発したある言葉だった。

推測が線を動かし、やがて一つの仮説が出来上がる。その仮説は、紺野の行動に説明をつけられるものだった。

有馬は、事務所にいる春名を会議室に呼んで座らせる。

「春名には、夕美の過去を調べてほしいんだ」

「過去ですか？　それはもう調べたはず……」

「もっと昔のことも調べてくれ。紺野が釈放されるまで、残り九日だ。それまでに、どうしても知りたいんだ」

「……それはいいですけど、有馬さんは、いったいなにを考えているんですか」

理由を説明する。

眉間に皺を寄せて聞いていた春名は、段々と目を見開いていく。半分疑い、半分納得しているような顔だった。

有馬が話し終えると、部屋が静まり返った。

やがて、ぎこちない動作で春名が頷く。

「……分かりました。やってみます」そう言ったものの、完全には納得していないようだった。

「ちなみに、潮見君は、いったいなにをしているんですか」

春名が、疑念のこもった視線を向けてくる。

潮見は誤判対策室に出勤後、すぐに外出していた。

「潮見には、別の件で動いてもらっている」

有馬は詳しい内容を伏せた。

潮見の動きを春名が聞いたら、絶対に反対するだろう。

完全犯罪を実現させた紺野に対抗する手段として、唯一無二の計画。

タイムリミットは残り九日。

この九日で、決着をつけなければならない。

# 終章　二十年

1

　潮見は、常に苛立ちを抱えて生きていた。そのことをおくびにも出さないように努めていたものの、苛立ちこそが原動力であり、自我のほぼすべてといっても過言ではなかった。

　検事を目指そうと思ったのは、検事という職業があると知った小学生の頃だった。偶然手に取った本を読み、そこに書かれてあった〝検察官は捜査権限を行使して事案の真相を解明し、犯罪者を起訴して秩序を守る〟という言葉に惹《ひ》かれた。当時は単語が難解だったため、辞書を引いたり大人に聞いたりして、意味を理解した。

　そして、検察官を〝悪い奴を捕まえ、世の中を安全な場所にする〟職業だと解釈した。それ以降、潮見の将来の夢は検事になることになった。周囲の友達は、戦隊ものといったテレビに出てくるヒーローに夢中だったが、本当に世の中の秩序を守っているのは検事だと潮見は斜に構えていた。

どうして、こんなにも正義を執行する者になりたいと思ったのか。明確な理由はない。ただ、世の中が不純に見え、それが苛立ちとなり、世の中を正したいと思ったのだろうと自己分析していた。

中学校。高校。大学。進路は、すべて検事になるために選んだ。

人生の照準が定まり、能力的にほぼ問題なくその的を射抜くことができる。検事になる絶対的な自信があった。

それなのに、一つの出来事が、すべてを台無しにしてしまった。

二十歳のときに犯した過ち。

大学の図書館で司法試験の勉強をした後、大学の近くのラーメン屋に入り、疲れを癒すためにジョッキのビールを三杯飲んだ。そのラーメン屋は居心地がよく、店員とも顔見知りだったので、つい長居してしまった。すでに最終電車もなくなった頃に店を出た。一人暮らしをしている文京《ぶんきょう》区湯《ゆ》島《しま》のアパートまでは、ゆっくり歩いても四十分の道のりだったので、歩いて帰ることにした。

よく通っていた道だったので、最短ルートは心得ていた。コンクリートブロックに挟まれた、人通りのない裏道を歩いていたときのことだった。暗闇のほうから、呻《うめ》き声が聞こえてきた。帰路とは別の方向だったので、通り過ぎることもできたが、潮見はそうしなかった。

呻き声の方向に足を向ける。街灯の明かりが届かない場所で、二人の人影が重なり合っていた。そして、下敷きになって寝ている人間と目が合った。その目は、明らかに助けを求めていた。それが馬乗りになった暴漢に襲われている女性だと認識したとき、全身が熱くなった。

気がついたら駆け出していた。血液が沸騰《ふっとう》したようだった。力一杯に男を引き剝《は》がし、もみ合いになった。興奮状態の男から暴力と暴言を受ける。当然、潮見も反撃した。無我夢中だった。それが悪かった。気がついたら男は地面に倒れており、腰のあたりにナイフが刺さっていた。そのナイフは男の持ち物だった。結局、男は一命を取り留めたが、強姦《ごうかん》などしていないと主張し、急に潮見から暴行を受けたのだと言い出した。潮見が酒を飲んでいたこと、襲われた女性の存在が明らかにならなかったこと、男が半身不随になったことを総合し、潮見は懲役刑を言い渡された。重い判決だった。

潮見は担当弁護人に頼んで、襲われた女性を探してもらったが、結局名乗り出てはくれなかった。

刑期を勤め上げて釈放されたが、人生は終わっていた。すでに検察庁法二十条によって、検事になる道を絶たれてしまっていたのだ。

すべてがどうでもよくなってしまい、大学を中退。しばらく荒れた日々を送った。しかし、貯蓄が底を突き、働かなければならなくなった。

目標を完全に失ったことで自殺することも考えた。しかし、死ぬ気力もなかった。ある日、過去の思い出に逃げ込むように、学生時代に行っていた有楽町にある飲み屋に入った。ガード下の、小汚い店だ。そこで酔って管《くだ》を巻いていたら、ふらりと一人の男が入ってきた。身なりが上等で、一目で高給取りと分かる容姿と自信の持ち主だった。カウンターしかない店だ。近くに座っていたその男の話に割り込んだ潮見は、蓄積した鬱憤を晴らすように蟠《わだかま》りを吐き出した。最難関の大学に入学し、検事になるために猛勉強をしたこと。一つのミスで、すべてが台無しになってしまったこと。もう生きる気力がないということ。

長い時間話を聞いていた男は、唐突に連絡先を教えてくれと言ってきた。不審に思ったが、やけになっていた潮見は、男から万年筆を借り、ポケットからくしゃくしゃに丸めていたレシートを取り出して電話番号を書いて渡した。

大手企業の社長だと知らされたのは、店を出るときだった。そして後日、人事部の担当者から連絡があり、法務部で働くこととなった。一族経営の非上場企業だったから無理が利いたのだろう。

居心地の良い職場だった。前科があることは伏せてあり、特に怪しまれることもなく、人間関係も良好。給料も悪くない。このまま勤めていてもいいと思っていたが、たまたま見ていたニュースに釘付けになった。特集で、誤判対策室という組織が紹介されていた。なんでも、死刑囚の冤罪を探るために作られたもので、実績を挙げたことで話題になっていた。そして、死刑囚だけではなく、殺人事件で有罪になった人間の再審請求についても調査範囲を拡大するということだった。

詳しく調べてみると、弁護士の欠員があったので人員を募集しているという記載があった。潮見は弁護士資格を持っていない。しかし、諦められなかった。毎日のようにホームページの募集要項を見て、〝募集人員〟の文字が消えないかを確かめた。

三ヵ月後。誤判対策室の住所に直接履歴書を送り、試験を受けた末に採用された。潮見は、自分が埋め合わせの要員だということを理解していたし、それでいいと思っていた。ここにいられる限り、思う存分仕事をしたいと考えていた。

潮見が誤判対策室に入ったのは、冤罪を晴らしたいからではない。冤罪で無実の人を逮捕したということは、真犯人が逃げおおせているということだ。誤判対策室に入った目的は、罪を償っていない罪人を探し出し、白日の下に晒したうえで、相応に罪を償わせることだった。

そして、ようやく、その機会が訪れようとしていた。

電車を乗り継ぎ、千葉中央大学の法医学教室に行った潮見は、法医学者だと名乗った税所昭の姿に面食らった。芸術家のダリのような髭に、軽口、奇妙な立ち居振る舞い。法医学者には見えなかった。

「あれ？　この前来た若者弁護士が来ると思って楽しみにしていたんだけどなぁ。あれ、いつだったかなぁ。半年くらい前だったっけか」

ポテトチップスを頬張りながら税所が気だるそうに言う。頭蓋骨《ずがいこつ》をひっくり返し、それを皿にしていた。異様な光景だった。

「……世良さんという方ですか」

潮見は訊ねる。

前に誤判対策室に所属していた弁護士だ。会ったことはないが、かなりのやり手だ

った と聞いている。

「そうそう。ちょっと生意気な感じでねぇ。今度来たら解剖を手伝わせようと思ったんだけどなぁ。まぁ、君も生意気そうだから、今度ここに来る機会があったら、僕が取り出した内臓を持つ係に任命するね」

ふくれっ面をした税所は、軽口を叩きながら、潮見から受け取ったDVDを再生し、モニターを凝視する。

画面には、公園の防犯カメラの映像が映し出されていた。

本当に、この男が有能なのか疑問だった。ただの変人にしか見えない。

「この前も電話で伝えたんだけど、私の専門は、遺体をぱっくり開いて死因を探ることであって、画像解析ではないよ。でも、まぁ、あれだ。FBIで研修させてもらったことはあるよ。数年前。控えめに言っても、すごいでしょ？」

そう言った税所は、ちらりとこちらを見る。どうやら自慢したいようだった。

「……FBIですか。すごいですね」

相槌《あいづち》を打つと、税所は目を輝かせる。

「そうでしょ⁉　なんか海外ドラマの登場人物になった気分だったよ」

画面から離さなかったものの、目が輝いているのが見えた。

「研修していたときね、FBIの職員が〝アンサブ〟って言っているのが聞こえてね。どういう意味か分からなかったんだよ。君、分かる？」

「……いえ」

その回答を受け、税所は口元に笑みを浮かべた。

「〝未知の人物《アンノウン・サブジェクト》〟の略なんだって。FBI用語だよ。覚えていて損はないよ。たぶん、モテるよ。合コンとかで使ってみ」

知識をひけらかす。

無駄話をしにきたのではないと言いたかったが、声には出さなかった。その代わりに、浮かんだ疑問を口にする。

「FBIの研修って、画像解析の研修ってことですか」

「そうだよ」

「どうして、わざわざFBIなんですか」

狐《きつね》に抓《つま》まれたような顔。

「そりゃあ、画像解析の技術が優れているからだよ。いや、酷《ひど》かった状態から脱する努力をして、現在は優れた人材を育成していると言ったほうがいいかもね。FBIは現在、画像を解析するスペシャリストの養成をしているんだ」

まどろっこしい言い方をした税所が続ける。

「昔、精度の低いDNA鑑定で有罪になった人が、最新のDNA鑑定で次々に冤罪だと判明したケースがあるんだ。詳しいことは割愛《かつあい》するけど、一九九〇年頃の第二世代までのDNA鑑定の精度は低くてね。それでも、当時はDNA鑑定が絶対神話となっていて、多くの冤罪を生んだと言われている。これは、日本もアメリカも同じだ」

税所は、悪戯《いたずら》っぽい目をちらりと向けてくる。

「そして今、DNA鑑定と同じ道を辿っているのが、防犯カメラの映像なんだ。現在の日本で防犯カメラの映像を確認しているのは、研修を受けていない警察官であることも多いんだ。そして、百枚の捜査報告書よりも、一つの映像のほうが証拠としては断然強いという認識で捜査が進んでいる」

「それはそうでしょう。実際に映っているんですから。百聞は一見にしかずってやつですよ」

潮見が口を挟む。加工された映像でない限り、映っているものは真実だ。

「犯行の瞬間が、しっかりと間違いなく確実に疑いの余地なく映っていればね」

税所は声を低くした。

「実際に犯行の瞬間が映っていない場合も多くあるんだけど、犯行時刻に犯行現場付近で姿が映っていたというだけで疑われることも多いんだ。俗に言う、アリバイがない状態だね。まず、ここが危険なところでね。警察というのは、犯行時刻に犯行現場にいるから犯人だと思ってしまう。ただ、その場合、現場にいる証明にはなっても、犯人だという証明にはならない。そこをはき違えている捜査員も多い。そして杜撰《ずさん》なことに、防犯カメラの設定時刻がずれていることに気づかない者もいる。初歩的なミスで、そんなことが起こるはずがないと思うかもしれないけど、実際にあるんだ」

それだけじゃないと税所は続ける。

「一般的に、防犯カメラはズームレンズが使われているんだけど、大抵は望遠か広角の設定だ。一台で部屋全体を映したい場合は、広角が多い。広角の特徴は、端が歪み、面積が中心と端では大きく変わるんだ。直線は双曲線になる。人が小さく映り、痩せて見える。望遠の場合だと、歪みはないが照度が不足して、個人識別が難しくなる。

高解像度であっても、ハードディスクに保存するには撮影時間の間隔を〇・五秒ほどに減らして解像度も下げなければ長期保存はできないから、そのように設定している防犯カメラが多い。結果、個人識別に必要な解像度を得られないのに、感覚で犯人と断定してしまう。人間は、見えないものは脳で補完するんだよ。録画の段階で加工されていることに、もっと注目するべきなんだ。ほかにも、環境によって動きが……おっ、これか」

途中で説明を止めた税所は、モニター画面を指差す。

「そうです。紺野夕美と、息子の悠斗です」

陽が落ちかけ、暗くなった公園。街灯の明かりがあるので、個人の識別は可能だ。夕美がベンチに座る。悠斗は前に立つ。持ち上げる。次の瞬間、強く揺さぶる。

悠斗は三歳なので、揺さぶられっ子症候群の心配はないだろう。しかし、この揺すり方は異常だ。

一切の身動きをせずに映像に見入っていた税所は、やがて、熱っぽい瞳を向けてくる。

「ふむ。これ、たぶん虐待じゃないよ」

潮見は耳を疑った。

2

誤判対策室に戻った潮見は、税所から聞いた所見を有馬と春名に報告した。

夕美が悠斗を揺さぶっている映像。誰が見ても、虐待を思わせる映像。ただ、税所は別の見方をした。この映像は、間違いの可能性がある。虐待はしていない可能性がある。

税所から聞いたとおりに説明をすると、春名は興奮気味に質問をしてきたが、有馬の反応は薄く、僅かに頷いてから、目の前の資料を読む作業に戻ってしまった。

その態度は、映像の件よりも、潮見に対して〝計画〟のほうに注力しろと言っているようだった。

完全犯罪を成し遂げた紺野。担当検事も不起訴と決めている。つまり、現状では法で裁くことはできない。

――やはり、考えついた〝計画〟で時間稼ぎをしなければならない。

「ちょっと外出してきます」

「どこに行くの？」

鞄を持った潮見が言うと、春名が顔を上げた。

「面会です」

「面会？」

「〝十二号〟の事件です。今村恭一」

「……上石神井と弥生町での殺人？」

春名は、怪訝そうに眉をひそめる。

「そうですよ。殺人事件で有罪になった男です。再審請求が出ていて、誤判対策室の調査対象となっていましたよね」

「……そうだけど」

春名は眉間に皺を寄せる。不可解と言いたげだった。

「……でも、急ぎの案件ではないでしょ。今は紺野の……」

「いい。行ってこい」

有馬が言う。

春名の疑念に満ちた視線が、有馬に向けられる。

その隙《すき》をついた潮見は、事務所を出て目的地に向かった。


外は、太陽が普段よりもずいぶんと近く感じられるほどの暑さだった。靴底がアスファルトに着地するたび、溶けてへばり付くのではないかと思ってしまう。

電車で向かったのは、府中刑務所だった。約一時間の道のり。車窓の過ぎ去る風景を眺めながら、頭の中で計画の進捗《しんちょく》を確認する。紺野が不起訴で釈放されるまで、残り九日。外に出たら、有馬の娘を殺すと宣言している。

ふざけている。

罪から逃れようとしているだけではなく、罪の上塗りをしようとしているのだ。

憤りが胸を焦がし、怒りで手が震えた。なんとしてでも、罪を償わせるつもりだった。この怒りが、歪んだ正義感からくるものだという自覚はある。自分は罪を犯し、それを償った。結果、検事になる夢を絶たれた。それなのに、世の中には罪を逃れる者がいる。罪人は全員、相応の報いを受けるべきなのだ。この世は不公平ではいけない。平等に、罪を償わせる。

国分寺《こくぶんじ》駅で電車を降り、タクシーに乗る。十分もかからずに府中刑務所に到着した。

手続きをして、面会室に入った。

五分ほど待たされて、今村が現れた。エメラルドグリーンの舎房着はかなり使い古されたものらしく、ところどころ擦り切れている。

今村の背後に刑務官の姿があるが、中に入ってはこなかった。誤判対策室は秘密交通権が認められているので、刑務官の立ち会いはない。

互いにアクリル板で仕切られているが、完全に二人きりの密室。ここでなにが起きようと、他者は関知することができない。

「先生、毎回毎回すみませんねぇ」

下卑た笑みを浮かべた今村は、パイプ椅子に座る。口の隙間から覗く歯は黄色く、唾液が糸を引いていた。

今村は、真夜中に東京都練馬区上石神井にあるコンビニエンスストアに行き、ナイフで店員の首を切りつけ、失血死させていた。その三日後には、板橋区弥生町にあるコンビニエンスストアで同様の手口で刺殺していた。フードを被り、顔を隠していたことから、防犯カメラの映像で個人を認識することはできなかった。ただ、防犯カメラの映像から、おおよその背格好が判断できたのと、犯人が自動ドアに触れていることが分かり、そこから採取された指紋の一つが今村のものと一致した。そして、目撃者から目元が似ているという証言も得られたことから、逮捕起訴され、二件の殺人により懲役二十五年を言い渡されていた。逮捕当時、今村は犯行を否認していたが、途中で自白を始めた。そのときの供述は、人を殺すことが目的だったということだった。二人の店員を殺したのは、いずれも客である自分に対する態度が気に食わなかったからだと供述調書には書かれてあった。結局、裁判では再び否認に転じ、無罪を主張するも退けられ、懲役二十五年が確定している。今村は過去にも、一人暮らしの女性宅に忍び込もうとしているところを近隣住人に目撃され、駆けつけた警察官によって逮捕されたことや、強制わいせつでも逮捕歴があった。ほかにも、窃盗事件が三件。

再犯を繰り返し、最終的に二人の人間を殺めている。殺された二人には、家族がいただろう。死んだことを突然告げられる家族の気持ちを考えるだけで、身が燃えるような怒りが湧き上がった。この男は、いくつもの人の人生を狂わせ、悲しませ、苦しませているのだ。

形容しがたい屑。懲役二十五年が甘く感じる。

「いやぁ、誤判対策室ってのは凄いんでしょ？　過去に冤罪を晴らしたってニュースを見たって、同房の奴から聞きましたよ。俺はニュース見ないんで知らなかったんですけど、あれは、先生がやったんですかね」

媚びるような表情。表面だけがやけに綺麗に見える目が、品定めするように動いていた。

今村には、もう何度も面会している。もちろん、冤罪を証明するためではない。再審請求を出しているこの男が、人を殺していることは間違いない。冤罪調査など時間の無駄だ。

こうして足繁く通うのは、別の目的があるからだ。

有馬に計画を打診され、潮見が見つけ出した獲物。秘密交通権。ここでの会話は誰にも知られない。実に素晴らしい仕組みだ。警察は、このような生ぬるい状態で自白を勝ち取ったと誇っているのか。密室で、なおかつ立場が上ならば、方法次第で思いどおりの証言を勝ち取れる。目的を達成するために、どんな方法を使ってもいいのだ。誰にも咎《とが》められない。

なんだって可能だ。

「さて、それでは昨日の続きからです。今村さん。あなたは、上石神井のコンビニで起きた殺人事件の現場に居合わせ、紺野真司の顔を見たんですよね。そのときの状況を教えてください」

資料を開く。

そこには、文字がびっしりと書き込まれていた。

3

有馬は重くなった瞼を押し上げて、椅子から立ち上がって背伸びをした。

時計を見ると、夜中の二時を回っている。今日もここに泊まりだなと思いつつ、インスタントコーヒーの粉をマグカップに入れて、お湯を注ぐ。

湯気が立ちのぼるマグカップを持ち、会議室に移動した。

静かだった。

エアコンのホワイトノイズが、静寂を無音の世界へと昇華させていた。

パイプ椅子に座り、コーヒーを一口飲んでから、誤判対策室にあるホワイトボードに目を移す。紺野が釈放されるまでの八日間の、各個人のスケジュールが書き込まれた大きな紙が貼られてあった。春名がまとめてくれたものだ。


【有馬】
・富田聡の元妻、伊吹和子《いぶきかずこ》を聴取。
・富田聡の最初の勤務先である〝本田《ほんだ》楽器店〟の店長小倉雅也《おぐらまさや》。同、店員須貝淳《すがいあつし》。同、田丸清《たまるきよし》。同、八島拓司《やじまたくじ》を聴取。
・富田聡の小学校の友人、高田麻衣《たかだまい》。同、坂木雄二《さかきゆうじ》。同、荒井達也《あらいたつや》。同、和泉明日香《いずみあすか》。同、小島拓哉《こじまたくや》。同、町野理恵《まちのりえ》を聴取。
・富田聡の中学校の教師、深野玲奈《ふかのれな》。同、竹内政巳《たけうちまさみ》。同、佐藤憲司《さとうけんじ》。同、福井信彦《ふくいのぶひこ》を聴取。

・富田聡の中学校の友人、三草剛一《みつくさごういち》。同、川手正一《かわでしょういち》。同、本山拓郎《もとやまたくろう》を聴取。

・富田聡の高校の教師、坂本亜希《さかもとあき》。同、加山真弓《かやまゆみ》。同、秋永修《あきながおさむ》。同、田中忠正《たなかただまさ》を聴取。

・富田聡の高校の友人、小山達郎《こやまたつろう》。同、松田美朋《まつだみほ》。同、柏木愛《かしわぎあい》。同、大竹恵理子《おおたけえりこ》を聴取。

・富田聡の大学の友人、島津秀幸《しまづひでゆき》。同、奥村彩子《おくむらあやこ》。同、上野瑞生《うえのみずき》を聴取。

・練馬警察署の確認。

【春名】

・紺野悠斗が通っていた保育園の保育士丸山千夏《まるやまちか》。同、入佐朱里《いりさあかり》を聴取。

・紺野夕美の友人、福永亮《ふくながりょう》。同、常田正弘《つねだまさひろ》。同、田村佳純《たむらかすみ》。同、染谷江梨香《そめたにえりか》を聴取。

・紺野夕美が通っていたヨガ教室の確認。

・紺野夕美が通っていた料理教室の確認。

・検察庁の記録の確認。

【潮見】
・税所昭に鑑定依頼。
・ほか、なにか。

それぞれの名前には、住所が追記されている。もちろん、聞き込みをすれば、新しい人物の名前が浮上することも多い。結果、ここに書かれているよりも多くの人間に話を聞くことになるだろう。

文字を眺めつつ、有馬は潮見のスケジュールに目を止めた。

現時点で、春名には進めている計画を喋っていない。ただ、隠し通すわけにはいかないので、近いうちに打ち明けなければならないだろう。

当然反対されるだろうが、それでも進めるつもりだった。

残り八日間。

ホワイトボードを見る。

この人数を八日間で聴取することは可能だ。ただ、起訴できる材料を得ることはできないだろう。

こんなことをしても、到底間に合わない。

だからこそ、秘策を用意して時間稼ぎをする必要があった。

## 4

勾留期限、残り〇日。

失望を抱き、紺野はこの日を迎えた。

誤判対策室の有馬を人選したのが間違いだったのだろうか。

いや、これで、自分の行為に間違いがなかったのだと証明できたのだ。これは、喜ばしいことなのだ。

制服を着た警官が二名やってきて、留置場から出される。もともと私服を着ていたので、ここに来たときに持っていたリュックサックを受け取るだけだった。

廊下を歩く。

途中、視線を感じた。その方向を向くと、一人の男が立っていた。たしか、捜査本部の管理官をしていた星野だ。憎しみに似た感情が、目に宿っていた。

「残念でしたね」

言葉を投げかけるが、返答はなかった。

捜査本部の存在は、紺野にとって障害ではなかった。

紺野は、富田を殺した。しかし、警察はそれを証明できない。綿密に計画し、完全犯罪を成し遂げたのだ。法で殺人を証明できない状態。完全犯罪だ。

また、〝二十号手当〟というネタがあったおかげで、強制的な起訴をされる心配もほとんどなかった。

検察も、政治家である世良光蔵も思惑どおりに動いてくれた。

ただ、有馬だけは期待外れだった。有馬の娘を殺すというのは、もちろん嘘だ。駆け引きの材料にすることで、有馬を突き動かすエンジンにしようとしただけだ。

それでも、なにも突き止めることができなかった。

――いや、なにも見つけられなかったということも、有馬の成果だと評価するべきだろう。もともと、なにも見つけられないほうがいいのだ。

有馬が勝たなかったということは、自分は、間違っていなかったのだ。それを証明するためだけに、このような回りくどいことをする羽目になった。

――あのとき、富田があんなことを言い出さなければ、こうして時間の浪費をせずに済んだのだ。

断罪をしたという達成感を奪っただけではなく、無駄な労力もかけさせた富田が憎かった。ただ、もうこの世にはいない。断罪は済んだのだと自分を慰める。

警察署のロビーに到着した。

自動ドアの向こう側にある外界は、強い日差しが降り注いでいた。長期間室内にいたので、その眩しさに驚く。警察署の敷地の向こう側には、報道陣らしき姿が蠢《うごめ》いていた。釈放の情報を聞きつけて張り込んでいるのだろう。

コメントをする気はない。

残りの人生は、ひっそりと生きるつもりだった。報道陣を撒《ま》くためにタクシーを呼んでもらおうと思ったとき、人影が入り口を遮るように立ちはだかった。

誤判対策室の有馬。そして、男女一人ずつ。前にニュースに映っていた顔だ。名前はたしか、春名と潮見。

「……お見送りですか」

軽口を叩きつつ、警戒心を強める。三人の表情が、一様に厳しいものだったからだ。なにかを決意したような顔。

「残念でしたね。私の罪を暴けなくて」

動向を探るために言葉を投げつけると、有馬は眉間の皺を深めた。

「最後に一度だけ確認させてくれ。お前は、富田を殺したのか」

「は？」

呆れる。なにを言い出すかと思ったら、そんなことをわざわざ聞きにきたのか。

紺野は周囲に視線を走らせる。ほかに人影はない。

たとえここで録音されていたとしても、証拠価値は低い。ただ、用心に越したことはないだろう。

注視してようやく分かる程度に頷く。間違いなく殺したことを伝える。

それを見た有馬は視線を春名と潮見に向けてから、紺野を睨みつけ、逮捕令状を目の前に突きつける。

「お前を逮捕する」

その言葉に合わせて、背後から人が詰め寄ってきて、手錠をかけられる。その人物は、管理官の星野だった。

「ど、どういうことだ！　逮捕の証拠はなんだ！」

紺野は声を荒らげる。意味が分からなかった。

「上石神井コンビニエンスストア殺人事件の容疑者だ」

静かな声で有馬が告げる。

なにを言っているのか、紺野は理解ができなかった。

なんの説明もないまま、取調室に連れていかれる。

マジックミラーのある、通常の取調室の奥に紺野、手前には誤判対策室の三人。

「……いったい、なんのことでしょうか。上石神井のコンビニでの殺人？」

手錠をはめられた手を机の上に置く。理解に苦しむ状況に動揺し、手が震えていた。

潮見が、鞄から書類を出し、それを机に広げてから説明を始めた。

「五年前、あなたは上石神井三丁目にあるコンビニエンスストアに行き、店員を殺害したという事実が浮上しました。それで、逮捕することになったという……」

「ちょっと待ってくれ！　なにを言っているんだ！」

意味が分からない状況下に置かれて頭が真っ白になった。

「なにって、お前がやった犯罪の概要を説明しているんじゃないか。コンビニの店員を殺したんだろう？」

淡々とした調子で有馬が言う。

「そんなこと私は知ら……」

「しらばっくれてんじゃねぇぞ！」

立ち上がった有馬が恫喝《どうかつ》するような声を出す。その声量に耳鳴りがした。

「お前は上石神井三丁目にあるコンビニに行ったことがあるんだろ！　ここだよここ！　正直に言え！」

広げられた地図を指で叩く。紺野は、赤色でマークされた部分を見て、記憶を辿る。五年前のことなどは覚えていない。しかし、上石神井三丁目のコンビニエンスストアには何度も行ったことがあった。娘の夕美が住んでいた練馬のマンションに行くときに、ほとんど毎回寄っていた場所だ。

「……たしかに、行ったことがありますが」

「よし、次」

頷いた有馬は、潮見に続きを促す。

「コンビニの防犯カメラの映像をコピーしたものです」

紙を差し出す。粗い画像が二枚並べられていた。画像には、黒い服を着た男が映っていた。フードを被り、口をマスクで覆っている。

「この男の背格好が、あなたに近いことが分かりました」

紙には、画像の男の情報が書かれてあった。百七十センチメートル。体重約六十キログラム。多くの日本人に当てはまるものだ。

紺野が反論しようと口を開くが、有馬が机を叩いて遮る。

「次の証拠」

頷いた潮見は、紺野の前に資料を寄越す。

「防犯カメラの映像から、犯人は出入り口の扉のガラス部分に触れていることが分かり、そこに付着していた指紋の中に、あなたの指紋がありました」

頭に血が上った紺野は資料をめくり、指紋の鑑定項目を見る。

「……百五十の指紋の中に、私の指紋があったのか」

「そのコンビニでは、ときどきガラスの乾拭《からぶ》きをしていたそうですが、その程度では指紋は落ちませんからね」

記憶を辿る。なにかの拍子にガラスに触れた可能性はあるが、そんなことは覚えていなかった。

「背格好と指紋。これだけで犯人と決めつけるつもりか」

「証言もあります」

「……証言？」

潮見は頷く。

「事件当日にたまたま居合わせた男が、事件を起こした男と、あなたの目が似ていると証言している。これから正式に供述調書を取ろうと考えていますが、その男は、今回の事件で有罪が確定している今村恭一です。今回、あなたが容疑者として浮上したことで、今村は冤罪の可能性があります」

「虚偽の証言に決まってるだろ！」紺野は声を震わせる。

「この程度の証拠だけだったら、誰でも……」

「そうだよ。あのコンビニに行き、似たような体格なら、誰だって犯人になり得るんだ。もっと言ってやる。こういった証拠の積み重ねだけでも、警察は人を逮捕できるんだ」

有馬が睨みつけながら言う。

左右にいる潮見と春名の表情にも、決意が見て取れる。

ここまで聞いた紺野は、誤判対策室の意図をようやく理解した。誤判対策室は、本気で冤罪を作ろうとしている。そして、別件で逮捕したのだ。

「……むちゃくちゃだ」

紺野は呟き、自分を落ち着かせる。こんな無茶なことが、まかりとおるはずがない。

「……殺人事件が起きた現場にたまたま私がいて、こうして証拠のようなものを揃えた。いや、捏造だな。でも、こんなつぎはぎの証拠だけで私を逮捕するなんて馬鹿げている」

「できるんだよ」

有馬は低い声を出し、春名を見た。

居住まいを正した春名が口を開く。

「二〇一二年に、大阪府泉大津市《いずみおおつ》で起きた強盗事件でも、監視カメラに映っていた背格好と指紋、目撃証言で起訴されています。その人は、それから約三百日間勾留されていました。偶然そのコンビニを使っていただけで犯罪者として疑われることが、実際に起きているんです」

有馬が引き継ぐ。

「その事件は、結局冤罪だと分かった。でも、お前の場合、どうなるかは分からない。検察に喧嘩《けんか》を売っているしな。まぁ、元裁判官の犯罪者を擁護する身内意識の高い裁判長が仕切る裁判だといいな」

明らかな脅しだった。

「……私には二十号手当がある。それがあれば、また不起訴にすることだって可能だ」

そう言った紺野の心の内を見透かしたように、有馬は薄笑いを浮かべる。

「お前が世良光蔵と約束したのは、富田の事件での不起訴だろう？　ほかの事件でも不起訴にすると思うか？　何度もお前の思いどおりになると、本気で思っているのか？」

有馬の言うとおり、二十号手当の効力は、何度も通用するものではないだろう。一度目の脅しに屈したとしても、二度目も応じるとは考えにくい。むしろ、反感を買ってなんとしてでも起訴して有罪に仕向ける可能性のほうが高い。

紺野は歯を食いしばる。まさか、こんなことをしてくるとは思わなかった。冤罪を探り、それを証明することのできる能力を持っている組織は、冤罪を作ることもできる。甘く見ていた。

「……本気で、私をコンビニでの殺人犯に仕立て上げるつもりか」

「仕立て上げるもなにも、お前が犯人なんだろ。ちなみに、今回の逮捕は、三ノ輪警察署の了承を取っているんだ」

悠然と構えた有馬は、マジックミラーを指差す。

「……お前たちがやっていることは、真犯人の罪を軽くすることなんだぞ」

「その点は大丈夫です」潮見が口を開く。

「今村恭一の刑はすでに確定しています。有期懲役の上限は二十年と法律で定まっていますが、今村の場合は二件の殺人を犯しており、併合罪が適用され、一括して量刑を計算するため、上限である二十年を超える二十五年の懲役を言い渡されています。今になって一件の無実が判明して再審裁判が開かれても、減刑される可能性は低いです。まぁ、今村には刑期が減るかもと言って協力してもらっていますが」

潮見の説明は間違っていない。

つまり、今村に今までどおりの刑期を勤め上げさせつつ、一つの殺人事件を紺野に擦《なす》りつけようとしているのだ。

「……それでも、捏造には変わりない」

その言葉に、有馬は短い笑い声を上げた。

「お前がいうとおり、無実の人間を有罪にするために捏造するのは間違っている。でも、今回は逆だ。殺人犯であるお前を有罪にするために捏造するんだ。お前は、一人の人間を殺している。だから、一人の人間を殺したという罪を償ってもらおうとしているだけだ。お前は、富田を殺したことについては完全犯罪を実現させた。でも、一人の人間を殺したという完全犯罪は成し遂げられなかった。それだけのことだ」

その表情は、虚勢ではないことを物語っていた。

このままでは、再び勾留されてしまう。いや、冷静になれ。打開策はいくつかある。まずは弁護人の選定からしなければならない。刑事事件で実績のある弁護士の名前を思い出し、取捨選択する。

そのとき、有馬が大袈裟とも取れるため息を吐いた。

「今までの話は、潮見が作り上げたものだ。こいつは、映像をそのまま記憶する能力があってな。誤判対策室が扱っている事件の中で、お前の指紋が検出されている証拠を記憶していたんだ。だから今回の件は、潮見だからできたことなんだよ。優秀だと思わないか」

そう問われた紺野は、心の中で頷いてしまう。正直、他人の殺人を擦《なす》りつけられるとは思わなかった。ただ、冤罪被害者は、こうやって犯罪者に仕立て上げられるのだ。自分の身に降りかかって初めて、その怖さを思い知った。

潮見は、困ったような顔をして肩をすくめた。

「冤罪事件を作るって話を有馬さんから聞いたときは、正直耳を疑いました。ただ、無実の人間に罪を着せるのではなく、罪人に罪を着せるためだと言われて納得し、協力することにしたんです」

有馬が言葉を引き継ぐ。

「この方法ではお前に勝ったとは言えない。それに、いくら犯罪者を犯罪者にするためのものでも、冤罪には変わりないからな」

一度口を閉じた有馬が、紺野を睨みつける。

「延長戦だ。俺は、お前の罪を絶対に暴く」

その声は、地響きのように紺野を不安にさせた。

## 5

上石神井のコンビニエンスストア殺人事件で紺野が逮捕されたことにより、時間的猶予が生まれた。

有馬と春名と潮見の三人は、富田や紺野夕美の周辺人物の聞き込みに時間を割《さ》いた。友人知人はもちろん、近所の家を一軒一軒回り、なにか覚えていることはないかを確認した。

少人数での地取り。捜査本部の機動力や組織力の足元にも及ばないが、それでも、三人で半径一キロメートルにある家を虱潰しに訪問する。

ただ、削り出した時間は限りなく少ない。

紺野の逮捕は、管理官である星野が根回しして辛うじて実現したものだ。今回の計画は、逮捕から四十八時間以内に、検察に身柄を送致しなければならない。予定では、検察側の了解を得ることができなかった。予定では、紺野の身柄を更に二十日間拘束できると思っていたのだが、担当検事から、最初の勾留期限である十日で白黒つけろという連絡があった。

十日の時間稼ぎに成功したものの、あまりにも少なすぎる時間。その間に、富田殺しの容疑で紺野を再逮捕するだけの材料を揃えなければならない。

寝食を忘れて捜査に没頭した。

十日のリミットではなし得ないような量の聞き込みをおこない、そして、一つの結論に達することができた。

6

上石神井警察署に勾留された紺野は、取調室に座っていた。

身に覚えのない罪で逮捕された。明らかな不当逮捕。

逮捕されたときは、怒りで平静を失ったが、すぐに落ち着きを取り戻した。

これはただの時間稼ぎだ。有馬たちも、本気で起訴して有罪にできるとは思っていないだろう。

裁判所は、十日間の勾留を決めたが、勾留延長をする気がないのは雰囲気で分かった。間違いなく不起訴になる。自由の身になる時間が、少し遅くなっただけだ。

目の前に座っている誤判対策室の面々を見る。世間の評判どおり、能力のない人間の集まりだったようだ。

上半身を前方に倒した有馬の目の色が濃くなったような気がした。

厳しい表情のまま、口を開く。

「俺は、お前のゲームの盤上で勝負すると決めた。ただ、お前が用意したゲームを攻略することができなかった」

敗北宣言かと思ったが、警戒心を解くことができなかった。

有馬がまとう空気が、不安を駆り立てる。

「俺は、お前を有罪にする証拠に辿り着くことができなかった。ただ、一つの結論に達することができた」

思いもよらなかった言葉に、心臓の鼓動が早まる。

有馬は続ける。

「お前が今回、ゲームと称するものの計画を立てたのは、富田を殺してからの八日間と言っていたな。そのことに、間違いはないな」

問われた紺野は、回答するのを一瞬躊躇するが、ゆっくりと頷いた。

有馬は、注視して見なければ分からないほどの笑みを浮かべる。

「まず、そこに疑問を抱いたんだ。お前は、富田の家の周辺を調査するためにポスティングのアルバイトを半年間もしていた。半年もだ」

「……ポスティングは、生活の糧《かて》のためだ」

有馬は鼻で笑う。

「お前が住んでいるのは、世田谷《せたがや》区松原《まつばら》だ。富田が住んでいる三ノ輪までわざわざ車で来てまでポスティングのアルバイトをしている理由が生活の糧？　そんなはずがあるか」

反論を控える。有馬がなにを摑んだのか、しばらく出方を窺おうと思う。

「その半年間で、侵入経路や逃走経路を入念に下調べして、防犯カメラを避けるルートを確認しつつ、富田やその周辺住人の動向を探った。ポスティングのアルバイトは、調査をしていることの隠れ蓑《みの》だったんだろ」

紺野は反応を示さなかった。そんなこと、分かりきっていることだろうし、今さら確認する意味が分からなかった。

「……私がそうだと認めたとして、なにが言いたいんだ」

「つまりだな。お前は富田を殺害するのに半年もの時間を費やした。それは、絶対に捕まらないための計画を完成させるためだ。それなのに、俺に吹っかけてきたゲームは、殺害後の八日間で計画したと言った。どうして、こんなに短いのか。いや、どうして、殺害までは完璧な方策を練っていたのに、殺害後に捕まってからの段取りを整えていなかったんだ。しかも、計画が杜撰だ。明らかに、相反することをやっている。これを説明できる理由は一つしかない。殺害時に、なにかがあったんだ。だから、お前はわざと捕まることにして、ゲームと称して俺を呼び寄せた。違うか？」

図星だったが、紺野は表情を変えないよう努める。

「……お前は、俺になにかを探らせようとしたんじゃないか。俺のことを知ったのは、ニュースだと言っていたな。つまり、俺に期待しているのは、冤罪事件の調査能力だ」

有馬が、じっと睨みつけてくる。

「俺は、お前の娘が有罪になった虐待死事件の調査をした。検察は、公園に設置された防犯カメラの映像を虐待の証拠として提出したが、あの映像は、実は虐待を裏付けるものじゃなかったんだ」

紺野は興奮を覚えるが、それが表に出ないよう我慢する。

「千葉中央大学の税所昭という男に画像鑑定をしてもらったところ、一見して前後に激しく揺さぶっている映像は、虐待の証拠になるどころか、激しく揺さぶってすらいないということだった」

有馬の説明に合わせて、潮見がバッグから資料を取り出して紺野の前に置いた。

「フレームレートといいまして、これは一秒間の動画で見せる静止画の枚数のことを指します。簡単に言えば、十秒間で五十枚めくれるパラパラ漫画と、十秒間で五百枚めくれるものとでは、動きの滑らかさが違います。当然、五百枚のほうが滑らかな動きに映ります。

税所教授の鑑定によると、公園に設置されていた防犯カメラはフレームレートを極力下げて、画質も落としていました。映像の保存期間を長くするための措置だったようですね。また、夕方で照度も足りなかったため、あやしている動きが激しく揺さぶって見えるように映ってしまっているということです。同じ条件下で撮影すれば、単にあやしているだけだと証明できると言っていました。もちろん、防犯カメラも当時と同じ劣化した状態でという条件付きですが」

潮見が口を閉じる。

紺野は興奮で酸欠気味になり、頭がくらくらしていた。

「……つまり、公園の画像は、虐待を示すものではなかったということだな」

「ああ」有馬は頷く。

「紺野夕美の周辺人物に聞き込みをしたが、虐待をしていると思った人物は見つけられなかった。公共の目のある公園で虐待をしているくらい大胆な行動をするのなら、日常でも虐待に気づいている人間がいるはずだ」

「……いなかったということは……虐待はなかったということだな」

声が震えるのを抑えられなかった。

知りたかった答えだった。元裁判官という一般人になった紺野には、もはや検察や警察が持っている証拠を確認することができない。

だからこそ、真相を突き止めるため、有馬に捜査を仮託したのだ。

富田が、殺される間際に妙なことを言い出したから、こんな回り道をしなければならなくなった。

ただ、これで、安心した。

富田を殺したのは間違いではなかった。つまり、胸を張って不起訴になっていいということだ。

紺野はほっと息を吐き、今までの経緯を思い出した。

執行猶予付きの有罪判決を受けた夕美は、紺野の家に身を置いた。虐待死で有罪になったという話が、周辺住民に伝わっており、前の家で生活することが困難になったからだ。

ただ、噂というのは広がる。その話は、紺野の家にまで影を落とした。夕美は、釈放されてからもずっと、虐待はしていないと言い続けていたが、それが周囲の心に届くことはなかった。上訴しようという提案もしたが、裁判はもうやりたくないと夕美は弱々しく首を振るばかりだった。裁判は精神を削られる。無理をさせることはできなかった。

悠斗を亡くし、一日中泣き続けていた夕美。その姿からは、虐待をしていたなんて信じられなかった。生まれたときから病弱な悠斗を、夕美は懸命に看病し育てていたことを知っていた。その様子を見ていたからこそ、紺野は夕美の無罪を確信していた。

悠斗の死因は凍死だった。長時間冷房がついている部屋にいさせたことによって低体温症になったということだ。あれは事故だった。慰めるためにそう言うと、夕美は目を怒らせ、事故ではないと強い口調で反論した。それならどうして、悠斗は死んだのか。事故以外に、低体温症で死ぬことなんてあるのか。そう訊ねたが、夕美は黙ったままだった。

夕美が富田聡のことを語ったのは、それから一年が経ってからだった。

どんどん衰弱していく夕美を見ているのは、痛々しくて辛かった。友人などとは連絡が取れなくなってしまったらしく、孤立していく夕美を支えられるのは紺野だけになっていた。当時、紺野は司法試験予備校の講師のアルバイトをしていた。不安定な状態の夕美を一人にしたくはなかったが、講義を受け持っていたので、すぐに辞めることができなかった。

自殺する三日前。やせ細った夕美が居間にやってきて、悠斗を虐待したのは富田聡だと告げた。紺野は、第三者の名前が出てきたことに驚いた。夕美は、崩れそうな橋を一歩ずつ進むような調子で言葉を紡いだ。話によると、富田とは友人関係を築いており、部屋にも遊びにくるような仲だった。しかし、あくまで友人として付き合っていた。それなのに、一方的に好かれて困っていたという。当時、富田は既婚者だったこともあり、なるべく避けるようになったのだが、富田はしつこかったらしい。

どうしてそれが、富田が悠斗を虐待したということになるのかと訊ねると、夕美は、富田が悠斗に嫉妬しだしたのだと答えた。富田が、夕美の見ていない隙を見て悠斗を抓《つね》っていたのを目撃したそうだ。それまでにも、腕に痣《あざ》のような痕を見つけたことがあったが、悠斗は手や腕を口で吸う癖があったので、それで付いたものだと思っていたという。服を着ていれば見えない部分だったので、診察をした小児科医も気づかなかったのだろう。

抓っているのを目撃して以降、富田には会わないようにしていた。しかし、悠斗が死んだ日、もしかしたら富田が来ていたのかもしれないと夕美は言った。悠斗が寝室で寝ているのを確認し、気晴らしに三時間ほど外出したという。本当は一時間で帰ってくるつもりだったのだが、思ったよりも遠くに行ってしまい、戻るのに時間がかかったと言った。

そして、家に戻ったとき、異変に気づいたという。部屋の鍵は閉めていたのに開いており、置いてあった靴も乱れていた。一週間前に合鍵が一本無くなっていたことが頭に浮かびつつ、部屋の中を確認し、冷たくなっている悠斗を発見した。

三時間の間に起こったこと。

これらのことは、警察の調書にも書かれていなかった。どうしてそのことを話さなかったのかと訊ねると、話したが信じてもらえず、それに、三時間も目を離したことを咎《とが》められると思ったし、富田が来たという確証がなかったから強くは言えなかったと答えた。

どうして富田の仕業《しわざ》だと思ったのかという紺野の問いに対して、夕美は、悠斗を発見したときは僅かに意識があり、富田がやってきたということを口走ったと告げた。取り調べでそのことを伝えたものの、聞き入れてもらえなかったのだと夕美は言った。

そのことを告白した三日後。風呂場で手首を切って死んでいる夕美を紺野は発見した。それほど深い傷ではなかったが、血が流れているうちに意識を失い、出血性ショック死を起こしたとされた。

悠斗と夕美の命が奪われた。

奪ったのは、富田聡だ。

その日から、紺野は富田の罪を明らかにして、もし真犯人ならば、その罪を償わせることだけを目的に生きた。

まず、行動を起こす前に、悠斗が死んだ日に富田が家にいたことを確認する必要があった。検察は、夕美が犯人だという前提での捜査しかしていなかった。つまり、どこかに富田が家にいたと示す証拠を残しているはずだった。

当時、警察は夕美が虐待をしていたという前提での捜査だったため、十分な聞き込みや証拠精査をしていないようだった。逮捕された時点で、夕美を有罪とする筋道は決まっていたのだ。

紺野は、警察が夕美の家から押収し、返却された証拠を確認した。

そして、一枚のレシートが目に留まった。悠斗が死んだとされる時刻の四時間前の時間が印字されていた。

そのレシートはファミリーレストランのもので、発行されたのは、国道沿いの店だった。最寄り駅からは徒歩で一時間。車を持っていない夕美がその店に行くのは不自然だ。日付は悠斗が死んだ日だった。指紋採取キットを購入してレシートを調べると、二種類の指紋が付着していた。この二つの指紋のどちらかが、犯人のものである可能性がある。

二つの指紋のうちの一つは、すぐに判明した。レシートを発行したレストランに行き、落とし物はなかったかと訊ねて、クリアファイルに入れたネクタイの写真を見せた。

クリアファイルは、指紋を付着させやすい素材だったので、なるべく多くの店員に持たせた。そして、指紋を専門の業者に鑑定してもらった。結果、一人の女性店員の指紋と一致した。

残る指紋は一つ。興信所に依頼し、富田の住所を突き止めてもらった。指紋を手に入れるのは、それほど難しいことではなかった。富田が出したごみ袋を回収し、中から指紋が付いていそうなものを専門業者に送った。

すると、レシートの指紋と一致した。

紺野は、富田が犯人だと確信を持った上で、殺害計画を練り、実行に移した。法で裁けない相手を断罪したのだ。

自分の行為は、間違っていなかった。

やはり、死ぬ間際に富田が言っていた話は嘘だった。

そのことを、今回有馬は裏付けてくれた。

そしてなにより、それ以外の真実はないと証明した。これで、ゲームの目的は達せられた。

犯人は富田だ。富田が悠斗を殺し、夕美を自殺まで追い込んだのだ。

「有馬さん、あなたは私を起訴できなかった。だが、十分に頑張ってくれた。そのことに免じて、今回のゲームは有馬さんの勝ちで……」

「まだ話は終わっていない」

目を細めた有馬から厳しい声が飛んでくる。

その視線に、紺野は怯んだ。

たっぷりと沈黙を使ってから、有馬は口を開く。

「実はな、調査を進めているうちに別の疑惑が浮上したんだ。前に、お前との取り調べの中で、紺野夕美は病弱だったが、息子を産んでからは強くなり、病弱な悠斗を懸命に看病していたと言っていたな。そこに、引っ掛かりを覚えた」

紺野は、有馬を見ながら記憶を辿る。たしかに言った。事実だ。夕美の病弱さ。それを生き写しにしたかのような悠斗の病弱さ。

「……それが、なんだというんだ」

有馬は、隣に座る春名を一瞥してから、紺野を見た。

「お前の娘は、ミュンヒハウゼン症候群だったんじゃないか」

「……いきなり、なにを言い出すんだ」

紺野は顔を歪める。

ミュンヒハウゼン症候群は、虚偽性障害に分類される精神疾患だ。周囲から心配されたり注目されたいがために、病気を装ったり、自傷行為に及ぶといった行動がみられる。

「お前の娘を知る人間に聞き込みをしたところ、虐待をしていることに気づいた人間はいなかった。子育てに熱心な母親。これも偽りがなかった。ただ、紺野夕美の別の一面も浮かび上がってきた」

有馬の言葉を引き継ぐように、春名が口を開く。

「夕美さんは、よく人の心配を誘うようなことを言うことが多かったそうです。小学校や中学校、それに高校の知り合いに話を聞くと、皆一様にそういった印象を抱いていました。原因不明の腹痛や眩暈《めまい》を訴えることが多く、かなり慎重に扱われていたようです」

病気を装って周囲の関心を引く。

ミュンヒハウゼン症候群の症状と一致する。ただ、夕美は本当に病弱だったのだ。妻に先立たれて、必死で子育てをした。裁判官と子育ての両立は体力的にも精神的にも苦しかったが、それでもやり遂げたのだ。病弱だった娘を、育て上げたのだ。

——それなのに、こいつら、夕美が病弱だったのは嘘だと言いたいのか？

怒りに身体が震える。あんなに苦しんでいた姿を見ていないから、そんな根も葉もないことを言えるのだ。

有馬は、同情するような視線を向けてくる。

「ミュンヒハウゼン症候群は、身内には判断しにくい。どうしても、客観的に見ることができないからな。娘が目の前で苦しんでいたら、嘘だと疑うことなんてしない。裁判官だったお前でも、それを見抜けなかったのは仕方ない」

「ほかにも」春名が続ける。

「練馬警察署にストーカー被害の相談をしていたということですが、夕美さんは、前に住んでいた川崎市川崎区西部を管轄する川崎警察署にも、同様にストーカー被害の相談に行っていました。川崎警察署でも巡回対応などをしたそうですが、結局、ストーカー被害を確認できなかったようです。ほかにも、大学時代に一人暮らしをしていた埼玉県朝霞《あさか》市の朝霞警察署でも同様の訴えをしていたようです」

紺野は驚く。練馬でのストーカーの件は耳に入っていた。そして、勝手に富田の仕業だと思っていた。しかし、川崎や朝霞でもストーカー被害に遭っていたのか。すべてが富田のはずがない。

行く先々でストーカーを作ってしまう。絶対にないとは言い切れないが、不自然だ。

紺野の中で、夕美の人物像が崩れていく。すがりついてきた子供時代の夕美。少しだけ反抗するようになった中学校時代の夕美。大人の片鱗を垣間見《かいまみ》せるようになった高校時代の夕美。結婚をした夕美。悠斗を出産した直後、夫を交通事故で失った夕美。

病弱な夕美。母親として強くなった夕美。

それらすべてが、歪んでいくようだった。

いや、歪ませてはならないと、紺野は歯を食いしばる。

「……たとえ、お前たちの言い分が当たっていたとして、今回の事件となにか関係があるのか」

強い語調で問う。冷たい汗が、背中を伝う。感情が揺れ動き、平常心を保つことができなかった。幼い頃から、夕美は病弱だった。すぐに怪我をしたり、熱を出したり吐いたりした。怪我については不注意によるものだったが、病気の原因は分からないことが多く、医者も首を傾げていた。

あれが、嘘だったというのか。

有馬が口を開く。

「患者自身が病気を装うミュンヒハウゼン症候群。ちなみに、代理ミュンヒハウゼン症候群の患者の約二十五パーセントが、ミュンヒハウゼン症候群を患っていたという報告がある」

「……代理？」

「傷つける対象が自分ではなくなるんだ。その代わりに、代理を用意する。多くは、母親が我が子を対象にする。母親になったお前の娘を知る人間に聞き込みをしたら、予想どおりの答えが返ってきたよ。日頃から、自分の子供の病弱さを話すことが多く、周囲からよく心配されていたらしい」

有馬の言葉を聞いた紺野は、胃が蠕動《ぜんどう》したような感覚に襲われ、吐き気を催す。反論しようにも、口や舌が引き攣ったように硬直して動かすことができなかった。

「お前の娘は、周囲に気づかれないように、ずっと自傷をしていた。そして、子供が生まれたら、対象を子供に替えた。そして、我が子を懸命に看病する母親役を演じるようになったんだ。公園での映像は、虐待ではなかった。だが、子供を病気がちにするために、第三者に覚られないよう虐待をおこなっていたんだ」

「……悠斗の司法解剖では、異変は見つからなかった」

「異変が見つかるような虐待をしていなかったんだよ。これは俺の想像だが、薬物は使わず、少しだけ腐ったものを食べさせたり、わざと風邪を引くように薄着をさせたり、事故に見せかけて転ばせたりしていたんじゃないか。司法解剖で発見できない虐待をする親は、悲しいことだが、この世に少なからずいる」

根拠はどこにあると叫びたかった。しかし、それができなかった。

有馬の話が、納得のできるものだったからだ。

考えてみれば、不自然だったのだ。子供を産んで急に身体が丈夫になった夕美。その代わりに悠斗は病気がちだった。

すべて、演技だったのか。

富田が部屋に侵入し、悠斗を殺した。刺殺でも絞殺でもなく、部屋に閉じ込めて冷房を当てて凍死させる。ずいぶん間接的な方法だと一瞬思ったが、事故に見せかけ、殺人に思わせないための方法だったと無理やり歪曲《わいきょく》して自分を納得させたのだ。

夕美の自殺も、傷が浅く、普通なら死なない程度のものだった。それが、たまたま浴槽のお湯に浸かった状態で意識を失い、傷口から血が流れ続けてしまったために出血性ショック死になってしまった。

有馬の言い分が正しければ、代理を失った夕美は死ぬつもりではなく、息子を失い、かつ冤罪になって精神的に弱り自殺未遂をした、可哀想な人間を演じたことになる。

そんなことがあってたまるか。

夕美の言葉を信じて、そして、自分でも裏付けを取ったうえで富田を殺す計画を立て、完全犯罪を成し遂げた。夕美と悠斗を殺して、のうのうと生きている富田が許せなかった。法の裁きを期待できない今、この手で殺すことのみが、断罪の方法だった。

紺野は、計画どおりに富田の家を強襲し、身体の自由を奪った上で自分の痕跡を残さず殺害した。ただ、一つだけ誤算があった。

富田が殺される前に、許しを請うように必死に口走った言葉。

——俺は殺していない。あの日、たしかに俺は家にいた。あの女とヤるためだ。あいつ、平然とした顔で邪魔な息子に期限切れの牛乳を飲ませたり、寒い部屋に放置して風邪を引かせたりしていたんだぜ。あの日も、俺はなんもしていない。あいつが、息子を濡れた裸の状態で部屋に閉じ込めて、冷房をかけていたんだ。俺たち、かなりの時間楽しんでいて、その間に、子供が死んだんだ。

死にたくないために口走った戯言《たわごと》。これ以上、夕美と悠斗を蹂躙《じゅうりん》する気かと怒り、富田の身体に包丁を突き立てた。

ただ、殺害した後も、富田の言葉が頭から離れなかった。それを振り払うため、自分の行為の正当性を補強したかった。そう考えたとき、誤判対策室のことがテレビで放映されていたのを思い出した。そして、第三者である誤判対策室の有馬を利用することを思いついたのだ。

有馬に期待していたのは、完全犯罪を暴くゲームをすることではない。夕美の無実を証明するため、富田の有罪を確実なものにしてほしかったのだ。ただ、こう思った時点で、紺野は薄々気づいていた。

富田は、無実だったのではないか。夕美が、嘘を吐いているのではないか。

その呪縛を、振り払う必要があった。

有馬を利用するために、八日間で計画を立てた。不十分な計画だという自覚はあったが、二十号手当という切り札があり、富田を殺した証拠は一切残していないので大丈夫だと踏んだ。

紺野は富田を殺害後、早速逮捕されるための工作を始めた。

同じアパートの住人の行動は把握していた。現場に留まり、今後の計画を立てた。そして、約一時間後に部屋を出て、わざと目撃者を作り、その上、周辺で一番古い防犯カメラに姿を晒した。そうすることで、逮捕される準備をした。

逮捕される段取りを終え、八日間で準備し、世良光蔵を利用することを考えついた段階で、計画ができあがった。もっと時間をかければ、完璧な計画ができたかもしれない。それでも、これが限界だった。一刻も早く、富田の死ぬ間際《まぎわ》の発言を否定したかった。

その後、自首して逮捕され、否認に転じ、ゲームが始まった。

富田の戯言を否定する。有馬が富田の発言を裏付ける証拠に辿りつけなければ、自分の行為は正しかったと判断しようと思った。不起訴で釈放され、日常生活に戻る。勝てる前提の賭け。有馬になにも情報を与えなかったのは、勝ちの確率を上げるための利己的な考えからだった。

それなのに、有馬は答えを提示した。

夕美が有罪で、富田が無罪。紺野は、冤罪を作り出してしまった。

「お前は、娘の虚偽に踊らされたんだよ。延長戦である十日間で聞き込みをしまくって、俺たち誤判対策室が辿り着いた答えだ」

その言葉に、全身の力が抜ける。口が開き、頭が後ろに下がって天井を見上げるような体勢になった。

夕美のためだった。悠斗のためだった。

その気持ちが紺野を盲目状態にし、無実の人間を殺すという結果を作り出してしまった。

目の前が暗くなる。

有馬がなにも情報を得られなかったら、富田が悠斗を殺したということだ。殺人者を裁けない司法の代わりに、自らの手で断罪する。犯罪者を殺すのなら、その行為は正当化される。裁判官のときも、紺野は三件の死刑判決を下した。今は裁判官の立場ではなかったが、やっていることは一緒だ。

つまり、悪を裁いただけなのだ。悪を裁くのは悪ではない。だからこそ、不起訴になっていいと解釈した。

しかし、もし、富田が無実だったら、紺野は大義なき犯罪者だ。ただの人殺しだ。その場合、すべてを自白し、起訴されるつもりだった。

紺野は、震える唇から息を漏らす。

ゲームに負けたことを自覚した。

# エピローグ

有馬は、誤判対策室が喫煙スペースとして使っている外の一画で煙草を吸い、建物で長方形に区切られた空を見上げていた。

富田と夕美が付き合っており、身体の関係を持っていたということは、捜査では分からなかった。あのとき、富田は既婚者だったので、周囲に覚られないよう注意していたのだろう。賃貸マンションは、住民同士の関係が希薄だ。関係を隠すのは難しいことではない。ただ、当時ならば、警察の捜査で富田を浮かび上がらせることができたはずだ。それができなかったのは、ストーリーありきの捜査と、検察の意向。それが、真実を捻じ曲げたのだ。

誤判対策室の捜査でも、富田と夕美の関係を明らかにすることができなかった。時が経ってしまうと、事件の真相を掴むことが困難になることを痛感させられた。

再逮捕された紺野がすべてを自供したと、管理官の星野から連絡があった。富田を殺したこと、動機、方法。有馬は自供に立ち会ったわけではなかったが、噂によると、色を失って、灰色になったような紺野の自供は、書面に書かれた内容を淡々と読み上げているみたいで、まるで、自分自身に判決を言い渡しているかのようだったらしい。

娘の言葉を信じ、突き進んだ紺野。

どうして嘘に気づかなかったんだと一笑に付すこともできる。大半の第三者は、そう思っているに違いない。

だが、我が子の言葉を信じる親は、いくらでもいる。

紺野の心情。それを思うと、寂しい気持ちが胸に広がった。

あれから紺野は廃人のようになってしまったらしい。近く、起訴されるとのことだった。

二十号手当が表に出ることはなかったが、今回の事件については大きく報道され、有馬の娘の命が脅かされるゲームを紺野主導でやっていたことを摑んだメディアもあった。そのせいで異様な盛り上がりを見せて迷惑していた。

有馬と詩織の合同インタビューを申し込んでくるテレビ局もあったが、無視した。

ただ、この件が詩織の経営する〝シオリ出版〟にいい影響を与えたのはたしかなようだ。新聞で〝シオリ出版〟のことが取り上げられてから話題になり、ベストセラーのランキングに〝シオリ出版〟から出された本が載っているのを見た。

その件で詩織から連絡があり、会社が上向き始めたという旨を三十秒ほどの通話で伝えてきた。紺野とのゲームの件には、一言も触れなかった。もちろん、感謝されるためにやったわけではないし、今さら親のように振る舞うつもりもなかった。これでいい。

ポケットの携帯電話が震える。取り出して画面を見ると、メールの受信だった。

昨日、詩織を産んだ祥子にメールを送っていたのだ。

〈どうして、結婚しなかったんだろうか〉

メールで聞く内容かと馬鹿馬鹿しくなって削除しようと思ったが、これを逃したら、もう二度と踏み出せないような気がして送信ボタンを押した。

祥子が身ごもったことを知った有馬は、結婚を考えていた。しかし、祥子はそれを拒否して、一人で育てるという選択をした。比較的実家が裕福で、その援助もあったらしく、金銭的に困ってはいないようだった。

どうして、祥子は有馬を拒絶したのだろうか。

メールは祥子からで、返答が書かれてあった。

〈私が、あなたの人生に一体化してしまうのが嫌だった。私は、私の人生を歩みたかったの〉

短い文章だった。

しかし、納得のいくものだった。

有馬の人生は、刑事としての人生だった。結婚しても、子供が生まれてもそれは変わらなかったはずだ。

そのことを、祥子は見抜いたのだろう。

不思議と、気持ちが軽くなった。長年心に溜まっていた澱《おり》が、静かに流れ出たような気分だった。

微かな笑みを浮かべた有馬は、灰皿に煙草を押し付けて、誤判対策室に戻る。

事務所に入ると、待ち構えていた春名の視線とぶつかった。

「有馬さん、いつまで休憩しているんですか。続きを説明します」

有馬は額を手で掻きながら、自席に座る。

日常が戻ってきた。

春名は一生懸命に冤罪を探し、潮見はなにを考えているのか分からない態度で資料を読み込む。

いつもの光景。

ただ、一部、変化もあった。

誤判対策室の机が四つになったのだ。

「有馬さん、ここに戻ってくるときには、消臭スプレーで煙草の臭いを消してきてください。そうしないと、また春名さんに怒られますよ」

有馬の目の前に座る世良は、顔をしかめながら指摘してきた。

事務所の壁の張り紙に〝禁煙〟という文字が書かれ、その下に〝臭いも禁止〟と付け足されている。

春名の視線を感じた有馬は、出入り口にある消臭スプレーを身体に吹きかけてから、自席に戻る。

四つ目の机の前に座る潮見は、我関せずといった様子で目の前の資料を読み込んでいる。

「始めますよ。二件の放火殺人で服役中の……」

春名の声が、遠くに聞こえる。

元刑事の有馬、検事の春名、弁護士の世良、そして事務員として再雇用された潮見。

この四人が、新しい誤判対策室のメンバーだった。

「有馬さん、聞いてます？」

春名がふくれっ面で、有馬を睨んだ。

○主な参考文献
『防犯カメラによる冤罪』小川進　緑風出版
『検察の大罪　裏金隠しが生んだ政権との黒い癒着』三井環　講談社

※この他、多くの書籍、インターネットホームページを参考にさせていただきました。参考文献の主旨と本書の内容は、まったく別のものです。

# 謝辞

本書の執筆にあたり、弁護士の北尾昌宏氏に丁寧なご指摘、多大なご協力を賜りました。ここに、心より感謝の意を表します。

石川智健

●本書は二〇一九年八月に、小社より刊行されました。
文庫化にあたり、一部を加筆・修正しました。

|著者|石川智健　1985年神奈川県生まれ。25歳のときに書いた『グレイメン』で2011年に国際的小説アワードの「ゴールデン・エレファント賞」第2回大賞を受賞。'12年に同作品が日米韓で刊行となり、26歳で作家デビューを果たす。『エウレカの確率　経済学捜査員 伏見真守』は、経済学を絡めた斬新な警察小説として人気を博した。また'18年に『60《ロクジユウ》誤判対策室』がドラマ化され、本書はそれに続く作品。その他の著書に『小鳥冬馬の心像』『法廷外弁護士・相楽圭　はじまりはモヒートで』『ため息に溺れる』『キリングクラブ』『第三者隠蔽機関』『本と踊れば恋をする』『この色を閉じ込める』『断罪　悪は夏の底に』『いたずらにモテる刑事の捜査報告書』『私はたゆたい、私はしずむ』など。現在は医療系企業に勤めながら、執筆活動に励む。

20《ニジユウ》 誤判対策室《ごはんたいさくしつ》

石川智健《いしかわともたけ》



2021年8月12日第1刷発行

発行者——鈴木章一
発行所——株式会社　講談社
東京都文京区音羽2-12-21　〒112-8001
電話　出版 (03) 5395-3510
　　　販売 (03) 5395-5817
　　　業務 (03) 5395-3615

Printed in Japan

講談社文庫
定価はカバーに
表示してあります

KODANSHA

デザイン—菊地信義
本文データ制作—講談社デジタル製作
印刷———豊国印刷株式会社
製本———株式会社国宝社



ISBN978-4-06-524565-1

# 講談社文庫刊行の辞

二十一世紀の到来を目睫に望みながら、われわれはいま、人類史上かつて例を見ない巨大な転換期をむかえようとしている。

世界も、日本も、激動の予兆に対する期待とおののきを内に蔵して、未知の時代に歩み入ろうとしている。このときにあたり、創業の人野間清治の「ナショナル・エデュケイター」への志を現代に甦らせようと意図して、われわれはここに古今の文芸作品はいうまでもなく、ひろく人文・社会・自然の諸科学から東西の名著を網羅する、新しい綜合文庫の発刊を決意した。

激動の転換期はまた断絶の時代である。われわれは戦後二十五年間の出版文化のありかたへの深い反省をこめて、この断絶の時代にあえて人間的な持続を求めようとする。いたずらに浮薄な商業主義のあだ花を追い求めることなく、長期にわたって良書に生命をあたえようとつとめるところにしか、今後の出版文化の真の繁栄はあり得ないと信じるからである。

同時にわれわれはこの綜合文庫の刊行を通じて、人文・社会・自然の諸科学が、結局人間の学にほかならないことを立証しようと願っている。かつて知識とは、「汝自身を知る」ことにつきていた。現代社会の瑣末な情報の氾濫のなかから、力強い知識の源泉を掘り起し、技術文明のただなかに、生きた人間の姿を復活させること。それこそわれわれの切なる希求である。

われわれは権威に盲従せず、俗流に媚びることなく、渾然一体となって日本の「草の根」をかたちづくる若く新しい世代の人々に、心をこめてこの新しい綜合文庫をおくり届けたい。それは知識の泉であるとともに感受性のふるさとであり、もっとも有機的に組織され、社会に開かれた万人のための大学をめざしている。大方の支援と協力を衷心より切望してやまない。

一九七一年七月

野間省一